galápagos

CABALLO DE TROYA

fátima
vélez

galápagos

CABALLO DE TROYA

Papel certificado por el Forest Stewardship Council®

MIXTO
Papel | Apoyando la silvicultura responsable
FSC® C117695

Primera edición: febrero de 2024

Edición a cargo de Sabina Urraca

Publicado originalmente en Colombia por Laguna Libros en 2021.
Casanovas & Lynch Literary Agency, S.L.

Travessera de Gràcia, 47-49. 08021 Barcelona

Printed in Spain – Impreso en España

ISBN: 978-84-17417-74-1
Depósito legal: B-20.192-2023

Compuesto en La Nueva Edimac, S. L.
Impreso en Huertas
Fuenlabrada (Madrid)

CT17741

I. de cómo un terrícola obtiene la piel

Algo minúsculo como la caída de una uña: un día una cortada donde empieza la uña del dedo meñique, el dedo se infecta, se llena de pus, presiono, pulgar derecho sobre meñique izquierdo; sale una punta blanca, más fuerte, mancha el puño de mi camisa, con ganas crece, se hace mucho, se hace fuerte y uno mira la uña e intenta limpiarla y se da cuenta de que está floja, como un diente a los siete años, así,

Cómo se me mueve la uña, se va a caer, le digo a Juan B, y él me mira como si yo fuera una de esas personas que se enferma de tanto hablar de sus enfermedades, y dice que está bien, que no se va a caer, que las uñas no se caen así,

¿Así cómo?, pregunto,

Así solas, dice Juan B, todo irritado,

Me duele, digo, Tengo que ir al médico,

¿Por una uña?

Sí, por una uña, entonces voy donde la homeópata recomendada por Luis, la doctora Duzán, y alargo mi mano para que me examine la uña con su lupa binocular quirúrgica y me dice sin inmutarse que tranquilo, que es solo un caso habitual de paroniquia y antes de que yo pueda preguntar que paroniqué, ella me aclara,

Es decir, uñero o panadizo, la materia es normal, saldrá sola, cada día un poquito, se pondrá mejor con las gotas que ella me va a preparar especialmente para los nervios,

Pero mi problema no son los nervios, doctora, es la uña, y el pus de la uña, y ella insiste que tengo que tomarme cien de esas gotas cada media hora, que el pus saldrá solo, o mejor dicho, hay que ayudarle apretando un poco,

Así, ¿ves?, y aprieta el dedo la doctora Duzán y sale alrededor de la uña el ya usual reguero y en su cara de doctora se forma una mueca de placer adolescente de sacarse las espinillas y pegarlas en el espejo del baño, se le desfigura la cara de tanto que aprieta más fuerte para que salga, sí, más, quiere más, es lo que dice el gesto ya a punto de fusionarse con esa materia que tanto placer le produce, y cuando ya solo sale un agua sangre, dice la doctora Duzán, volviendo a la seriedad para que le respeten su homeopatía, pero como decepcionada de que ya no salga más materia del agujerito alrededor de la uña,

Ya está, la uña no se te va a caer, cien gotas cada media hora,

Sin pararme de la cama en no podría saberse cuántos días, las gotas homeopáticas fermentándose en la mesa de noche, me pregunto si habrá alguien que pueda seguirle el ritmo a cien gotas cada media hora, me aprieto la uña para sacar el pus hasta que aparece de nuevo esa agüita transparente, con ganas de más, más, porque le he tomado cariño a lo que sale; cariño no, más bien digamos que eso que sale me conecta con algo de cuando las cosas ni cosas eran, debe ser que el pus es un arjé, como el fuego de Heráclito, el agua de ¿Tales?, sí, Tales, que predijo un eclipse, como yo predecía el desprendimiento de mi uña, yo, que pareciera no tengo más cuerpo que esta uña floja y lo que sale de ahí y un compromiso que no voy a cumplir con las gotas homeopáticas de la doctora Duzán, Juan B dormido, yo despierto, un movimiento y la uña se enreda en un hilo de la sábana de los mil hilos de algodón traída de muy lejos por Juan B,

la caída de mi uña por el poder del pus, y entonces, un resentimiento contra la doctora Duzán, contra Juan B por no creerme, cuando me había visto ciento cincuenta veces sacarme pus cada mañana por no sé cuántas mañanas que ha durado esto, y la uña del dedo meñique entera, engarzada, colgando del hilo suelto de la sábana de algodón de los mil hilos, y quien no toma en serio el pus no puede hacerse llamar doctor; quien duda del pus y su potencia no puede ser ni mi médico ni mi amante, he dicho, y viendo la uña enredada tan perfecta en el hilito y mi dedo tan sin su uña y el pus ya por ninguna parte, pienso, pero no soy yo, no es algo que yo pensaría, es la visión de estas cosas que me dicta, pienso, aunque más bien imagino, que en un universo paralelo existen hombres de pus y sin labios, quizás en universos no tan paralelos, dentro de la verticalidad de nuestro universo, si tan solo dejáramos que el pus tome su propio curso habrá hombres hechos de la sustancia del fondo, ese fondo que se exhibe en un dedo meñique sin su uña, fresquita la carne del fondo, ese fondo del que hablan cuando dicen: es que tu papá en el fondo es bueno; dicen que en el fondo algo es una cosa que no es en otra parte, que no puede ser superficie, como si hubiera una cortada entre fondo y superficie, será ese fondo donde uno se queda sin uña y salen las ganas de llorar,

quiero despertar a Juan B para contarle de mi uña, no para quejarme, lo juro, sino para decirle:

Mira, por fin, una idea, tiene que ver con... todo apunta al hecho de que... eso del fondo que me he pasado la vida buscando es un cultivo, podría hacerse un cultivo de fondos con probióticos, o con dedos sin uñas, infectados, solo necesitamos mucho pus, tú, con tu plata y tus dos semestres de medicina, podrías ayudarme, esta vez un proyecto serio, ¿ves?, consiste en enconar lo sano, lo que podríamos sacar de un pelo encarnado, molestando y molestando infectar cualquier pedazo de cuerpo a punta de uña, veo la vida que hay ahí, tú más que nadie sabes lo que un cuerpo puede cuando lo da todo y el pus es esa muestra deliciosa del darlo todo, amarillenta, blanquecina, tú podrás hablar con toda tu jerga, Juan B, con tu jerga que te encanta, sobre segregación de tejido inflamado, linfa, células blancas, suero, leucocitos que viajan por los espacios intercelulares, microorganismos, fibrina, restos de colesterol y glucosa, por ejemplo, ¿ves esa uña ahí enredada, la uña del dedo meñique en tu sábana de los mil hilos?, ¿la ves?, pero Juan B duerme como hace mucho no lo había visto dormir y me mataría si lo despierto solo para contarle una idea que sale del pus y que el pus a cambio solo ha pedido una uña, que efectivamente y a pesar del no se te va a caer porque esto es solo un caso habitual de paroniquia, porque las uñas no se caen solas, se cae

luego otra

se caen todas,

el uno por uno del caer de las uñas de una mano, esa violencia y si las manos se vuelven exceso, qué hacer, y lo que hago es renunciar a seguir mirándomelas, envolverlas en vendas de las que usan los quemados y acostarme, a ver si sin uñas aparece la liviandad en la cama suntuosa de Juan B y veo todas las películas de Jeanne Moreau, trato de entender la belleza de Jeanne Moreau, una belleza que se va instalando en la trama; Jeanne Moreau mirando a la cámara, haciéndonos una confesión desesperada, diciendo:

Cuando me quito la ropa ni siquiera puedo mirarme al espejo por mucho tiempo, y menos si la luz que entra es natural, como de las once de la mañana, esa luz que señala toda nuestra más humana y profunda celulitis,

Jeanne Moreau, el ritmo de unos tacones por la casa de una fiesta muy elegante, un vestido negro y ceñido, la introspección que solo un vestido negro y ceñido permite, observándolo todo, con esa soberbia que hace posible que la imagen se haga perfume, perfume de mujer rica, sí, pero que lo ha vivido todo, que puede ver más allá y más acá y se da cuenta de que nada tiene importancia,

y Juan B, pero sobre todo las empleadas de Juan B, me cuidan: pizza de champiñones y más pizza de champiñones y cocacola, que es lo único que puedo comer, sometido como estoy a esta ley del mínimo esfuerzo; cuando las uñas te abandonan de esta manera: si ya es fastidioso cuando una uña se raja y se enreda en las lanas de los sacos, en los hilos que se descuelgan de las camisas, de las toallas, porque además siempre que uno piensa en una uña solo piensa en la parte que se corta, ese casquito de arriba, y se olvida que la uña ocupa tanta parte de un dedo; hasta qué punto las uñas nos incrustan en el mundo es algo que solo se puede sentir cuando no están, cómo filtran, cómo hacen que cualquier cosa sea rasguñable, ya me hace falta el mugre, que tanto me atormentaba antes, que aparecía ahí, sin importar qué tan cortas estuvieran, ese casquito negro, la recolección de lo que trata de hacerse invisible; sin uñas el contacto entre uno y el mundo se vuelve indigestión, se vuelve parálisis, se vuelve solo poder comer pizza de champiñones y admirar a Jeanne Moreau

y este tratar de no rozar nada,

a pesar de las vendas, hacer lo que uno hace pero usando las manos lo menos posible; no es cuestión de usar buenos guantes y voilá, como dice Paz María, cuando por fin de un impulso digo,

Ya, hasta acá, y, sin bañarme, con las vendas bien puestas y lleno de valor voy al fin a visitar a mi amiga recién parida de mellizos de padre desconocido,

Desde el catre destartalado, heredado de su bisabuelita o encontrado en la calle, las versiones cambian según el estado de ánimo de Paz María, cubierta por la colcha de plumas, parches de ¿leche? mientras el bebé uno duerme y la bebé otra ya se levanta a pedir turno de teta, a la pobre no la dejan en paz entre uno y otro llanto, le cuento sobre mis uñas, o más bien, mis no uñas, ¿y qué hace? Ni me deja terminar, ya está diciendo,

Ay, qué exagerado, terrícola tenías que ser, yo con esta dermatitis en las manos desde niña y ¿me quejo? No, si en vez de quejarme me pongo estos guantes de piel de conejo, lo único que me sirve, mira, tócalos,

y me los hace tocar como si fuera la primera vez que los veo, será la hormona que hace que olviden todo para seguir pariendo,

y veo a Paz María usar sus guantes blancos hasta para amamantar, hasta para agarrar una de las rebanadas de pepino del plato instalado en su mesa de noche, pepinos ya deshidratados que habrá estado poniéndose en los ojos, para que le deshinchen las ojeras de tantas noches sin descanso,

y luego oírla decir,

Estoy bien, solo me duele mucho el ahí, o la cuqui, como dicen las terrícolas,

y verla ahí, con el brazo sosteniendo a la niñita con las manitas y los ojitos desesperados mamando,

Ojalá vendieran unos guantes así para pezones, mira cómo los tengo, y se levanta de la cama con cría en brazo y todo y sin darme tiempo de reaccionar me clava el pezón libre en la nariz para que yo pueda entrar en las grietas que son vastas,

No, que no puedo respirar, ya, insisto,

y ante mi negativa me presiona con fuerza la cabeza y me dice que no me dé miedo, que pruebe, y yo le digo,

Por favor, para, no hay necesidad de tanto tanto, si yo hubiera venido hasta acá para probar la leche materna,

Y entonces, ¿a qué viniste?

Pues a verte, a conocer a tus hijos,

Hija e hijo, no hijos, hijos es injusto, la excluye a ella,

El lenguaje es injusto,

Como la maternidad, mira, la hija y el hijo son tuyas también, ¿sabías?, te perdono que no hayas venido antes, pero ven, a ver, prueba, si es buenísima, te va a curar eso que tienes, lo que sea que tengas, de verdad, es la mejor fuente de calcio y biotina, regio para que te vuelvan a crecer las uñas, ven y ya verás cómo te van creciendo a mil otra vez, mira, a mí por eso es que no se me ha caído nada, nada,

y me muestra su cabeza medio calva,

y mírame las uñas todas fuertes,

y me muestra sus uñas descascaradas, llenas de puntitos blancos, a leguas una deficiencia de calcio,

Pero yo creo que lo que de verdad me mantiene regia es haberme comido la placenta, ¿qué te parece?,

me parece que no quiero que empiece a contarme a qué sabe, por favor, y suplico arrodillado, pero mi súplica es un detonante para Paz María, que ya estaba cansada del vegetarianismo, que el placer de comer carne cruda después de años, y algo sobre la conjunción de su sangre con la de las crías que salieron de ella, y que no te parece increíble que de mi cuerpo hayan salido dos, ¿y un niño y una niña? Y yo ruego para que la sensación de comerse la placenta no encuentre una descripción, que sea una experiencia inefable, pero poco sabe de lo inefable Paz María, que avanza rapidísimo y se me mete una irritación que creo que es respeto por la recién parida, no me tapo los oídos ni me voy, me quedo, aguantando, tembloroso ante la ya conocida y temida tendencia escatológica pazmarciana,

Me la comí toda, la partera dijo que no había visto nada así,

Y ahí se te salió todo lo extraterrestre que siempre has querido ser,

No es que supiera rico mi placenta, aunque ahora que lo pienso, sí, la carne no hay que comerla solo porque sepa bueno, ustedes los terrícolas no pueden entender esto, aunque, ahora que lo pienso, sí, lo bueno es importante, hay algo de pulpo en la textura, muy ácida y difícil de masticar, pero tan placentera, de dónde crees tú que viene la palabra placer, y una se podría pasar un mes masticando y masticando, sin que se suavice ni un pedazo, yo estuve como dos horas dándole, y la partera estaba desesperada porque yo andaba más ocupada en masticar la placenta que en amamantar, pero me tomé la labor como me tomo todo, ya sabes, lento, y estuve así, hasta que al final, no sé cómo, abrí toda mi boca cual pelvis pariendo mellizos, y glup que entró toda la placenta y ni agua me hizo falta al final, y bueno, acá me ves, como si nada,

y yo empiezo a salivar más, qué sed de pronto, la miro y entre un exceso de producción de saliva se me sale,

Bueno, Pazmarí, tampoco como si nada, que en esto de parir bien terrícola resultaste, y ya veo que me mira con esa cara de cuando lo que digo está en un límite que ni aun nuestra amistad permite, y ella retoma lo de agarrarme a la fuerza la cabeza, que ya me había soltado, y me vuelve a intentar poner la boca en la pucheca libre de criatura, y le repito que no hay necesidad, de verdad, si ella supiera lo que hago yo con esta boca, y ella dice,

Ya, no importa,

que cualquier cosa que yo traiga solo va a hacer más fuertes a su hijita y a su hijito, mugre que no mata engorda, que deje de inventar excusas para no probar, con las ganas que tiene de que le chupe un poquito, que me deje llevar, que no puedo imaginarme lo que se siente, a pesar del ardor, es lo más delicioso que,

Y eso es mucho viniendo de mí, que como sabes soy dada a los placeres,

y dice que lástima que yo nunca fuera a sentir semejante placer desde mi cuerpo, ja, lo dice como si ella tuviera un cuerpo capaz de sentirlo todo, y cuando por fin sale de su trance y percibe mi resistencia, lo veo en sus ojos negrísimos que ya están a punto de lanzarme el chorro de su rabia, dice que por cuestiones logísticas no puede amamantar a los dos al tiempo, entonces eso hace que le salga menos leche, tendría que usar una máquina extractora casi veinticuatro horas al día, y aunque tiene una ahí, bien guardada porque no la quiere ni ver, y me la muestra con la teta, se siente como una máquina, y yo le digo que eso qué importa, no está del todo mal sentirse máquina, y ella dice, sí, pero sentirse máquina es sentirse sola, mis amigos deberían ayudarme, si de verdad me quisieran, si de verdad fuéramos eso de lo que tanto hablamos, podrían rotarse uno a uno, y mamar mientras yo le doy a uno de los dos, así no tendría que sacarme leche con el extractor ese, ¿ves?, además, eso haría que mis hijos fueran lo que yo quiero que sean,

¿Qué es lo que quieres que sean?

Pues hijos de nadie, hijos de todos,

Ay, Pazmarí, ¿y qué necesidad de mamarte entre todos para que tus hijos sean de todos?, si chupo de ahí quedo marcado para siempre, no se puede ser padre tan sin uñas,

tan sin uñas, como puedo, me zafo de su brazo que me aprieta más y más sobre ese pezón del que baja ahora un chorrito de leche, escapo bajando y poniendo mi cabeza sobre esa panza hinchada en la que puedo ser todo lo niño y lo animal que he querido ser, pero no se puede estar con una persona solo a punta de gusto por poner la cabeza sobre su panza, ahora flácida, hinchada, estriada, hace falta la aspereza de una barba, y cuando estuve con ella no podía saber qué era lo que necesitaba; desde la suavidad de ese vientre, qué carencia se puede tener, y ahora, envuelto en el perfume de Paz María, impregnada de leche materna, leche que realza el olor a mandarina siciliana, cítrico, un perfume que nace de ella, mezcla de rosa de damasco y peonía, melocotón, unturilla, jazmín y azahar y almizcle blanco, sensación empolvada, sudor y delineador y crema de huevo y avena hecha por ella misma que usa para sus problemas de piel, mezclado todo con la salinidad del sudor de sus axilas, porque aunque lo niegue, ella no suda tan poco como para no echarse desodorante, pero que no vaya a escuchar mis pensamientos, diría que no le hacen justicia a lo que ella de verdad es, pero ¿qué es lo que ella de verdad es?, ¿cómo hacer para abarcar a Paz María y a sus guantes blancos, sus manos siempre con guantes blancos y ahora estos niños que resulta también son míos?, ¿pero cuándo míos?,

me suelta, al fin, y ya está hablando sobre lo que sí es triste, que sus amantes terrícolas tengan las manos tan suaves, y en cambio las suyas tan secas, tan rasgadas, pobre ella, las manos ajadas de viejita; lo que tiene son mañas, pienso, sosteniendo una de sus manos enguantadas de piel de conejo con mis manos vendadas, mañas, como la de andar siempre con un tarrito de vaselina que a mí me llena de malos pensamientos, y no se calla Paz María cuando empieza a contar que a ella también algo, los dramas de los demás le parecen minúsculos comparados con los suyos, como si fuera la única con derecho a sufrir, y entre más habla Paz María menos la escucho, voy desescuchándola, y lo que crece en cambio es una sensación de estar perdiendo el tiempo,

¿Un té?

Un té, sí,

y se levanta con muchachito en brazos y va hasta la cocina medio empelota,

¿Nadie te está ayudando?

No, me niego a pagar por ayuda, solo acepto ayuda desinteresada, de amigas, mira, con lo misógina que era yo y resultaron más presentes que todas las maricas del mundo,

el té insípido, y en sabor crecen en cambio las ganas de irme, antes de que Paz María me haga padre o madre o lo que sea que tenga en su cabeza no terrícola, y no volver a Juan B, antes de que me clausure del todo mis salidas, lo que tengo que hacer es volver a las pulsaciones solo sentidas en París, pero no exactamente en París, sino en el cuerpo de Donatien,

las pulsaciones, el placer, eso, sentir, y que Donatien haya dejado de escribir, cosa insoportable, no estoy seguro si resignado a que no voy a volver o qué, ni escribe preguntándome qué hacer con mis cosas, ni me da la opción de decirle por teléfono que paciencia, que voy a volver, claro, que me guarde todo un tiempo más, Hasta cuándo, y yo extraño la contundencia con que Donatien pronunciaba ese Cuándo, y yo dilatando ese Cuándo, y él, en vez de seguir preguntándome cuándo y cuándo, empezó a escribir cartas, a describir con detalle lo que significaba su vida sin mí, sus nuevos amantes, como si fuéramos amigos que se cuentan cada detalle, como si él hubiera dejado de pintar para dedicarse a escribirme sobre su vida, que en mi ausencia había dado un giro pornográfico, y en sus cartas todo lo minucioso que no lograba ser en su pintura: cómo los tocaba, dónde; cómo uno, Paul, el único con nombre propio, le pedía que lo tratara como a una perra, sus auto-stops a cambio de sexo entre Marsella y Avignon, cómo una vez uno de sus amantes tenía ganas de orinar en un carro y él para aliviarlo le había ofrecido que orinara en su boca, y lo hizo, y no paraba Donatien, seguía en esa misma carta o en la carta siguiente, no me acuerdo, contándome cómo iba a la caza de héteros, eyaculaciones de desconocidos viejos en su boca, pero eso sí, por respeto a mí, por si acaso yo volvía, siempre evitando eyacular en la boca de nadie,

Donatien en sus cartas, y yo dibujándolo todo, ¿por respeto a mí?, ultraje, pero impulso al fin, y activé el estudio que me puso Juan B en su casa, las cartas de Donatien abiertas, mezcladas con algunas de las cosas que habíamos vivido en ese París del que yo había tenido que irme,

¿Y por qué? ¿Y hasta cuándo?, preguntó por un tiempo Donatien, y en Bogotá, Juan B, presentado por Paz María, su amigo el heredero, que no la dejaba pagar nada, que a pesar de aristócrata, no le importaba lo que dijeran, sus papás ya muertos, su apellido; Juan B se orina en su apellido, no como yo, a pesar de haber sido criado con tantos idiomas y tantos viajes y tantos museos, nunca quise que nadie supiera con quién y por dónde, ¿por qué tanto alboroto? Como si todos estuvieran tratando de sacar de mí, qué será, una materia de verdad, como si yo solo fuera un secreto, por qué tanto alboroto, por qué, por qué quedarse tanto tiempo en un mismo lugar, con la misma persona,

Le cuento a Juan B que me voy, solo por unos días,

A dónde, pregunta,

y yo, que volveré a París, que me entienda, tengo que ir a cerrar mi vida allá, y aprovechar y visitar a Luis, que me escribió que tendría una exposición individual, nada menos que en el Grand Palais,

¿O me prefieres así?

¿Así cómo?, pregunta Juan B,

Pues así, todo a medias, además, tú puedes venir a visitarme cuando quieras,

Juan B dice que ese cuando quieras es lo más falso que ha oído, con tranquilidad lo dice, y luego, Cómo te vas a ir, tú no estás bien, alguien tiene que cuidarte, lo dice calmado, sin darme el gusto de verlo explotar, según él, a mí me encanta que las cosas exploten, sobre todo la gente; sin explotar, pues, insiste en nombrar las uñas, o la falta de uñas, para él un síntoma de algo,

y pasó, fue pasando, que parecíamos solo tener piel para sentirnos los nervios

y el tarrito de gotas homeopáticas ya evaporadas en la mesa de noche

y mis dedos sin uñas que palpitan

que hacen imposible a Juan B, no me dan ganas ni siquiera de explicarle que toda mi vida está en París, y aun así se me sale,

Toda mi vida está en París,

¿Sí?, dice Juan B, Toda tu vida está en París y en no hacer nada, porque después de dos años Juan B me acusa de que soy un pintor que no pinta, ¿y es que él hace mucho? No, qué va, la excusa de ser millonario lo salva, los herederos parecen tener derecho a no hacer nada, pero si uno escoge ser algo, hacer algo, está condenado a trabajar; no soy muy trabajador, nunca lo he sido, pero al menos puedo fingir que trabajo, soy muy eficiente en eso, me voy al cine y le digo a todo el mundo Trabajo cuando no trabajo, no trabajo cuando trabajo; el cine desde las diez de la mañana hasta perder la cuenta; nunca he podido pintar con las mismas ganas con las que veo películas, dejarme ir por la rubia diciendo tonterías, pero la rubia es encantadora

la contundencia de la rubia encantadora en contraste con las no uñas, aprovecho el impulso, el impulso, mi única verdad, y la incomprensión de Juan B, y me voy a París, así, liviano, ni uñas necesito,

En el avión tratar de no tocar nada, con vendas en las manos, pero el roce es insoportable,

No soy una mala persona, no soy una mala persona, repito, no soy como dijo Juan B,

en el avión Juan B o una vértebra

Juan B o una hernia

Juan B o esa sensación de no estar haciendo las cosas bien

yéndome a miles de kilómetros de ese Juan millonario que puede darse el lujo de invitarme a donde yo quiera, usted ponga el dedo con o sin uña en cualquier lugar y allá podía llevarme él y si el lugar no existía se lo inventaba, con su herencia se lo inventaba,

¿Galápagos? Sí, allá también,

miro por la ventana y quiero gritar que me devuelvan
la distancia o un caucho
se va estirando desde el asiento 23 b
quiero gritar o me devuelven
o que este avión se caiga
y que después de muerto me tiren por el excusado
como decía mi abuelo
recuesto la cabeza
la distancia vista a través de una ventana de avión
un detonante de sensaciones que tal vez no se sientan
el avión a cientos de kilómetros y la altura

muy difícil ver las cosas mientras están pasando, respiro, como me enseñó Paz María, después de todo no hay mejor tiempo para uno mismo que esperar, el consultorio de los médicos, las ventanas de los aviones, un amigo impuntual, qué desespero las personas puntuales, impacientes, como Luis; su genialidad, puede ser, había hecho que yo le soportara todo, hasta esas histerias con las que explotaba, que no dejan cabeza ni para preguntar por los deseos del otro, nunca me preguntó nada sobre cómo me sentía, con nitidez veo la cara Luis-pereza cuando yo decía algo sobre mi mundo interior, ah, y mi relación con la pintura, me criticaba, que yo tenía talento, pero lo perezoso que era, que no iba a lograr nada si no trabajaba con sacrificio, que había que dejar de tener vida social, vida para el ocio, que la pintura era un acto de entrega total, Luis, cómo controlaba cada gramo de mi alimentación y por las noches solo me dejaba comer fruta, parecíamos una pareja casada hacía cuarenta años, Luis, qué desespero, tan puntual, qué estrés las personas puntuales, que caminan rápido, comen rápido, hacen el amor rápido, nada de paciencia, nada de compasión, todo lo contrario su relación con el trabajo, todo rápido para lo que no fuera su pintura y con su obra, lentitud, cuerpos en cada cosa, su mirada, la mirada del mundo Luis, me llenaba de placer, algo tan suyo, la protegía, feroz, y yo me preguntaba, entonces, para qué estoy aquí, para qué, pero solo entenderlo cuando ya no estábamos, después de esa noche de la pelea, yo explotado de envidia por la relación que él lograba tener con su trabajo, pero no se lo dije, le pedía atención, no sé si lo que quería era atención o distraerlo o es lo mismo, lo acusé, con palabras tan concretas que lo llenaron ni siquiera de rabia sino de, a ver, un hastío que a mí me sacudió, y lo acusé, egoísta, falta de empatía, y ahí dijo que ya no más, que el egoísta y el perezoso y el insoportable era yo, y que no quería verme en la vida y empezó a tirar mis cosas por la ventana, y yo deambulando por ahí, sentado en ese banco del memorial de los amantes quemados, ay, la vaga vestida de rojo que decía llamarse Louise y luego Fátima y que me compartió un poco de su whiskey, que se le agrandaron los ojos cuando me habló de un grupo de amigos muertos-vivos-muertos y un viaje que hacen en barco por las islas Galápagos y se cuentan historias, Como en el Decamerón, dije, Sí, pero en un barco pesquero, me respondió, y luego seguir tomando y quedarme dormido y al despertar ni la botella de whiskey, ni la vaga, ni mi billetera, y justo deambular por ahí y encontrar ese bar abierto, no cobraban la entrada, entrar en esa oscuridad, solo, la rabia Luis transformándome en uno de los cuerpos de sus pinturas, como si yo fuera esos trazos marrones, una de esas espaldas cuajadas de músculos, las espaldas de Luis, ese misterio, todo fundido, moverme en corto circuito, y abrir los ojos, y mirándome unos ojos que hasta en la oscuridad se podía ver lo azules que eran, y cómo se acercaban saliendo de ese cuerpo de espalda ancha, de cintura de abeja reina, se acercaban más, dolían esos ojos y esa cintura, nos quedamos tan cerca, mirándonos sin hacer nada, sin tocarnos, sin importar que me llevara una cabeza, casi; mis manos en su pelo, abundante, sin saber aún que era el pelo más rojo de todos los pelirrojos posibles, su tomarme de la mano y llevarme hasta lo oscuro, este encuentro con los ojos azules de Donatien, untados de un azul que atravesó ocho dimensiones para encontrarme,

desde la ventana del avión todo pasa a ser velocidad y con la velocidad el adentro se llena de esa manera en que Donatien miraba, esperando algo,

qué raro esperar, si las cosas finalmente llegan, como si uno ya estuviera en lo que espera, ya estoy ahí, Donatien, en el olor a romero de Donatien y su pelo rojo, en esta espera la espera no existe, ya estoy ahí,

el cuarto café que me sirve la azafata,

el espacio empieza a apretar, y eso que soy pequeño, pasa que en un cuerpo pequeño lo apretado aprieta más, ¿no? Yo, pequeñas manos, pequeñas piernas, ahí tiene que caber uno que se cree gigante, el café se me sube, cuando se toma mucho café, no se puede caber, no se puede esperar, hay que mear, claro, esa manera que tiene el cuerpo de pedir las cosas, lo que pulsa ahí se escapa de mi voluntad y mis intenciones, pasan cosas dentro que no me puedo imaginar, y si entro en ese ni imaginar, en los procesos de digestión, por ejemplo, en la producción del pus, por ejemplo, la segregación de las hormonas, tanto desconocimiento y no entiendo cómo hay gente que se atreve a decir Lo importante es ser fieles a nuestros cuerpos, conoce tu carne, qué ansiedad estar siempre en la misma materia, tan desapercibidas las transformaciones a menos que haya un síntoma, uñas cayéndose, por ejemplo, toxicidad la de andar siempre en la misma costra, en todo caso, es que todo termina siendo acerca de uno, qué culpa, Paz María, y como todo es acerca de uno, todo es acerca del miedo de ser otra cosa

y el miedo es tan incómodo y doloroso como una mano sin uñas

uno lo acepta, aprende a vivir con eso, cree que lo domestica, le pone un cordón y lo saca a pasear como ese hombre que sacaba a pasear a su gato negro con una cuerdita roja por el parque Nacional,

sin saber que es uno el que está siendo arrastrado por la cuerdita, que es uno el que está siendo arrastrado por el abrupto aterrizaje en la nocturnidad parisina,

De pronto la sensación de que mi maleta no va a llegar, mientras recorro la banda circular la certeza de la no aparición mezclada con el gris de las paredes y en mi estómago algo metálico o las bandas movedizas, espero,

cuando se está cansado la espera sí que es una espera, nada de la maleta, nada de Donatien; recorro la banda movediza con la mirada, dos, tres vueltas, no paro hasta el mareo, cierro los ojos y me meto en mi sensación, ese truco de Paz María de extraer placer de la incomodidad, la circularidad de la náusea, su geometría, su espesor sobre mi cabeza, su trazo desde la frente descendiendo hasta la garganta, hasta la boca del estómago y el eructo, su poder de acción,

¿un color para la náusea? Morado, el color con el que había aprendido a odiar desde esa vez, a los ocho años, intoxicado con una carne; el olor agrio de eructo a carne y el olor agrio de mi sudadera untada del vómito de la intoxicación me dio un acceso a algo otro, a una lucidez, morado del que ha salido mi pintura,

no lo veo pero lo siento, mi romero, y se acerca y me abraza y me da un beso en la mejilla,

qué siento, a ver, qué: omoplato tensado hasta la piedra, una montaña de músculos, el hacerse animal de una espalda, ganas de orinar, ganas de aguantar las ganas de orinar, sonrío, sonrío, mantengo la sonrisa, pero no es de sonrisa de lo que se trata este momento,

esperamos sin mirarnos, hipnotizados por el movimiento de la banda y las maletas dentro de ese movimiento, a que aparezca mi maleta, esperamos, Donatien no habla, suda, su olor sin desodorante, suspiro hondo, primero mío, luego suyo,

¿Estamos esperando esa maleta encartoso que siempre llevas a todas partes?, me dice en el oído y borbotones de olor aromático,

Sí, sonrío, me doy la vuelta y le doy un beso en la boca que lo paraliza, su parálisis entra en el beso, su cara con más ángulos, el beso no encaja,

Estás más flaco,

no le pregunto de dónde sacó esa palabra encartoso; esperamos,

en los aeropuertos la espera sí que existe, y con cuánto peso, el de todas esas maletas girando en las bandas automáticas, mientras se espera, y la espera es incómoda y no se sabe qué decir, la espera existe; su existencia es un volumen que se le mete a uno por debajo de los pantalones, ¿será por eso que esperar me pone tan caliente? Pero hoy no, el cansancio es más fuerte que la calentura, no sé quién dijo alguna vez que la felicidad de las parejas se mide por cuánto se demoran en tener sexo después de no verse por un buen tiempo; doy un paso hacia adelante, Donatien, lo miro de frente: crear un recuerdo suyo, del hombre que no ha dormido en días, es evidente, sus ojeras le bajan hasta donde empieza el labio, sus temblores y mi no saber si preguntarle si está bien y al mismo tiempo sospechar que lo de la maleta es serio; qué hacer cuando ya todas las maletas están en manos de sus dueños, pero no en mis manos sin uñas, o en el carrito que Donatien arrastra,

¿Aún nada? ¿Esperamos un rato más?

Donatien dice que ni idea, un funcionario del aeropuerto alza los hombros, luego puede ser que se sienta culpable y nos señala la oficina de la aerolínea con la barbilla, la maleta no va a llegar, dice una marroquí malacarosa de la manera más seca en que se puede tratar a alguien, lo dice así, sin decir: No va a llegar esta noche, o Va a llegar mañana, no, dice No va a llegar como si dijera No va a llegar nunca, y yo, con ganas de morder o romper las bandas movedizas, de hacer una pataleta, algo que haga sangrar, que exhiba, que se den cuenta de lo que puede lo contrario de una garra, lo que no llega aún a ser muñón, qué ganas de hacer una pataleta, bien descarnada como mis manos, pero qué cansancio, más bien utilizar la energía para otra cosa, pero qué hago si empieza a subírseme el tono, esto no puede ser posible,

Y entonces, ¿para cuándo?, la marroquí alza los hombros, qué cosa con el alzarse de hombros de esta gente, que llame en dos días y me entrega un papel con un número, Pero esto no es posible, cómo puede ser, dice Donatien, ahora es él quien se impacienta y a golpear el vidrio de la señora y a decir que quiere hablar con su supervisor, y ella dice, Yo soy la supervisor, y bueno, Donatien, la verdad es que no importa, dar la maleta por perdida, nada más, y me prestas ropa, total, tenemos la misma talla; Donatien me mira desde su altura, ríe, ja, mi humor,

Donatien ahora para un taxi, y yo que estaba pensando tomar el metro, no tengo plata, casi a punto de decirlo, pero me aguanto, agriera y me duelen los dientes, y de pronto, la imagen de los dientes cayéndose, así sin más, tal cual las uñas, posibilidad que me separa de este Donatien que dentro del movimiento del taxi, todo menos amarillo el movimiento, dice estar estudiando las formas del pan, que me tiene que mostrar, las diferentes formas del pan, y está haciendo esculturas con pan de masa madre del siglo octavo,

La masa es caos contenido, dice con una voz que suena sonsa y se mezcla con el dolor de mis dientes y yo intento alegrarme pero en cambio se me forma una sonrisa, y él insiste,

El pan está vivo,

el pan está vivo se me queda en la lengua un pensamiento o levadura, el pan está vivo y yo desbaratado, miro por la ventana, levadura el vidrio, levadura el cielo, la avenida industrial, vamos acercándonos a ese casco que es París, que aparece anunciado por la torre de la filigrana de hierro, iluminada, levadura en la manera en que nos vamos acercando, harina de siglos sobre la majestuosa, imperial, con sus adoquines y sus edificios haussmanianos, monumentalidad tan instalada, el detalle de cada puente, el de repente brillo de una espada, y la gente arreglada, incluso a estas horas de la noche, intacta, la gente, en esta niebla, ahora blanca, ahora habana, el pan está vivo y no puedo escuchar qué es lo que dice Donatien, desbaratado debo estar de querer que se calle, para ver si esta visión de levadura se disuelve, me sale no sé de dónde el movimiento con que le acaricio el pelo con mis vendadas, y aun a través reconozco su pelo fino y liso, su rojez, cuando lo tiene tan corto le crece hacia arriba como pasto, pasto rojo con el que habría que crear un pigmento, y no sé si esa cara es de desconcierto ante mis vendas o si quiere que yo siga acariciándolo, y yo sigo, y él me cuenta que hace poco fue a un laboratorio en el que pudo escuchar el crepitar del cerebro de una cucaracha y luego dice,

Ahí también vi un tardígrado, ¿sabes de qué hablo? Esos bichos que han sobrevivido a todas las extinciones y tienen la sangre azul porque son de un tiempo en que la sangre no conocía el rojo,

en que los genes no producían la pigmentación para que su pelo brille de ese color, porque el pelo de los pelirrojos parece diseñado para atraer manos que lo acaricien,

Una sangre intocada por la historia, dice y yo no digo nada, y es obvio que mi silencio de levadura y el pan está vivo ante sus magníficos proyectos lo empieza a poner nervioso, tiene que hacer algo como sacar de su mochila arhuaca regalada por mí su tarrito de agua que a mí me parece un tetero y que lo hace ver tan infantil, y me lo ofrece, dice que está fresca, de la llave, pero fresca, y yo le digo que solo tomaría vino, vino fresco, que le dé sentido a este silencio que nace de nosotros, cansado, resignado, es a la vez un cúmulo de voces que chocan entre sí y se disuelven en un aliento de horas de avión, horas sin dormir, o de dormir entre malas posturas, dolores cervicales pues el cuello batiéndose entre turbulencias y bruxismos, sin pasar nunca a lo dicho, y de pronto, sin la mínima esperanza de que algo pueda ser dicho ahora, dice, le sale, parece, de una cuerda vocal creada para decirlo,

Quiero un hijo,

pero de qué lengua muerta nace esto, no podía prever que en ese cuajo de voz y levadura sea posible la palabra hijo, la idea hijo, ¿un hijo? ¿En eso consiste la palidez de Donatien? Qué le pasa a esta gente con los hijos,

Y ¿qué piensas?,

pienso: ¿y las fiestas, las orgías y las penetraciones por todos los orificios? No pienso, o sí, pienso que no es el momento, pensar en un hijo cuando ni siquiera me pregunta por mis manos vendadas,

¿Y con quién?

Contigo, dice, ahora con ternura, como si producir esa ternura llenara su petición de sentido, y mueve las pestañas y se acerca y me toma las manos y me sorprende lo ásperas, no parecen las manos de Donatien sino las de Paz María, ¿será posible que Donatien y Paz María sean ahora la misma persona alrededor de la idea del hijo?

Pensé que podíamos decirle a tu amiga, creo que,

¿Qué?

Que hay que ponernos límites, y que lo único que pone límites son los hijos, es el límite natural,

ese natural entre nosotros,

¿Qué piensas?, me pregunta, y se ve que la expectativa lo enloquece, no para de sudar este pobre Donatien,

No sé, no sé, me parece un exceso, una extravagancia,

Pero tú amas las extravagancias,

Sí, pero necesito llegar antes, y esta extravagancia,

Lo que pasa, dice Donatien, pero no le puedes decir a nadie, es que no sé si contarte, porque te vas a burlar, vas a decir que estoy loco,

Dime,

Lo que pasa es que, dice Donatien, mirando para un lado y para otro, Algo muy grave está pasando,

¿Qué?

Pero júrame que me vas a creer,

Trato,

Lo que pasa es que un grupo de personas que se hacen llamar artistas y que decían ser mis amigos, o eso creía, han empezado a desprestigiarme, y yo que crecí en un mundo en guerra, extremadamente injusto, desigual y violento, no he hecho más que esforzarme por hacer cosas que inviten a la reflexión, pero parece que esto no les gusta a ellos,

¿Cuáles ellos?,

pero él sigue, Justo por los años en que mi carrera profesional iba muy bien esta serie de imbéciles, movidos seguramente por la envidia, se pusieron en la labor de crear una campaña de desprestigio contra mí, por eso mandé una carta abierta, la pegué en muchos lugares de Belleville,

y me doy cuenta de que el cuerpo no es el lugar para esconderse de lo que me produce el estar volviéndose loco de Donatien, tiene que ser eso, y empiezo a trazar todo un perfil psicológico, y le pregunto,

¿Pero sabes de quién estás hablando?,

él me agarra una rodilla y me mira desde lo remoto del azul y me dice,

Por favor, Lorenzo, ayúdame a identificarlos, y en ese momento, algo, un brillo que no había visto antes, una tristeza que hace que los ojos le tiren hacia abajo, muy sutil, pero yo, que he explorado su cara tantas veces, que es una de las cosas que me sé de memoria, puedo notarlo, sus ojos, su azul, los párpados cayendo, un vacío muy grave, muy físico, instalado ahí, y sin una sola lágrima, pero esos ojos tendrían que estar llorando, así, voy a decirle que sí, que le voy a ayudar a buscar a esa gente, que llore por fin, que pensemos lo del hijo, sin presiones, podemos hablarlo e ir pensándolo, tal vez en un futuro criar los de Paz María, y en ese momento llegamos al portal de su nuevo edificio,

y Donatien despierta del trance del hijo, la queja y la paranoia y se vuelve otra vez el práctico herrero que puede hacer tantas cosas al mismo tiempo, aunque le cueste llorar,

y saca un fajo de billetes de su bolsillo y salen volando por los aires y él ni se inmuta, paga los doscientos francos que cuesta el taxi, sin voltear a verme, sabe que si me mira voy a empezar a preguntar de dónde, de pronto, todo ese dinero,

El apartamento de Donatien en Belleville, menos oscuro que el otro, que el nuestro, presiento, pero más pequeño, y ahí, saliendo de las tinieblas, reptando, Emma Reina, la cuerpitediosa Emma Reina, su pelo incrustado en sus ideas, rasgos achinados, pálida, pero aún más blanqueada por la ciudad, envejecida en menos de un año, resaltada la mancha en la frente, justo encima de la ceja izquierda, de algo que viene de cuando era esa niña que nadie quería y antes de que se le siga asomando esa tristeza que arrastra desde su infancia, de una muerte de la que no se habla, porque se sabe, eso que tiene ahí solo puede ser la tristeza por la muerte de un hijo o una hija, ahí, parada, y aunque no son grandes sus ojos, se agrandan para detallar, lánguida Emma Reina, fantasmal Emma Reina, sus ojos de estar siempre a la espera de un cuerpo que la colme, y no sé si abrazarla, si decirle que permiso, necesito pasar, porque sigue siendo tan atravesada como la última vez que la vi, Emma Reina, en el pasillo que no es muy amplio, y no es que ella ocupe mucho espacio, pero un cuerpo es un cuerpo, no importa su tamaño, siempre tiene la capacidad de estorbar, de atravesarse, de no dejar pasar, y Emma Reina, poniéndose o puesta ahí, sin moverse, para hacerme tocarla, empujarla, hacerla existir de alguna manera; estorbar para existir, la ética de Emma Reina,

y Donatien le dice, Tranquila, Reina, sabemos lo feliz que estás de que Lorenzo haya vuelto, pero tienes que sentarte ya,

y después Donatien me dice al oído que Emma Reina ha estado rarita, más de la cuenta, y por eso está yendo a un psicoanalista transgeneracional que la tiene aún más cucú, y por eso anda con esa sonrisita ida, y estorbando por ahí, y hay que darle instrucciones para todo,

Donatien habla por Emma Reina, dice, Reina, sí, claro, ahora está más integrada a la vida parisina, durísima igual, imagínate, aprender francés de ceros, encontrar de qué vivir, y alguien interesado por tu trabajo y bueno, ajá, se hace lo que se puede, una no se puede quedar quieta; así es como ella no se queda quieta, y Donatien habla de Emma Reina con unos nervios que no le conocía, a cuatro velocidades y seguir lo que dice, verlo argumentar me marea, tiene tanta energía Donatien para representar a Emma Reina, da la impresión de que quien habla es el espíritu de ella ocupando el cuerpo de Donatien para poder hablar, el problema de Emma Reina es el cuerpo, el problema siempre es el cuerpo, Reina, no eres solo tú, por eso Donatien haciéndole un favor, muy guau surundundui, pregunta qué me pasó en las manos, pero entonces yo no sé si es él quien pregunta o Emma Reina a través suyo y cuando tartamudeo una respuesta, Donatien, o más bien Emma Reina desde el cuerpo de Donatien, dice, Bueno, eso no importa, y sigue,

Así como hay nuevos ricos hay nuevas flacas y yo me siento parte de ese clan, lo dice ahora Donatien en femenino, ocupando entero el lugar de Emma Reina, en primera persona, Emma Reina en Donatien no deja de mirarme las manos, y ella, o más bien el cuerpo de Emma Reina, silencioso, me busca los ojos tratando de entablar una conversación telepática paralela para que yo le cuente sin palabras qué es lo que me pasa, y el espíritu de Donatien, estrujado, claustrofóbico por el espíritu de Emma Reina, parece buscar un refugio en mi cuerpo, yo no lo dejo,

más que miedo, la desazón de no encontrar en Emma Reina eso que me gusta tanto de ella, su abrazo, su calor de amiga, de madre, aunque hijos visibles no hubiera, de Emma Reina la manera en que su voz me iba haciendo parte, me abrazaba con sus historias sobre Matías, el niño de cinco años al que cuidaba, la única fuente de ingresos que tuvo por mucho tiempo, y que ahora no sé si aún, cuando me contaba, por ejemplo, que Matías le preguntaba si ella de verdad tenía vagina, a través de Donatien hablando por Emma Reina no encuentro la cara sonrojada de la asexual Emma, para quien el sexo está sobrevalorado y cuyo lema es El mundo sería mejor sin sexo,

¿Por qué?,

y ella respondiendo, Complica la vida, a mí la verdad ya no me importa nada, ya no me sabe nada a nada, y respondiéndole a Matías que sí, que ella de verdad tenía vagina, será lo que su asexualidad produce en los niños, una necesidad de nombrar algo que generalmente no se nombra, así como ahora me produce estas ganas de decirles, de rogarles a Donatien y a Emma Reina que paren con este juego, que me está poniendo nervioso, más bien, que no importa lo cansado que estoy, salgamos de este lugar, es lindo pero pequeñito, y esa pequeñitez hace que surja de repente una necesidad de jugar a ocupar cuerpos de otros, tal vez estos dos hayan aprendido una técnica de tanto que se la han pasado juntos, Vayamos a pasear, comamos chino, compremos incienso y mazorca, visitemos a Luis,

y el Luis pronunciado es un resorte para que Donatien salga al balconcito de un salto y Emma Reina hace una cara como si le hubiera preguntado si su vagina es real, me responde con seriedad, sin rastro de sonrisa de boba, una seriedad que no le conocía, y he ahí que suelta una carcajada, una risa que la hace temblar para todos lados, le estira los huesos de no poder detenerse, es esa risa paroxista lo que la hace volver en sí, creo, y cuando al fin la risa la deja hablar, esa risa que en ningún momento, a pesar del temblor, le quitó la expresión seria, es ella, desde su cuerpo, quien habla, dice,

Salir, eso es imposible,

¿Por qué?, le pregunto,

Es muy tarde, y luego viene Donatien otra vez, como si no quisiera dejarla hablar, como si lo que Emma tuviera que decir fuera peligroso y hubiera que evitar que ella vuelva a reírse, y toma otra vez la palabra de Emma Reina, El barrio se ha puesto malo malo,

¿Malo cómo?, y veo que Donatien le hace señas a Emma Reina,

Chao, Reinita, nos vemos mañana, ¿sí? Gracias por venir, y por todo, Lorenzo está muy cansado, y ella vuelve a la sonrisa lerda y dice muy despacio, en voz muy baja,

El yogurt griego queda en la nevera, y luego dice, pero tengo que acercarme tanto, y con mi oído derecho muy cerca de sus labios, casi imperceptibles ante su palidez, escandalosa, dice,

Perdón, mañana no puedo venir, tengo una reunión con mi grupo de apoyo,

¿Apoyo?, le pregunto, pero ella sonríe y no responde y me zampa en la boca un beso frío de muerta y hasta pronto,

¿Qué le pasa a Reina?, le pregunto a Donatien apenas ella sale, Más bien, ¿qué les pasa a ustedes dos? Están muy raros,

¿A nosotros? Nada,

¿Y lo del hijo, ella sabe?

¿Lo del hijo? ¿Qué del hijo?

Pues lo que me dijiste en el taxi,

Ah, eso, más o menos,

¿Cómo así que más o menos?

Pues es Emma Reina, ya con ella tiene suficiente, muchos problemas como para pensar en eso ahora, aunque estoy seguro de que le resolvería la vida, dejaría de pensar tantas bobadas,

¿Crees que a mí también me ayudaría a dejar de pensar tantas bobadas?

Sin duda, un hijo es el mejor antídoto contra las bobadas, hay que poner las cosas en peligro para que signifiquen algo, ¿no?

¿Y por qué ella sí puede salir?

A ver, dice Donatien, Es Emma Reina, a Emma Reina nunca le pasa nada,

Lo dices como diciendo que en el cuerpo de Emma Reina no puede pasar nada,

No lo digo por decir, Lorenzo, Emma Reina es invisible, ya lo comprobamos ella y yo, la hemos vestido de todas las maneras, a lo gogo dancing, purpurina, tops de lentejuelas, de todo, y nada, no produce nada, ni un ulalá,

Pero es bonita, tiene buenas piernas, si me gustaran las mujeres, seguro que le haría,

con cuánta fiereza Paz María diría que ese le haría es lo más insultante, Por qué, diría Paz María, Los hombres se empeñan en decir que son ellos los que les hacen a las mujeres, que entre homosexuales es distinto, ¿más recíproco?, ¿más democrático? A ver, Lorenzo, cuándo dices tú, Me cogí a tal tipo, nunca, y yo le digo que no lo digo porque para empezar pocas veces, mejor dicho, nunca, tengo conversaciones sobre eso, aquí donde me ven soy un tipo muy reservado, que no doy la batalla, que soy un cobarde, me ha dicho Donatien, como si todos los maricas, por el hecho de ser maricas, tuviéramos que exhibir nuestra vida íntima para desmoralizar de una vez por todas a esta sociedad tan mojigata,

Si fueras lesbiana, dice Donatien, tal vez cogerías con Emma Reina, pero a los hombres de esos que les gritan a las mujeres porquerías cuando pasan, pues la reina no les produce nanai, es todo un espectáculo lo invisible que es,

Bueno, en fin, ¿la cosa es que Emma Reina puede salir porque resulta que a ella no la violan?, ¿y es que a mí sí me pueden violar?

Violar no es lo único que pasa, Lorenzo, ojalá, si las cosas estuvieran así, ay, yo habría sido el primero en proponer salir,

¿Pero entonces? ¿No salimos porque no nos violan?

Exactamente, no tiene sentido, esta ciudad se ha vuelto muy aburrida, muy cara, podríamos ir al Bois de Boulogne, pero ahí las mismas locas con las mismas locas, ya hasta las nuevas se han vuelto de lo más aburridas,

Pues para ti, que llevas días en esas, pero para mí todo es nuevo, además, a mí no me vendría nada mal ganar unos francos, ¿tienes un nombre de batalla?

Se enciende la vikinga de Donatien, qué nombre de batalla ni qué nombre de batalla, dice y luego, ¿De verdad viniste hasta acá para putiar?,

¿quiero putiar, quiero? Mmm, a ver, no con las manos así, no sé si podría con estas vendas, pobre al que toque con estas vendas, tiesas de sudor y días de viaje, que no cambio hace días y que no me atrevo a cambiar, porque allá todo me lo hacían, eso es lo único que sé,

No, qué te pasa, le digo a Donatien, Vine para estar contigo, pero bueno, no me haría mal un poco de calle con un top de lentejuelas, yo vi todo afuera muy tranquilo, creo que una caminata no nos haría mal,

Donatien fumando,

Conque ahora quieres vestirte de mujer,

Lo que más quiero en realidad es ver a Luis,

incluso en la oscuridad puedo ver la palidez de Donatien cuando pronuncio el nombre Luis, y el silencio hace que me caiga todo el cansancio y con el cansancio las manos empiezan a arder,

en realidad lo único que necesito, de verdad de verdad, es algo para el dolor, con los dedos, aprieto; el dolor no está en ninguna parte, pero está, un dolor ácido, de acero, de punta de aguja, quiero ir al baño a ver qué pasa, me da miedo, si voy tendría que mirar y no me atrevo a sacarme las vendas, prefiero incluso aguantarme las ganas de mear,

en cambio, me acerco a un espejo que hay en el pasillo y me miro la boca, estos dientes que llevan días sin tener que apretarse para no morder la carne bien gruesa, bien dura,

¿Todo bien?, pregunta Donatien, todavía cigarrillo en boca,

Sí, estaba revisando que no fuera a tener nada, abro bien la boca para que me mire Donatien,

¿Ves algo?, y él se acerca y con su dedo me señala un diente,

Sí, dice, Un pedacito verde de,

y yo digo, Debe ser la espinaca babosa del avión, ¿viste?, espinacas que sin pensarlo comí, me embutí, y las francesitas del lado todas escandalizadas con mi manera de comer, Sí, así como yo, y qué, les dije, les grité, y les sonreí con la boca llena de grumos de espinaca, y les dije, espinaca en boca, Sí, soy marica, y qué,

¿De verdad les dijiste eso?

¿Tú crees? ¿Yo? Si soy toda una dama, qué te pasa. ¿Y no ves nada más?,

y él dice No, y me mete el dedo en la boca para que se lo muerda y en cambio expulso su dedo con mi lengua dura, y digo, Ahora no, y él entonces, resignado, me ofrece de su hierba, al menos hace que al tiempo que siento mis manos pueda sentir otras cosas y así disolver unas por otras y olvidarme e ir olvidándome

sin dejar de sentir el roce de las vendas sobre la carne sin uñas,

¿Tienes hambre?

Siempre, le digo,

Mi niño hambriento, dice él,

Enfermo que come no muere, digo yo,

No estás enfermo, dice él, No digas eso,

Donatien, ese balcón de Belleville, la luz a medio apagarse de un poste le señala unas arruguitas en los ojos que no le había visto, que en un parpadeo lo han convertido en un extraño; Donatien, el desconocido, habla de Belleville, su región conocida, y las arrugas le suman autoridad, es curioso cómo lo van rejuveneciendo, dotando de madurez su juventud, hombre que no ha tenido tiempo de rejuvenecerse con el descanso, y me dice,

¿Me ves cansado? Lo estoy,

¿De qué?

De todos, son demonios, tendríamos que hacernos un batido verde rejuvenecedor, un bálsamo que nos desintoxique de mercurio y fluidos, dice, y luego, se le escapa,

La cosa no está fácil, nos están matando, Lorenzo, a varias, a Celsito y a la Luisa, y a la Mamá Mía la semana pasada, las veníamos buscando durante días, la familia de Luisa estaba desesperada, la mamá, sobre todo, pobrecita, no hacía sino llamarnos y andaba con la foto de su hijo, antes de hacerse Luisa, y no, su nombre de hombre no era Luis, no era tan obvia, su nombre era Françoise; la policía estaba merodeando los bosques, pero en vez de protegernos, nos gritaban cosas; un amigo, Carlos, dijo que un policía había obligado a una de sus amigas a que se la mamaran, y otro, Gastón, dijo que a él un policía le había metido un bolillo por el culo; yo no he querido volver, es peligroso,

¿Quién es toda esa gente?

Esa gente es mi familia, dice sin lágrimas. Que nos violen, vale, pero ¿cuál es la cosa de los asesinos de putas con la descuartización? Una de las cosas que más me impresionó, ¿sabes qué fue?

No, cómo saberlo,

Celsito era hijo de una familia noble, que abandonó todo para hacerse bailarina, tenía una especial fascinación por las pestañas postizas; yo al principio pensaba que los asesinos eran todos, digo, un odio que se viene regando, un miedo de que un día salgamos de la noche y de los bosques y empecemos a pasearnos por ahí con nuestras pintas sin que se nos dé nada, pero últimamente estoy cambiando de opinión, porque hay varios que lo hemos visto,

¿Cómo?

Sí, en sueños, también otras lo han visto en sueños,

¿Otras?

A veces tengo que hablar de mí en femenino, lo siento si te incomoda, también tengo que decirte que tienen un gusto especial por las pelirrojas,

Claro, sobre todo cuando se dan cuenta de que allá abajo también, ¿no? Pero sigue contándome del asesino,

Sí, pues es un hombre, de unos cuarenta años, guapo, alto, con mucha barba, se te acerca con ojos como amarillos, de esos que no se sabe bien de qué color son, y va a besarte y de repente ya no tiene labios, se ha convertido en una criatura blanca, como hecha de materia, de esa que sale cuando te estripas una espinilla, y entonces esa cosa te envuelve todo y hasta placer da, pero luego te suelta y se te va cayendo la piel, los dientes, las uñas, las orejas, todo, hasta el glande se te cae, y te quedas ahí en los huesos, tiritando de frío,

No me digas que tu sueño llega hasta ese frío,

Sí, te lo juro,

Bueno, dicen que los pelirrojos tienen superpoderes,

Mis compañeras no son pelirrojas, y también lo han visto, y también dicen sentir un frío de la muerte, no te puedo explicar, lo más raro es que este sueño lo hemos tenido varias, hemos decidido no volver a los bosques hasta que las cosas se calmen un poco con la policía y eso, y yo pues aprovecho que tú estás acá y pensar en otras cosas,

Sensato, lástima no conocer tu nuevo reino, digo, pero en realidad tiemblo de curiosidad por el hombre de pus, barba y sin labios, ¿debo temer?

En fin, dice Donatien mirando hacia los techos de Belleville, una vista panorámica la de este apartamento tan apretado, celebro el gusto de Donatien por las vistas desde los balcones, y ahora, dice en tono de nostalgia y con un nuevo cigarrillo en la boca, sí que está fumando ahora Donatien, que esta es su región, que cuando niño terminó viviendo en uno de esos proyectos, los de las luces prendidas, ahí había muchos niños, pero no era un barrio para niños; era turbio, se sentía, pero sobre todo por las noches, de día había muchos olores y movimiento, Vivíamos en un último piso y se oía todo, con mis hermanos, yo acurrucado entre mi mamá y su amante de turno, pues nada le duraba ni le bastaba a mi mamá, casi siempre tenía uno, la insaciable, la abandonada madre de Donatien, olor a pescado frito, mucho pescado frito, verduras en conserva, pimientos, y todos se conocían por aquí, hasta que llegaron los primeros chinos, de la provincia de Wenzhou, desde el balcón con mis hermanos veíamos los cuerpos tirados de los chinos, no sabíamos si estaban vivos o muertos, una vista horrorosa, y después llegaron los de África negra, apretados en sus minicomercios donde podías conseguir de todo, amuletos, pescados, drogas, lo que se te pase por la cabeza, había una mujer a la que le decían Ramy, gordísima, le salía fuego de un lunar en la mandíbula, y ese fuego le dictaba cosas, la usaban mucho sobre todo mujeres muy ricas, blancas y altas y erguidas, venían elegantísimas y entraban al tugurio de Ramy, a ellas las ayudaba, yo nunca fui, pero mi mamá sí, una vez, y después se ganó la lotería y pudo comprar el apartamento donde vivimos por mucho tiempo, pero lo malo es que después de eso, mi mamá empezó a oler muy fuerte, un olor agrio y ahumado que nunca se le quitó por más que se echara de todo y hasta creo que eso la volvió loca y tuvo que volver a vivir con mis abuelos en Bretaña,

los ojos de Donatien van nublándose por esas hierbas hidropónicas cultivadas por sus amigos en Burdeos, entonces hablamos de los demonios y Donatien pronuncia, como sin querer, pero muy enfático, la palabra odradek y le pregunto por el significado, se me hace tan familiar, y ahora Donatien parece poseído por Ramy y me vuelve a dar ese sustito de cuando el episodio con Emma Reina, tomo mucha agua, voy muchas veces al baño, y le pido que por favor nos vayamos a dormir, no tengo ganas de acostarme con él, no me ha preguntado por mis manos,

Donatien, gesto de 5:30 de la mañana de París al final del verano, me pregunta cuál es el animal al que me siento más cercano, la ballena, por supuesto, le responde el más cetáceo de mis yos, se levanta y se mete por el corredor del apartamento,

aparece con algo envuelto en periódico, y mientras voy desenvolviendo mi regalo, va, salta del periódico que el presidente, que la privatización de la empresa estatal de teléfonos, que a las 6:45 a. m. un atentado terrorista atribuido a, destruye las instalaciones del, que 71 heridos, que se estrella un avión, que mueren 170 personas, que un alto al fuego unilateral para facilitar el diálogo con el gobierno, que el gabinete propuesto por, que primer gobierno no comunista desde, que el huracán graves daños, que en el sur de, y dentro del mar de noticias una ballena negra en cerámica con labios rojos, la sed de las ballenas, cómo se sacia,

las bombas al otro lado del Atlántico y lo lejos que estoy y si me estoy volviendo indiferente, cómo debería sentirlo, si nadie que conozco, pero hubiera podido estar, pero no, y cuál es la conexión con las catástrofes para que nos afecten como algo propio, Que viene de un país en guerra, dijo Donatien en el taxi, más bien, podría decirse, él viene de un país que propicia guerras, que alguna vez las guerras se dieron dentro, pero eso fue hace mucho tiempo; país en guerra el mío, y sin embargo, yo lejos de eso, quiero preguntarle a qué se refiere cuando dice lo del país en guerra, si a su infancia en Belleville o qué, pero lo dejo quieto, debilidad para tener una conversación de temas complicados, dejo quieto al ojiazul Donatien, preparando café,

Hay una exhibición de ballenas en el Museo de Historia Natural, dice, y me entrega una taza, la recibo, me dice, Dime gracias, lo miro, le tiro un beso y le digo Gracias, y mis manos dándome una tregua, y yo en una tranquilidad posardor,

Donatien y yo tomados de la mano mientras atravesamos el Pont Des Arts, yo he querido mucho ese puente, que quedaba muy cerca de donde vivíamos antes, siempre me tocaba cruzarlo, y entre otras cosas pasaba por ahí para ir a mis cines, a mis cines viejos, a mis películas con Jean Gabin y con Claudette Colbert, había que cruzar por ese puente y yo lo quería mucho, porque además, mirando para cualquier lado, se ven cosas tan lindas, como el Pont Neuf, a veces si uno anda cansado se sienta un rato en un banquito y puede decir Soy tan feliz, es lo que sale sin hacer ningún esfuerzo,

y tal vez por las vendas, o tal vez a pesar de las vendas, voy sintiendo que una mano se convierte en calor, y por qué Donatien no me pregunta por mis manos y sus manos me aprietan y desaprietan en un gesto que es común entre nosotros y que ahora me lastima pero no lo evito, ¿cómo se sentirán mis vendas desde sus manos?, ¿habrá hilos invisibles que nos enlazan?, ¿habrá alguien capaz de verlos? Y él sigue sin preguntarme por mis manos. Me resigno a que Donatien no diga nada, tan discreto él, de pronto, y yo preguntándome si existe un patrón en el fondo

fondo o cachalote en forma de huevo que va creciendo hasta formar telaraña

la rompe y cae entre hilos que suben hasta mis ojos

la relación de nuestras manos contraídas y sueltas

entre mis vendas y la ballena de cerámica entre el periódico y las ballenas del mar y las del museo y los puentes de París y este caminar de paso lento

lento, así debería ser todo,

nos detenemos frente a la imagen grisácea, enorme, extendida entre dos columnas, una ballena jorobada internándose en un mar revolcado por la magnitud del animal; cómo hacer para que lo inmenso irrumpa en la pintura, que de mi interior brote un mar, o la energía para hacer un mural de ballenas apareándose, me conformo con un desayuno de pan negro, seco, y un vaso de cerveza, y sandía, también, sin semillas, su color y su textura fresca como si fuera a durar para siempre, así, entre mi trance de sandía, capturo el olor de un almizcle pronunciado

y en mi boca una palabra o un cubo de hielo,

Odradek, digo en un eructo, ¿Qué es?

Donatien se encoge de hombros y sonríe, Un enigma, dice,

Vamos al campo, le ruego a Donatien,

Vamos, responde, Podemos ir a visitar a mis abuelos, en Pleudihen-sur-Rance,

¿Dónde?, le pregunto,

En Bretaña, responde,

Nunca me has hablado de ellos,

Claro que sí, lo que pasa es que nunca me escuchas, producen sidra de manzana,

¿Y podemos hacer algo de plata trabajando con las manzanas?

No, dice, Tus manos,

es cierto, mis manos, habla de ellas, no pregunta,

Y de paso podemos visitar a mis amigos en Burdeos, Beny y Leika, los vas a amar,

Visitemos entonces a tus amigos en Burdeos, Beny y Leika, seguro los voy a amar,

El campo, Francia, el no-caos, el trabajo de la tierra con las manos, aquí, allá; manos distintas a las mías, manos tocadas por el trabajo, por la aridez: la historia de un contacto con la tierra, se les excusa; a Paz María, en cambio, cómo sufre con la aspereza de sus manos, como si hubiera trabajado todo el día con ellas enterradas, cubiertas con cemento, cargando sin guantes, materiales corrosivos; Paz María, no hay excusa para su aridez, la enfermedad, ah, claro, la enfermedad, y mis manos, por ejemplo, suaves, pero sin uñas, suaves pero envueltas en estas vendas, sin que me atreva a explorar qué es lo que ahí, qué pasaría si tuviera esa vida del trabajo con las manos, de trabajo real con las manos, soy incapaz de construir algo, hace mucho no hago nada; a Paz María es la pintura lo que le pone las manos así, las manos y algo más, la cabeza,

el tren hacia Bretaña, en el esfuerzo con que Donatien disimula, y no sé qué es lo que disimula, aparece la ansiedad, en su frente, los rayos de luz entran por la ventana y encienden el rojo de su pelo y de sus cejas y de su barba, sus pecas de pronto tan pronunciadas, qué joven parece; no quiero incomodarlo, miro hacia afuera y me concentro, el campo de uvas, que el tiempo se detenga, que alivie lo que arrastra; el viento se detiene a veces, ¿por qué no el tiempo, que también es físico?, pero

¿cómo es físico el tiempo? Simple, las estaciones; las personas acá viven con la certeza de los cambios; las manos de los campesinos no parecen tener hacia dónde envejecer, debe ser porque si uno siembra algo, espera algo y ese algo hace que el tiempo vaya más despacio, al ritmo de las cosechas, la espera, cómo crecen sus cultivos semilla por semilla, retoño por retoño; esta gente cultiva su comida y sus casas y yo no salgo de mi asombro por algo tan simple, sorpresa ante lo elemental, la capacidad de clavar puntillas en la madera y lograr, de puntilla en puntilla, elevar la casa en la que se va a vivir; la relación que tienen las personas con los espacios que han levantado con sus propias manos, a estas personas también el tiempo y el clima les juegan malos ratos, los vientos del norte los azotan, y se les enferman y se les mueren los hijos, y les pasa que la plata no les alcanza, pero comparados con Colombia, son ricos,

Son ricos, le digo a Donatien,

Donatien dice que en Francia eso es ser pobre,

Entonces, tú y yo aquí somos miserables, o bueno, tú no, porque al menos puedes hacer una casa con las manos,

Donatien dibuja triángulos dentro de triángulos, sus manos no son tan blancas como las que se supone debería tener un pelirrojo; mis manos bien vendadas, las vendas ya todas deshilachadas, han tomado un amarillento oscuro,

Mis amigos piensan que estamos juntos, dice él con los ojos más cerrados que abiertos, evitando llorar, aunque yo sé que él no llora, creo que nunca lloró,

Bueno, de algún modo lo estamos, digo yo,

sin respuesta,

intento estar despierto para ver el paisaje de Bretaña, y ojalá, si hay suerte, un venado, por lo menos uno, pero cómo uno, si detrás de un venado siempre hay una familia de venados y la alegría que me dan, sus patas flacas, su agilidad, la ternura de su estar en manada, no celebro la inocencia, qué va, pero la inocencia del venado, cuervo, cervatillo, esa soltura de animal atropellable y al mismo tiempo, tanto susto contenido en el cuerpo venado, pensar: de qué le sirve esa actitud siempre alerta si no es para prevenirlo contra atropellamientos, y esto, inevitable, lo veo en mi propia manera de cruzar la calle, mi cuerpo sin reacción, mi cuerpo venado, parálisis cuando un carro, una bicicleta, una moto, un bus, un tren, cualquier cosa con ruedas, se acerca, y justo, como si la hubiera creado, la señal amarilla de que hay venados en la vía para proteger a los conductores del peligro, ¿y también a los venados? La silueta en el cartel romboamarillo, el venado y las señales de tránsito,

los animales y las señales de tránsito, ¿que su inocencia constituya un peligro para los conductores los hace menos inocentes? Los alces aquí no existen, creo, pero cuánto me gustaría que se nos atravesara uno; alguna vez leí que en los estados de Nueva Inglaterra una multitud de personas mueren cada año por chocarse con uno de esos pedazos de bosque animal, aún no hablamos,

Los alces aquí no existen, digo, y Donatien ignora mi comentario y me cuenta muy despacio, con ese tono que a veces tiene de profesor de historia de colegio francés, sobre este su pueblito en el que vivían sus abuelos, a quienes él y su mamá y sus hermanitos visitaban solo en verano, por un lío irreconciliable entre su mamá y sus abuelos desde que la mamá se había ido de la casa a los diecisiete, al parecer uno de sus tíos la tocaba desde niña y odio feroz hacia la abuela de Donatien por no haberle creído o haberse hecho la boba, ese tipo de cosas de las que no se habla en las familias, pero aún sin entender cómo Donatien había omitido este su pueblo de baños termales, medioevo en los techos muy pendientes de tejas negras y paredes de muros de piedra, calles estrechas por donde circularon piratas y batallas entre duques, condes y barones y un comercio agrícola muy intenso con Inglaterra y el norte de Europa desde tiempos inmemoriales,

inmemoriales, me quedo con la palabra,

Muy interesante, pero yo quiero saber sobre tus abuelos, cuéntame,

y Donatien dice, Bueno, paciencia, ya los conocerás,

quiere que me forme mis propias opiniones,

¿Qué más sabes de Bretaña, a ver?

Sé que, a ver, que llueve mucho, que acá fue donde se inventaron la camiseta de marinero negra y blanca, creo que eso me lo contaste tú, ah, también del caramelo de mantequilla salada, y tienen fama de ser iracundos, como tú, pero eso no sé si atribuirlo a los bretones o al hecho de ser pelirrojos, de los pelirrojos también se dicen muchas cosas, ¿sabes si habrá algún espectáculo de marineros en el pueblo de tus abuelos?

No que yo sepa, Lorenzo, vamos a estar con mis abuelos, dejemos a los marineros para después, ¿vale?

Para después, digo, y pienso en el hombre pus y sin labios

despellejando cuerpos calientes con su barba en el Bois de Bologne,

Sí tengo un nombre de batalla, dice de pronto Donatien,

¿A ver?

La Bretona,

Cuánto de La Bretona hay en el señor André, nos está esperando en la estación en un Renault 12 rojo, a pesar de sus al parecer noventa años, la abundancia de su barba roja, bien marcado el gen pelirrojo donatiano, y el cojear de la pierna ¿derecha? Derecha, me doy cuenta de que la otra pierna es una prótesis, y la no pierna del abuelo de Donatien me lanza a una película donde un soldado herido llega a una escuela de mujeres, durante una guerra, y al principio lo reciben, con desconfianza, pero con curiosidad, y la seducción mientras le curan la pierna, pero luego, un giro de desgracia, el soldado ya casi recuperado y entonces el deseo, se acuesta con una, si por él fuera se acostaba al mismo tiempo con todas, pero otra lo descubre y en un ataque de celos, de no haber sido ella la elegida, lo lanza con toda la fuerza de sus celos, y qué fuerza la que dan los celos, ¿no?, por las escaleras y la pierna se le abre de nuevo al soldado y del dolor queda inconsciente, y esta vez la dueña de esa escuela abandonada en la nada de la guerra decide, no se sabe si es venganza o sadismo o es que de verdad tiene que hacerlo, pero decide cortarle la pierna con un hacha al soldado y manda a las otras a traer el hacha y menos mal que no muestran cómo le cortan la pierna, pero bastan los gritos del soldado cuando se despierta y no la encuentra, la histeria del soldado al descubrir lo que han hecho estas mujeres, y su pierna enterrada con mortaja y todo cerca de un gran árbol que seguramente es un olmo, y en contraste la cojera, el soldado causa un temor del que hay que deshacerse, y el desenlace luego, soldado envenenado con hongos silvestres, ese cuerpo al que dejan tirado para que lo recojan los del otro bando y se lo den a los perros,

al verlo caminar así, sonreír así al señor André, no puedo creer que Donatien no me haya hablado más del abuelito pelirrojo, al menos, que me hubiera hablado de cómo perdió la pierna, tenía que ser el detalle más importante de su vida; ese abuelo, toda la pinta de haber sido tan bello y esbelto como el nieto, destella una chispa que dejó al cuerpo hace muy poco, el cojear y la ausencia de pierna y quién sabe qué otras dolencias y lesiones lo han encorvado, pero no parece un hombre encorvado, lo que parece es un hombre cuyo cuerpo recientemente se dejó llevar por los años, después de una larga resistencia,

en el trayecto hasta la casa un silencio no incómodo, puedo ver por el retrovisor que el señor André sonríe, muy tranquilo, para qué hablar, parece decir con su sonrisa: para eso está el paisaje; el carro se detiene cuando estoy a punto de quedarme dormido, ese sueño de la tarde después de un viaje hace que uno no quiera llegar, aunque llegar sea lo que más se ha querido, ese sueño que hala hacia pasar el resto de la tarde y de la vida entre el Renault 12 rojo del señor André, a pesar del calor,

le pongo unos seiscientos años a la casa donde nos recibe la señora Renée, y en la señora Renée queda explicado el color de los ojos de Donatien, como si hubiera necesidad de explicar algo, nos recibe en la entrada y me da un beso doble en la mejilla, basta el abrazo, el calor de esa bienvenida para sentirme en casa, con mi mamá, un abrazo reconfortante, un abrazo que sabe darme el bienestar, tan necesario un abrazo que entonces me descubre y me llena de ganas de llorar, sin parar, entre paredes recubiertas con papel de flores moradas, que se me clavan directo en los lagrimales, qué increíble contraste entre el adentro y el afuera de esta casa; la señora Renée nos hace pasar a la mesa de la cocina, un plato lleno de manzanas vibrantes de lo rojas, y nos pregunta si queremos un vasito de sidra, ¿o tal vez un café? No es café colombiano, pero está decente, dice, y le acepto un vaso de sidra, que ella ha hecho con sus propias manos, y desde la ventana me señala la construcción de piedra donde machacan las manzanas hasta convertirlas en este líquido burbujeante que me tomo con toda mi sed; la vida en el campo, en Francia y en Colombia,

¿Es muy diferente allá?

Muy, muy, le respondo a la señora Renée, Allá la gente es muy pobre porque nadie aprecia el campo, ojalá pudieran vivir como ustedes, y la señora Renée sonríe, contenta de sus costumbres, de su terruño y de su oficio, y entonces entiendo eso que dicen de los bretones, siempre alardeando, aunque en los abuelos de Donatien todo es tolerable; a Donatien le vibran rastros de esa actitud, en algún lugar, lucha por taparlos, pero reverberan los rastros de su orgullo bretón, y luego la señora Renée pregunta si tenemos hambre, y claro, hambre hay, y la señora Renée saca de la nada, una nada perfumada de sidra, una cena: entrada de ensalada fresca, con los tomates más voluptuosos, y sopa de puerros con una copa de vino rosado, un plato caliente con carne de cerdo y calabacines del jardín, luego un postre con una crema que no puedo explicar la suavidad, digamos que quisiera nacer de nuevo de esa crema, abundante el postre, así parece serlo todo en la casa de la abuelita y algunas frutas, la abuelita, concentrada en la suavidad de su crema, no tuvo cabeza para prestar atención a las denuncias de la mamá de Donatien sobre los acosos del tío,

el señor André a punto de reventar de satisfacción de lo que se produce en su jardín: tomates de muchas clases, pero, según él, el más raro y delicado y delicioso es el negro de Crimea, papas en variedades, puerros, cebolla de verdeo, chalotes, habichuelas, calabacines y calabazas enormes, perejil, remolacha y más chalotes, y dice moviendo las manos que tiene que mostrarme, y me pregunta, y en cada palabra en la que aparece una erre una descarga, con fuerza, al tiempo, una erre minúscula, una erre mayúscula,

Pero cuéntame, cuéntame, muchacho, qué es lo que se produce en tu país, acá todo es muy limpio, nada de químicos, ¿sí ves cómo los medios se la pasan destapando escándalos? ¿Viste lo que pasó hace poco? ¿No?, dice sin dejarme responder, ¿No viste? Pero en qué mundo vives, muchacho, continúa sin mirar a Donatien, el escándalo de la reciente contaminación malintencionada de huevos con un producto para matar piojos, ¿Ah, sí lo viste? Fui yo quien denuncié, dice tosiendo, ahogándose pero alzando la voz y va perdiendo el aliento y aun así continúa, Nuestros vecinos, tengo una pelea cazada con ellos, nadie me cree, dicen que estoy loco pues les advierto cada vez que puedo que esos químicos que ellos usan sin ninguna responsabilidad están matando a las abejas, pero nadie me cree, nadie escucha, en unos años van a ver, y claro, nadie se va a acordar de que fui yo, André, el primero en descubrirlo y denunciarlo, y las abejas, qué grandes criaturas son, ¿sabes que ellas entienden el cero? Pero eso tienes que verlo tú mismo, voy a mostrarte, por eso es que tienes que sentirte dichoso, muchacho, de llegar al campo de Bretaña, comer de manos de la abuela de Donatien platos cocinados con verduras sembradas en el patio sin ningún tipo de pesticidas, lo que tú estás comiendo es un tesoro, tengo cincuenta hectáreas, cincuenta hectáreas de estas legumbres y muchas frutas, manzanas y ciruelas,

y sin darnos cuenta se ha hecho de noche y los abuelos de Donatien con cara y postura de un cansancio ancestral, en realidad todos estamos cansados, y dicen que ellos se acuestan siempre muy temprano, con el sol y los gansos, pero que nosotros podemos quedarnos hasta que nos plazca, porque somos jóvenes de la ciudad, Nosotros en cambio, dice el señor André, Hasta cuando jóvenes nos dormíamos temprano, incluso en pleno verano; la señora Renée nos pregunta si necesitamos una cama doble o camas separadas, sin preparación para semejante pregunta, miro a Donatien, pero él ya ha respondido, veloz, al parecer entrenado para este tipo de situaciones, Camas separadas en un mismo cuarto, dice y le da un beso en la frente a la abuela, y cuánta ternura en ese beso, yo que nunca conocí a mi abuela porque mis papás ya eran viejos cuando me tuvieron, los abuelos a dormir y nos quedamos Donatien y yo con suficiente sidra de manzana para endulzar la noche de un campo bretón, le digo que salgamos a dar un paseo, aprovechando que no llueve, al parecer cosa rara por acá, entre el sonido de los grillos, la ternura del beso entre nieto y abuela me hace parte de una felicidad que no estoy seguro de haber sentido, ganas de trabajar la tierra, ganas, muchas, de olvidarme, de las vendas, de las uñas, del cuerpo y al mismo tiempo sentirlo todo, que las ganas enteras toquen en esta noche oscura de los campos de manzana y abuelos, ese amor por los abuelos, las manzanas, la conexión, la conexión, Donatien, por qué no me habías hablado de tus abuelos, me siento caliente y vibrante, curioso, no tan sexual, con ganas de saltar, de ser ganso, cabra, ligero y comer mucho queso, yogurt y sidra, y ver chalotes y lechugas crecer, y bailar, Donatien, déjame a ver si te enseño, no es que yo sea un gran bailarín, qué va, pero bailemos, así, como me enseñó Paz María, como trató de enseñarte Emma Reina, como Luis nunca aprendió, bailemos, sin música, escucha el sonido de la noche, cómo entra, cómo es más luminoso que cualquier luz, en esta oscuridad, estrellas, Donatien, hablo de estrellas, mira, cuántas,

y nos tiramos en el campo a mirarlas, y nos acariciamos y nos besamos hasta que empieza a darnos frío, este no poder quedarme quieto, y bueno, tenemos que hacer algo, juguemos, dice Donatien, juguemos a los soldados, soldados enemigos, y yo al principio que no, ¿Soldados?, ¿enemigos?, ¿en serio?, en serio su cara camuflada, su cara verde militar, está a punto de agarrarme y yo que le doy una patada en la espinilla no sé de cuál pierna y de un salto salgo corriendo y el tipo detrás mío, y con unos costales armo una trinchera desde donde escucho aullar, varios lugares, soldado multiplicado en lobo aullante, lobo a punto de, no me doy cuenta de cuándo es que me agarra por la espalda y con cuánto grito salto y de un salto sobre mí, derribado quedo, me lame, me clava los nudillos y luego con sus patas y sus garras me unta la cara de barro, el pelo de barro, la cabeza me la va enterrando en la tierra como si quisiera sembrarme, yo un chalote morado, y me toma el pelo hacia atrás y la cabeza hasta ese dolor que eriza, que da rabia y tantas ganas de hacer lo mismo con el cuero cabelludo del otro, tal vez, Donatien, no seamos más que cueros cabelludos halados hasta fundirnos con el abono de esta tierra hasta, ojalá poder decir hasta, crecer de ahí, hasta que la tierra nos trague y nos extienda

hasta la disolución de estas vendas en una nueva tierra donde no sean necesarias,

y sucios y torpes y con mucha sed entramos a la casa de los abuelos cogidos de la mano, y nos tropezamos con no sé qué y ruedan por el suelo un par de manzanas, o ese parece ser el ruido, y se oye un crujido, el movimiento de una puerta o de una cama, y la abuela de Donatien medio ciega en el pasillo preguntando si todo bien, Sí, todo bien, abuela, no te preocupes, y entramos al cuarto de camas separadas y papel de flores violeta, y nos echamos así, con ropa, con tierra, con toda la desconsideración hacia la señora Renée, después de todo, ella va a tener que limpiar estas sábanas, pero yo jurando ayudarla cuando salga de esta noche y Donatien trata de quitarme las vendas, yo no lo dejo,

un ardor ahí, intento disimular con el sueño, pero de tanto dar vueltas y ese pánico aumenta lo que está pasando, empiezo a supurar una voz que dice desde ese fondo: algo no está bien, y otra voz, no tan del fondo, dice que soy un exagerado, todo este miedo no es más que la noche, así, empiezo a escuchar a los pajarracos que anuncian el día, me anuncian el día a mí, que no he dormido nada, los pajarracos lo dicen con nitidez: debo pararme de la cama y con esa primera luz encerrarme en el baño y ver, al fin ver, lo que realmente está pasando, porque ahí, en esas manos, tras estas vendas sucias de tierra, está pasando algo, eso es seguro, horror ante lo que supura de mis dedos sin uñas, punzón la posibilidad de que algo se esté pudriendo, ahora sí, sin sacar de ahí placer, aunque podrían salir monstruos de este pus verdoso, por ejemplo, un monstruo con la cara de Juan B diciéndome que no estoy bien y que alguien tiene que cuidarme y me pregunto si voy a poder seguir produciendo sonrisas y conversaciones ante los amigos y los abuelos de Donatien después de haber visto, seré capaz de olvidarme poniéndome de nuevo las vendas, sin cambiarlas, sin poner en mis manos ni siquiera un poquito de alcohol, de dónde saco desinfectante para no pensar en estas mis manos que con seguridad se están algo con contundencia, y no iré a ningún médico, eso es seguro, entonces,

Donatien toca la puerta del baño y pregunta si estoy bien, respiro, me miro al espejo, me trago el miedo, al hombre de pus con la cara de Juan B lo escupo en el lavamanos, sale una flema verdosa y coagulada, le respondo que estoy bien y me lavo la cara y él dice que salgamos a dar una vuelta por el pueblo,

un pequeño puerto en el que una foca que responde al nombre de Elnef, y de verdad responde, voltea la cabeza y mueve los bigotes, así, vive desde hace diez años, la mascota del pueblo; calles empedradas con casas de madera y una hilera de pequeños y cerrados restaurantes, Donatien asegura que ahí venden las tortas de sarraceno más ricas del mundo y yo le pregunto qué diablos es el sarraceno, porque de verdad ni idea, y él me mira con su cara de qué ignorante eres, tenías que ser suramericano, pero después llega la paciencia y me dice que es la semilla de una planta que reemplaza al trigo y que incluso engaña porque parece trigo, pero en realidad no, es una excelente opción para los celíacos que aman el pan, como él,

¿Y desde cuándo eres celíaco? Donatien dice que desde siempre, que yo ya sabía, que él me lo ha dicho millones de veces pero es que yo nunca lo escucho, y luego dice que normalmente el pueblo no está tan solo, lo que pasa es que hoy es martes y es temprano y por eso no están por ningún lado los músicos que tocan instrumentos medievales y recogen monedas en sombreros, y como el pueblo ya lo recorrimos creo que dos veces y media, seguimos caminando y llegamos a unos campos de trigo en los que hay unos rollos gigantes de heno ahí tranquilos, y como le dijo Van Gogh a Theo: Más incómodo que los campos de trigo de Brabante, que deben estar terriblemente bellos en un día como este, nos echamos, a no esperar, pasan los tractores, y Donatien y yo echados con nuestras camisas de lino, la mía blanca, prestada por Donatien, pues de la maleta nanai, la suya azul, impecable, y en la inmovilidad vuelve a aparecer el ardorcito, el picante ardor resucitado, algo no está bien, pero el sol pegando en los pies descalzos y el pecho de Donatien sosteniendo mi cabeza que mira hacia arriba, y algo no está bien pero qué importa, y un pequeño punto gris en el cielo que se va expandiendo, y yo le digo a Donatien que el punto gris del cielo va y va creciendo, y él me dice que eso debe ser una de mis manchas de la mirada, pero qué va, hay un viento, una tormenta viene, Donatien, es verdad, y me da un escalofrío de malos presagios, y Donatien me dice qué va, que disfrute el momento, que no lo cargue de grises y manchas y presagios, y así, una medio siesta hasta que él dice que volvamos, y volvemos,

nos sentamos en la mesa de la cocina, cubierta por uno de esos manteles de plástico con estampados azules de flores amarillas que se dejan limpiar fácil; de nuevo, la señora Renée sirve un plato de ensalada fresca de tomates con una vinagreta deliciosa y papas y sobre las papas una mantequilla fresca preparada en la mañana y perejil recién cortado; Donatien y yo rechazamos el emmental y pasamos directo al flan, que cómo explicar, silencio de alegría ante los postres de la señora Renée, luego el helado, luego las frutas del jardín y terminar con café translúcido y galletitas; doña Renée dice que es un placer tenernos, que da gusto alimentar a los buenos apetitos, reciprocidad al amor con que ella prepara cada plato, qué placer los no remilgados, no como los hermanitos de Donatien, de verdad la señora Renée no entiende cómo esos malcriados han sido siempre tan complicados para comer carne y verduras, en cambio, a Donatien nunca tuvieron que decirle nada, como si hubiera nacido en medio de la guerra, como si viniera de la extrema escasez devoraba cada plato, como si fuera el primero, como si fuera el último,

En nuestra época no se podía escoger y cuando un niño rechazaba la comida los papás le decían: ¡Mañana seguro comerás bien! El señor André dice que cuando él era niño no había para escoger porque durante el tiempo de la ocupación la comida escaseaba, aunque, como estaban en el campo, de vez en cuando horneaban pan a escondidas de los alemanes y se podía comer con un poco de mantequilla, el bocado más delicioso,

pan con mantequilla en tiempos de guerra, qué delicia, de repente a mi boca le chorrea esa suavidad mientras don André y doña Renée dicen que en aquella época eran muy felices de poder comer lo que tuvieran, y yo pues fascinado con la mantequilla contrabandeada, unos niños harapientos y con los dedos manoseando la mantequilla y llevándosela a la boca como si de un pastel de chocolate se tratara ese pedacito de mantequilla que debía verse igual al pedacito de jabón que en una bañada más se disolverá en el agua, sin dejar rastro de la presencia del cuerpo en el que acaba de deshacerse, y doña Renée, que eso, sí, la mantequilla, pero que no hay que olvidar, No deben olvidar, especialmente ustedes, jóvenes, que fuimos las mujeres quienes mantuvimos la nación durante la guerra, cuidamos de los niños, de los viejos, de los enfermos, alimentamos a los batallones asegurándonos de que las granjas produjeran lo necesario y mantuvimos las fábricas en producción; las mujeres, hasta ese momento relegadas al albedrío masculino, no teníamos derecho al voto y no podíamos tomar ninguna decisión sin la autorización de un marido o un padre, tristemente fue gracias a la guerra que pasamos a ser reconocidas, y el señor André interrumpe, Sí, sí, mujer, ya, que sí, pero que también hay que reconocer que los soldados alemanes no eran tan malos como nos lo pintan, que ellos eran víctimas de las circunstancias, no deben olvidarlo, especialmente ustedes, aún jóvenes y propensos al olvido, ay, pobre la historia en sus manos, qué tristeza tanto esfuerzo para dar con la indiferencia de unos jóvenes que no piensan más que en pasarla bien, y después se sacude, como diciendo, qué es lo que digo, viejo moralista, qué me importa, yo también fui joven, más políticos los jóvenes en la época de mi juventud, eso sí, pero bueno, sin cantaletearnos, porque él todo menos eso, eso sí que no, y su forma de hablar sobre los soldados alemanes, acá, en la boca de la señora Renée, no eran esos inhumanos, sino hombres, muchos de ellos muy jóvenes, obligados a una situación aterradora, por ejemplo, en su casa hubo un soldado alemán, un señor muy mayor, ¿Se acuerda del nombre?, le pregunto, y ella no, qué va, incluso finalizada la guerra el soldado alemán quería quedarse con ellos porque no tenía familia, la señora Renée nunca pudo explicarse cómo se comunicaban con él, pues en esa época nadie hablaba inglés, ni tampoco alemán; el señor André interrumpe: tenía diez años y se acuerda claramente de los alemanes y de algunas palabras que utilizaban, ¿Cómo cuáles, abuelo? El abuelo dice que no recuerda, ahora no,

Yo sí recuerdo algo, dice la señora Renée, Es el olor a chamuscado que sentí antes de que llegara la guerra, un olor que, no puedo explicarlo, pero es el que tendrían miles de cuerpos jóvenes incinerados, ustedes dos trajeron ese olor, el mismo,

¡Renée!, dice el señor André con furia bretona, Deja a los muchachos en paz,

Pero qué hago, André, lo tienen ahí, dándoles vuelta, a ver, dice ahora mirándome, Déjame ver tus manos,

y está a punto de tomármelas y yo, sin querer, brusco, las escondo detrás de la espalda,

Lo siento, digo,

Está bien, dice ella, Perdona,

Muchachos, no le hagan caso, la abuela anda delirante últimamente, desde que le cambiaron las pastillas para la presión,

la señora Renée se dirige a mí, Saben que pueden volver, Donatien, esta es tu casa y de las personas que quieres, pueden venir que hay suficiente comida y donde la comida abunda siempre hay cuidado,

me huelo la camisa, el pantalón, olor chamuscado dijo la señora Renée,

No le prestes atención a la abuela, dice Donatien,

Donatien descansa en mi hombro, yo abro el sobrecito azul que me entregó la señora Renée antes de salir; fotos de los antepasados de Donatien, por los que a ella le pareció que mostré tanto interés, insistió en dármelas, y el sobrecito perfumado de sidra y mantequilla y romero, qué curioso, saco una por una en el tren hacia Burdeos, busco pelirrojos en blanco y negro, encuentro la mirada de Jean-Baptiste, el héroe de la resistencia, levantando a un niño, ¿su hijo? Donatien duerme, saco otra, en un formato más pequeño, un hombre alto vestido de blanco junto a unas rocas al lado del mar, dijo la señora Renée que este se llamaba Henri, creo, era abad, aunque vestido de abad no andaba ese día, tiene la felicidad serena de quien está acompañado por la persona que ama, no es seguro que haya sido pelirrojo, busco entre el sobre azul alguna marca de origen de la pelirrojidad de Donatien en el blanco y negro de las fotos, puede ser, pero busco también alguna mujer, de las que en la guerra se hicieron fuertes, pero nada de mujeres en las fotos de la señora Renée, este Henri tiene una forma de pararse junto a las rocas que me recuerda a la postura de Donatien,

meto entre mi libreta beige el sobrecito azul, primera vez en el viaje que la uso, aquí, en mi libreta, siempre las mismas libretas alemanas beige que usaba mi papá y que le encargo a quien viaja, voy dibujando, sobre todo cuerpos, posiciones de cuerpos que veo por ahí, como el pararse del abad Henri, hacia un lado, una ola de misterio, ¿fecha de hoy? Deduzco, 17 de septiembre de 1989, meses desde la última vez que la usé, objetos pegados, clips, pelos de pinceles, tiquetes de cine, ahí suelto el tiquete del viaje a París, el recibo que me dio la señora del aeropuerto para reclamar la aún no aparecida maleta, a pesar de las vendas, dibujo cierta posición de un cuerpo que tengo que recordar,

Cómo es que puedes dibujar con esas vendas, dice Donatien entre dormido,

Los amigos de Donatien: Beny y Leika, de una amabilidad desconfiada; su manera de aproximarse, de hablarme, de ofrecerme una copa de vino, de pasarme el pan hecho con levadura del siglo cuarto me asusta, dice que soy un extraño, claro, puede que me den una oportunidad pero tendré que demostrar que estoy con Donatien de la misma manera en que ellos están el uno con el otro, así, como creen que debe ser, la unión que se requiere para hacer posible una casa, y eso es lo que esperan de mí, que me entregue a Donatien como él hace conmigo, y que luego compremos el lote vecino y hagamos una casa con nuestras propias manos; Leika, mitad alemana, mitad francesa, de ojos azules, no azules vivos como los de Donatien, sino de un azul grisáceo, desteñido, me interrogan con una cara a la que le cuelga un amargo, parte del labio le tiende hacia abajo, y ahí Beny, sonrisa de punta a punta y dientes curtidos por café y trabajo con la tierra, ojos de topo amplificados por lentes, ojos que uno no sabe si están mirando, o si están qué; Beny, quedándose calvo, altísimo, flaquísimo, pero musculoso por las largas jornadas de pala, arrugas alrededor de los ojos que le dan a su cara algo seductor, de envejecimiento prematuro, y es que cómo es posible que trabaje de esa manera bajo el sol sin bloqueador solar ni sombrero, Beny y su amor por los gallos, tiene diez, pocas, solo dos gallinas, dice que el gallo es un animal orgulloso y fiel, dice que por las mismas razones es el símbolo de Francia; yo no creo que un simple animalito deba tener tanta responsabilidad pero me conmueve el amor de Beny por sus gallos; Beny y su trabajo con las manos y la tierra, y también, como los abuelitos de Donatien, trabajo con las uvas para hacer vino, y esta vez en boca de Beny: vino: el producto agrícola más importante de la región; Leika y su minuciosa preparación de los kounigamamn con menos mantequilla, dice, Más saludables, menos sabrosos, puede ser, pero sin duda para ella lo más importante es la salud, y sin embargo, no se interesan por mis manos vendadas,

Donatien y yo y Beny y Leika, en su casa sencilla, construida con sus manos, como todo lo de ellos; Leika prepara un ratatouille, se le va la mano en los condimentos, y deja un gusto anisado en su peor versión; ratatouille, entonces, estilo Leika, hecho con el hinojo que ellos mismos siembran, y tomamos vino que ellos mismos preparan de las uvas que ellos mismos cultivan, la pareja hágalo usted mismo; yo, además de alabar el aroma del vino, de ofrecerme como voluntario para lo que necesiten, menos sembrar la tierra, por ahora, después de unas copas y de haberme embutido el ratatouille, con todo y lo amargo de esas berenjenas mal desangradas, y entero el pan de la mesa, digo que a veces es difícil tener amigos, porque para tener amigos,

Tienes que dar todo de ti y hasta más, y es muy extenuante, ¿no? Debe sentirse bien en un momento en que estás al día con las obligaciones, con las deudas, pero yo hace mucho que no me siento así, siempre hay algo que se me queda por hacer, algo que tengo que hacer cuando llegue de nuevo a la casa, pero la cosa es que ahora no tengo casa y quién sabe, tal vez me toque devolverme a Colombia, pero no es tan grave, realmente me alivia la idea de no tener que ocuparme de todo, no hacer desayuno todos los días, no hacer aseo, poder descansar, tomar notas, ver películas, muchas, de vez en cuando pintar, solo cuando me den ganas, en fin, lo que trato de decir es que eso de tener tantas cosas que hacer y no terminar de hacerlas me quita las ganas que hacen que uno pueda tener amigos,

y ahí me miran para matarme, qué me pasa, como si la idea de devolverme a ser atendido por otros les pareciera detestable, pero más que detestable, les pareciera impensable, silencio. Donatien sale a fumarse el cigarrillo que ha estado armando, totalmente prohibido fumar dentro; curioso que no se hubiera fumado ninguno en la casa de sus abuelos, al menos eso hubiera explicado el olor a chamuscado; Leika, una sonrisa y a mí me parece que el labio ladeado la arrastra hacia abajo,

a la sonrisa con todo y Leika,

ella recoge los platos, yo no me muevo, no le ayudo, no me nace, estoy cansado, hay un momento de silencio, y luego, Beny dice,

No creo que sea lo mismo,

¿Qué?, dice Leika y hace un alto en su oficio y voltea su cabeza hacia nosotros, ay, las cabezas, y esa que ahora emite indignación contra Beny, estoy seguro, por haberme respondido, cómo se atreve, qué alta traición has cometido, Beny, cuando ella quiere castigarme por no ayudar, por malcriado, que lo que acabo de decir retumbe y paste en el reino de las conversaciones nunca empezadas, hacerme sentir que siempre he estado hablando solo, que mi vida ha sido un monólogo prolongado, neurótico, excesivo, y que qué triste que hasta hoy, y gracias a ella, sí, a su sonrisa sonsacaverdades, me esté dando cuenta,

Sí, continúa Beny, sin ponerle atención a la advertencia de Leika, Digo que no creo que sea lo mismo las ganas de estar con los amigos y las que uno tiene de entregarse al trabajo, lo que tú estás diciendo más o menos, o al menos como yo lo entiendo, es que no se puede tener amigos y trabajar al mismo tiempo,

respondo sin pensar, Bueno, tal vez eso explique por qué no me gusta trabajar,

en el territorio del La vida es demasiado seria y hay que guerréasela, A nosotros nos ha tocado muy duro conseguir lo que tenemos, No podemos dedicarnos al arte como tú, a no hacer nada como tú, a quejarnos y a criticar y a pasar por encima de todo el mundo como tú, en ese territorio, digo, yo había pronunciado una herejía, y no trato de arreglar el asunto, ni de dar explicaciones ni de hacerme entender, esta gente no tiene sentido del humor, y me van contagiando, así me pongo serio y melancólico y le doy peso a lo que digo y termino hablando en el francés más mediocre, Lo que quiero decir es que no logro terminar nada como quiero, que siento que todo se me queda a medias, que estoy tratando de sentir mucho y que si no siento tanto entonces creo que no vale la pena y que a lo que más le temo es a dejar de sentir,

una vez dejé de sentir y fue cuando caí en un hueco que no daban ganas de hacer nada, solo quería que mi cuerpo perdiera las ganas, ir con el peso todo lo abajo que quisiera llevarme,

Beny me interrumpe asintiendo, amable, dice que se lo puede imaginar, pero diciendo cualquier cosa, quitándome importancia, no vaya yo a creer que lo que digo merece atención, se para de la mesa, abraza a Leika por detrás, le da un beso y se pone a secar los platos, voy a decir algo pero mi francés se entorpece y no puedo seguir, mi francés ha estrellado las sillas contra el piso de cemento brillado, mi francés se emborrachó, se desguarambiló, se volvió criollo y salió corriendo, incapaz de enfrentarse a esta gente; salgo y le ruego a Donatien que me arme un cigarrillo, temblando, nervioso, arrastrando mi francés adolorido,

damos un paseo por el camino del lago en silencio, yo mareado, sin ganas de volver a esa casa hecha con las manos, siento que si vuelvo a ver una vez más la sonrisa de Leika me va a salir una hierba maligna,

me encierro. Paredes blancas de cal, en el techo aparece algo, la sombra del hombre pus, puede ser, pero la figura es difusa, instantánea, se va, y entonces alrededor: ventanas de bordes de madera ya en la cáscara del azul, que dan a un pequeño lago y a una huerta, el resquicio por el que se fuga la luz o se hace un rayo perpendicular y todo lo que se puede ver ahí, cosas con p: polvo, polen, polillas, partículas o polillas, y las polillas, alteradas, con ganas de transmitir su sopor o nosotros transfiriéndoles el nuestro; sigo un punto negro que es un lunar en la mirada, creo de nacimiento, mosca volante, mancha flotante, lo vi por primera vez cuando niño, abiertos los ojos, con ardor por el cloro, dentro del agua, y ahí el punto negro, que el movimiento de mis ojos sigue, y yo, con ese punto sigo las vigas del techo hasta que las dibujo de nuevo, completo las vigas de madera como si las hubiera puesto yo, mi poder consiste en hacer techos a punta de manchas en la mirada,

y en esas estoy cuando Donatien dice y en su voz una sacudida de sábanas,

Puedo sentir tu ansiedad,

¿Qué?, le pregunto,

Me estás pegando un germen, dice. Punto, veo un signo de puntuación, y no la claridad que me gustaría tener para hablar de este tipo de cosas, que al hablar de ellas pareciera que dejaran de existir, como si un médico me estuviera presionando para que le señale dónde es que me duele pero es que doctor, es tan fuerte que no sé, me duele en todas partes y en ninguna, me duele aquí y digo Ah para que se vea dónde y Ah no responde, no muestra mi dolor, y si se pudiera ver, ¿qué se vería? Dónde está la imagen, dónde, a ver, y sin embargo, un dolor hace que uno crea, que a uno no le quede más que aferrarse con las uñas, si es que tuviera uñas, al colchón que pierde sus sábanas,

tengo tantas cosas que decir y al mismo tiempo lo único que digo es que no es tan fácil, que más lento, que me tenga paciencia, tal vez solo me tome unos días, y él dice que yo no estoy aquí, se siente, no estoy haciendo ningún esfuerzo por estar, y le digo, ¿De qué hablas?, y me dice, No te hagas el tonto; mi no sé qué hacia Donatien se ha vuelto más difícil a medida que compruebo que habla en serio y quiere llegar hasta el final, desenmarañar lo que me pasa, no sé, y mientras, la confusión entre la desnudez de Donatien y la mía, una distancia se amplía y es el espasmo que dice sentir, fácil diagnosticarlo:

expectativas; postura o impostura frente a Donatien, su presencia, sus defectos se inflan y así el tono de su voz, fastidio o algo así, qué feo, pero sí, algo que repele, su olor romero y pelirrojo y pecoso sumado a que no se ponga desodorante, a que tenga el pelo tan liso, mi parte más, digamos más racional, no lo entiende,

Vamos despacio, le digo, despacio y sin embargo no, lo que vamos es rápido, esa manera de tocarnos como si no hubiera una distinción entre los cuerpos, sin lubricantes, sin óleos ni petrolácteos, y entonces, entonces, él pregunta con una contundencia,

¿Para qué viniste? Caída en seco,

¿Por qué me dices eso? ¿Porque no quise ir contigo y con tus amigos a dar un paseo en galupe? No me dan ganas, pero no se lo digo, me estoy quedando sin, si yo soy el que estoy perdiendo algo, más bien que me entreguen a mí, y qué me vine yo a hacer acá si allá todo me lo daban, qué es lo que quiere él, por qué tiene que pedir, quiero dárselo, pero que no me lo pida,

¿Para qué viniste?, dice en su francés de repente tan bretón,

dijo Paz María que los hombres son básicos como caldo de pollo, Paz María, su corte de pelo recién pintado de negro, su pelo y alguna frase extraída de una de esas novelitas francesas que le gustan tanto, que devora y de donde saca las ideas para su ropa, su corte de pelo, sus botas masculinas que la hacen ver tan femenina, y uno no sabe, con la cabeza de nutria de Paz María, de dónde le cuaja la memoria para sacar de la nada comentarios sobre ciertas mujeres que representan, para ciertos hombres, un peligro de homosexualidad, y miro a Donatien, sus ojos que si no lloran van a explotar y se esparcirá ese azul por todo el cuarto, desde las grietas hasta las vigas de madera, ah, qué maravilla, y le digo,

¿Será que puedes no esperar nada de mí?,

Donatien no parpadea y siento un impulso de echarle unas gotitas de lágrimas, pero no me atrevo, podría darme un puño, y temo, por esa textura en su mirada, violencia contenida hasta al vidrio, quiero que explote, pero es tan fuerte que podría matarme, y un golpe suyo ¿bastará? Pero qué digo, ¿bastará para qué? ¿Hablo de excitación, salvación, de dónde sale ese «bastará»? Una de esas explosiones de ferocidad pelirroja de Donatien, sería lindo verla, como provocar pus, verlo explotar, cómo me gusta ver las cosas explotar, pero no, vuelvo, trato de ser más compasivo, de involucrarlo en una flexibilidad que yo sé que él sabe falsa,

¿Por qué no vivimos el presente?, y qué flojo suena eso del presente,

Presente, dice Donatien, y se queda callado y pensativo, me da la espalda; por primera vez en muchísimo tiempo alguien me da la espalda, que me dé la espalda, así, me desorienta y, es automático, me dan ganas de abrazarlo, sé que le está costando, puedo oír el crujido con que su cuerpo se resiste, y al mismo tiempo, debe hacerlo, es lo único que le dará seguridad mientras voy escondiéndome en mis vendas para no hacerlo explotar, pero qué lindo sería, pero tengo que protegerlo de mi provocación, ¿no? Después del sexo no hay nada que nos haga sentir más poderosos que darle la espalda al otro, ¿no, Donatien? Sin la más mínima compasión, voltearse después de dejar que nos acaricien, nos laman; y de haberlo hecho nosotros también, con una entrega que no es fingida, que entra en ese tejido blando del momento, y uno o el otro o ambos pueden pensar que es amor, bueno, y lo es, por qué no; me da por ahí, por el amor, también con Juan B, el amor que sentimos cuando estamos al borde del orgasmo es tan real y tan ilusión como una casa, si lo digo es porque en ese momento lo siento, pero ¿por qué la exigencia de responsabilidad, de seguir la vida como si siempre se estuviera en el orgasmo? No se puede vivir así, yo siento el amor en ese momento como una presencia física, como un objeto, como un lugar; después, en su boca, o adentro, o donde sea, las sensaciones bajan, nada qué hacer, se precipitan y caigo en un mutismo y siento que ninguna parte de mí puede hacerme sentir dentro, que ningún borde puede hacer que no me salga,

si lo abrazo se sentirá mejor, no me seguirá haciendo pataletas de silencios y espaldas, y me empezará a querer otra vez, como ahora quiero que me quiera, porque a pesar de que no puedo darle todo y él no pueda darme todo, lo necesito; antes lo volteaba, las ganas me daban para hacerme encima suyo, untarlo de aceite, acariciarlo, iba trazando caminos guiado por sus pecas con la yema de mis dedos y tocaba y subía por su cuello, los incipientes pelos rojos del cuello, y bajaba hasta la mancha de nacimiento de su nalga, que me parece extraño volver a ver después de tanto tiempo, pero el olvido está en los detalles, cuando el cuerpo de Donatien es un recuerdo y no una presencia física, la mancha de nacimiento, las pecas, los vellos rojos, se deshacen; cuando el cuerpo de Donatien es un recuerdo se concentra en un calor que extraño, ¿qué tanto hay de Donatien en esa espalda que se abre hacia mí como deben hacerlo los pulmones ante el aire? Y con todo, extraño de ahí la imperfección, la flacidez, las estrías, los pelos todo abarcantes de la espalda de Juan B,

la mancha en la mirada se confunde entre las pecas de la espalda de Donatien, quien resulta tener un cuerpo tendido ahí con ganas de ser mirado, la extrañeza de que Donatien sea un cuerpo en un mundo de cuerpos, y que no me importe a quién ha tocado, quién ha circulado por ahí, ese ahí,

Donatien, un nombre y una voz que me hace sentir y hablar de cosas de las que preferiría no hablar ahora, ¿cómo se puede no amar y al mismo tiempo revolcarse en el placer de haber transformado en líquido su placer?, ¿cómo se puede disfrutar y al mismo tiempo ser parte de una especie de hombres que en el orgasmo no les cambia la expresión? O eso dice Donatien que me pasa a mí, Donatien a la luz de esta tarde ya no dan ganas de abrazar, sino que me paro, muy rápido, brusco, la fuerza no me da para el abrazo, y él dice,

¿Era mejor no hablar?

Siempre es mejor hablar, miento,

es solo que sumar este cansancio a lo ya cansado me desencaja las mandíbulas, si no actúo se me va a empezar a caer algo más que las uñas, y cambio de tema, Cómo pasa de rápido septiembre, ¿no te parece? Y septiembre no se inmuta,

Donatien alza los hombros y se pone su camisa azul sin abotonarla y pregunta, ¿Café?

Sí, por qué no, café,

aprender lo que significa la resignación en una sobredosis de cafeína, la incapacidad de actuar y al mismo tiempo la vibración de hacerlo, para qué las baldosas de esta casa, puestas por las manos de Beny con tal vez una que otra ayuda de las manos amargas de Leika,

exceso de cafeína que hace que hasta las baldosas dejen de tener sentido, se vuelvan un lugar donde se reflejan las expectativas, las de Donatien, que yo lo desee como antes, que con ese deseo tengamos un hijo, construyamos una casa, ¿por qué no tienen un hijo Beny y Leika?,

me asomo por la ventana y veo a Beny, con la pala sepulta un cuerpo, es el cuerpo de Leika, pero Leika más joven, como la hermana menor de Leika, pero es ella, no hay duda, está desnuda, amoratada de lo muerta, pero por fin hermosa, una polilla en el cuarto, su movimiento, sobreexcitado por la luz versus la quietud de lo que puede verse desde la ventana versus Beny y el brazo hacia arriba, hacia escarbar en la tierra y de nuevo hacia arriba; un cultivo de uvas, Leika joven y muerta en lugar de su labio ladeado y amargo; ese revoltijo de ver los frutos y no saber si soy o no parte de esa fuerza con la que pisaré y luego se transformará, ascenderá hasta el hipotálamo y lloverán hormonas,

a la salida de la casa hecha con las manos hay una Leika que no puede ser Leika que no puede ser Leika, que es amable y me sonríe y se despide y sacude su mano con entusiasmo

y parece triste de que me vaya,

le digo a Donatien, Esa no es Leika, pero Donatien no me cree,

Basta, dice cuando volvemos a París y yo le beso la frente y le digo que pasaré unos días con Luis, que entienda, hace mucho tiempo no lo veo, y me mira y en su mirada veo que me está diciendo: Ah, en el lujoso y amplio y claro apartamento de Luis, sórdido contraste con el mío,

No es eso, le digo,

pero él dice, Entiendo, y luego dice, También yo he pasado muchos días en el apartamento de Luis, disfrútalo ahora tú,

no me da la fuerza para golpear a Luis cuando me abre la puerta y pedirle explicaciones sobre desde cuándo, y cómo, que los dos son unos hijos de, Luis en una bata blanca, llena de pintura, me dice que pase rápido, que está trabajando, que pronto tendrá la exposición en el Grand Palais, y no puede perder ni un minuto, Para Donatien sí tienes tiempo, ¿no? Me dice que deje de ser descarado, que yo ya tenía pareja y el pobre Donatien todo desconsolado, él lo único que hizo fue cuidarlo, como también me estaban cuidando a mí, mientras yo volvía, Antes deberías agradecerme que te lo tuve bien alimentado, y sí, tiene razón, Donatien necesitaba ser cuidado, y Luis hizo con él lo que nunca pudo hacer conmigo, por qué la exigencia de producir en Luis lo que le produce Donatien, las ganas de cuidar y coger, lo mínimo, pero no es así, pensamos que somos un algo absoluto y coherente, y nuestras pasiones formadas para reaccionar ante la falta de coherencia del otro,

Préstame el teléfono, más bien,

Con un pincel Luis me señala la elegante salita del teléfono, llamo a Juan B a Bogotá, timbra diez veces, las cuento, cuelgo, prendo un cigarrillo que me armó Donatien, Luis me lo hace apagar,

No seas bárbaro, acá adentro no, cómo se te ocurre,

vuelvo a intentar, esta vez tengo que llamar a través de una operadora, pero la voz de Juan B no aparece; anticipo lo que le voy a decir, que por favor me recoja y pánico entonces de que conteste y me diga con voz amorosa que esta vez no, se siente tranquilo y, Además, el además pronunciado sosegado, con placer, Conocí a alguien, entonces cuelgo, no quiero oír a Juan B diciéndome, tranquilo, que yo viva un poco más, se me llena la oreja de cera de solo imaginarlo,

Luis frente al espejo ecuatoriano que compró en una tienda de antigüedades y que, le había asegurado el vendedor, había sido de María Antonieta; lo observo jugar hula hula con su ego, arreglándose los bigotes, mirándose la panza, disminuida, según él, por la dieta rica en fibra, pero dice, Extraño el pan, y yo pienso en Donatien y sus experimentos con la levadura, ¿Todo bien?, me dice desde el reflejo, sonrío, Tengo que dormir; Luis abriéndose en los pliegues de su ego junto a los lienzos gigantes, las pinturas para la exposición del Grand Palais,

¿Qué te parecen?

Se puede sentir la resequedad de la piel en esos cuerpos, enredados en la aspereza del barro, articulaciones en la detención y en el trazo surge el movimiento, trozos de grueso y feroz y penetrante; actividad demoníaca en saltos de murciélago, cloqueos, gritos y monólogos en una lengua que tiene que venir de esas pinceladas,

Hay que usar el ruido y la grasa que sale de, uy, ¿qué te pasó?, grita señalándome las manos con esa capacidad de saltar de un tema a otro y aun así dar la impresión de estar hablando de lo mismo,

días sin cambiarme las vendas, la supuración ya es evidente el agua sangre ya,

No me asustes, le digo, después de dar un brinco, Me corté con, Luis arquea una ceja hasta la entrada del cuero cabelludo, una de esas cejas desbordadas, que lo llenan de turbiedad y al mismo tiempo de una calma que no se entiende cómo pueden convivir en una misma cara,

¿Las dos manos?

Sí, le respondo, recordando que al menos estando con Donatien había olvidado por momentos, al menos, y empezar a extrañarlo y tener ganas de que pase el tiempo para que él llegue a su casa y entonces llamarlo,

¿Podemos no hablar de eso ahora?

Como quieras, querido, pero hazte la prueba,

y le digo, ¿Qué prueba?,

Si aún no ha entrado la aguja y desde ya el escozor, las paredes verdes claro del hospital Saint Louis, una placa en la entrada, Construido por orden de Enrique IV, en el siglo XVII, para combatir tal cual peste, las paredes, su color de función específica: recordar a los enfermos que ahí habitó una plaga, plaga o el origen del lugar donde ahora la vena se vuelve más vena para ser penetrada por la aguja, pero mi vena no aparece y la enfermera morena y maciza aprieta con fuerza y yo tiemblo, que no la encuentre será que la vena también teme a la enfermera y a su aguja, me siento orgulloso de que mis partes se comporten con el mismo miedo que tengo de que nos inyecten y extraigan; la vena sabe protegerse, la vena sabe de camuflaje, y yo, de qué parte de mí tomo la sustancia para volverme verde hospital, verde hospital construido para los infectados, para la cuarentena, y que nadie me encuentre ni me pinche la vena ni me saque nada, no quiero que nada salga de aquí, eso, dejar todo lo que pertenece al cuerpo adentro, ¿y el pus?, ¿a qué le pertenece? Si pudiera tomar esa decisión de que de mi cuerpo no vuelva a salir nada, ¿pasaría algo? Decidir no cagar, no dejar salir ningún moco, ni una gota de semen, ni una lágrima, enseñarle a mi cuerpo a no soltar nada, ¿y para qué? Que salga lo que tenga que salir, ¿no?, supongo, no es necesario, todo esto en mi cabeza para que no vayan a extraer ese poquito de sangre, porque las agujas, porque el pinchazo, ni siquiera le tengo tanto miedo a lo que vendrá después, que me digan que puedo estar muriéndome,

y Emma Reina, la asexual Emma Reina, no éramos tan amigos, ¿o sí? Pero acá está ella, sentada a mi lado, me mira con lástima, sabe que no puedo escapar, y trato de pararme, y decir ya está, es todo, por qué no intentamos mañana, pero la enfermera se lo toma personal y ya está empuñando su aguja y yo cierro los ojos y siento el primer pinchazo entre mi brazo acalorado por la presión del caucho al borde de la gangrena, ay, segundo pinchazo, y cierro los ojos, y volteo mi cuello creo que 360 grados, y la vista panorámica en la que circula Emma Reina riéndose y entre su risa y su vestido de cuadros dentro de cuadros, ya no hay lástima, aunque sí, también, debe haber algo gracioso en mi postura porque Emma Reina se ríe, me están lastimando, será por gallina, si no tuviera tanto miedo no me harían tanto daño, si pudiera dejarme llevar por un pinchazo de aguja que no encuentra su objeto, y ya está, lo encuentra, la enfermera triunfante saca la aguja y dice, Le dije que no iba a doler, y yo pasmado, blando, pared, jeringa, risas compinches de Emma Reina y la enfermera, y me desplomo en la silla y me pego en la espalda y ni cuenta me doy, quedo despojado y ni sé de qué, si solo era una muestra pequeña de sangre que me sobra, si soy como los vampiros que salen al anochecer, pero vayamos rápido a tomarnos algo, dice Emma Reina,

¿Quiere que se las cambie?, me pregunta la enfermera, señalándome las vendas, con cara amable, en un francés que casi no le entiendo,

y yo me miro las manos y me las llevo hacia el pecho, acurrucadas,

No, gracias,

Por lo menos déjeme ver, dice, y se acerca y me las toma

y yo le arrebato mis manos, muy rápido,

y le digo a Emma Reina que salgamos de ahí ya, por favor, Una pizza, digo, solo una pizza de champiñones podría comer, que me reintegre, que me haga sentir parte de algo,

esta pizza no me sabe a nada, me siento tan poco parte de algo que ni ganas dan de los obreros, rubios y musculosos, grandes y pequeños, saliendo a estas horas de las penumbras del metro, después de largas horas de trabajo con las manos y el cemento y la madera, y arriesgar sus vidas que poco durarán de tanto contacto con asbesto; esos cuerpos y en su fuerza, riesgo, esos cuerpos antes del cáncer de piel, antes del enfisema, del sobrepeso que les doblará para siempre la espina dorsal, que los hará jorobados e inútiles, a punta de doblarse y levantar cargas y herramientas para trabajar con cemento y maderas y materiales corrosivos, cómo una simple prueba de sangre va a afectar hasta el punto del desgano mi amor por los metales y los trabajadores y el sudor y la aspereza de ver salir a esos hombres de sus trabajos a las seis de la tarde, a quienes siempre he contemplado, hechizado por toda la gama de azules de sus uniformes y sus pieles, lo curtido de la piel en contraste con la mirada, un placer por esos ojos cansados y esos uniformes curtidos y las manchas de sol en la cara de los obreros marroquíes, un placer extensivo como al que otros puede producirles ver el mar,

Reina, ¿qué?, ah, sí, Luis me obligó a venir, pero no tengo ni idea por qué, ¿qué, Reina? Creo que ella me pregunta por Donatien,

La verdad, si soy sincero, le vendí mi alma a quién sabe qué diablos, y lo único que quiero ahora es quedarme viendo a estos señores a ver si siento algo, no me interrumpas por favor, que acá está el verdadero sentido, no es que me la haya pasado la vida buscando un sentido, pero si me la hubiera pasado, pues, si yo fuera una de esas personas que se la pasan buscando un sentido a todo, a la vida, por ejemplo, pues estaría acá, en la visión de estos hombres, que ya no me conmueven tanto como deberían solo por un simple pinchazo,

¿Y la pintura?, dice Emma Reina, con una inocencia que conmueve o desconcierta, yo qué sé, pero algo de ganas de pintar, ganas de pintar a esos hombres que circulan con su hambre, al que los espera una esposa, una sopa caliente, una botella de vino, un pedazo de pan y de queso, depende de para cuánto haya alcanzado esta semana,

pintar, pintar esas manos de los trabajadores que construyen las casas y los espacios en los que se pinta, encerrarme a explorar la textura de cemento seco en esos uniformes, por unos días, donde sea, Emma Reina me pregunta qué es lo que quiero, con timidez, algo de mí la incomoda, pero no puedo dejarla ir, no puedo quedarme solo, la necesito, Reina, por favor, quédate conmigo, llévame a tu casa, me porto bien, y ella dice claro, que puedo irme a su casa, el tiempo que quiera, no me va a dejar ahí tirado, cómo, y que no me preocupe por plata ni comida, ella proveerá, y recogerá la prueba,

¿Qué prueba, Emma? ¿Qué prueba?

¿Y no tienes miedo?, me pregunta,

¿Miedo de qué?

Pues miedo,

¿Y por qué dices eso?, y ella me mira las manos vendadas con cara de que soy un estúpido, y yo le digo, ¿De verdad tenemos que hablar de esas cosas tan escabrosas ahora? ¿Por qué tienes que ser tan perversa, Reina, por qué tienes que ser tan cruel? Y ella se queda un tiempo con la palabra escabrosa en la boca, tanteándola, masticando un pedazo de carne bien dura, y yo le digo que me gustaría algo de droga, cocaína ojalá, y ella me dice que para qué, que no, que ya está comprobado científicamente que se puede llegar a esos estados sin necesidad de usar ningún tipo de sustancia, y me dice que tiene café colombiano en su casa, buenísimo, y que con eso estaré bien y yo le digo gracias y también que no voy a usar lo que me queda de vida tratando de segregar una sustancia que un polvito mágico me va a dar en un instante,

No es lo mismo, dice Emma Reina, Es como la diferencia entre el esfuerzo que te cuesta hacer una pintura por gusto y una pintura por encargo,

No seas ridícula, Emma, hay trabajos que necesitan que uno se vuelva otro, y no es tan fácil dejar de ser uno así no más, a palo seco, uno tiene que usar ayuditas, ¿no ves? Para dejar de pensar, y sentir el cuerpo y al mismo tiempo estar lo suficientemente ahí para responder a los impulsos de los espíritus, pero tú qué vas a entender, si tú eres tonta, y es como si le hubiera dicho que me mostrara su vagina para ver si es real; Emma Reina se altera y la alteración hace que le crezcan tres cabezas y en cada una otras ciento veinte para gritarme que no sea machista, y luego le crece otra más y se hace más fuerte y gritona cuando le digo que lo que quiero en realidad es tener una experiencia solo, que necesito crear una obra más poderosa que yo, una gran fiesta, un carnaval de animales y obreros saliendo de sus trabajos, gente cansada, a punto de morir, sintiéndolo todo, una obra bien oscura, o bien luminosa, alegre, digamos una obra de gente que ya esté muerta, muerta pero viva, y después de hacer algo así ya me puedo morir, y si existe el infierno y hay culpa dentro del infierno, que no me vaya a dar remordimiento, porque eso sería lo único y repito la palabra escabroso y las cabezas de Emma Reina se vuelven ochocientas y le digo que tranquila y ella me dice que tranquila la concha de tu madre, que cuál es ese vicio de los hombres de tranquilizar, ese vicio de los hombres maricas de hacer a las mujeres sentirse tan pequeñas y menstruantes en su histeria, por qué, ¿ah?, si ella tranquila está tranquila, ¿por qué a los hombres no les están diciendo todo el tiempo que tranquilos? Ah, ¿por qué? Y le digo bueno, que no se tranquilice, pero que me cuente algo y me dice que no tiene nada que contarme y le digo que me cuente un sueño; a Emma va bajándosele la rabieta hasta que se queda quieta, se le iluminan los ojos de querer contarme ese sueño que ella no le ha contado a nadie porque es consciente de cómo a todos nos irrita que los otros nos cuenten los sueños, pero como yo estoy en deuda con ella por haber intentado tranquilizarla puede contármelo a mí, solo me perdona si la escucho, y yo pongo todos mis sentidos en su historia y me propongo escucharla hasta hacer que ella se sienta soñando ese sueño otra vez y dice,

En este sueño, imagínate, me había suicidado, pegándome un tiro, y me iba creciendo una cápsula de vidrio alrededor que me separaba de todo, nadie podía verme, pero yo podía ver a todo el mundo desde mi cápsula, trataba de romper el vidrio para que la gente notara que yo estaba ahí, que podía verlos desde todos lados, porque mi cápsula era un centro, un gran ojo que podía verlo todo, pero lo que yo quería no era ver, era ser parte, romper ese vidrio separador, trataba de romperlo con los nudillos pero no podía, ni siquiera me salía sangre, y eso era aún más frustrante, seguimos caminando, ahora Emma Reina sonriente con su vestido de cuadros dentro de cuadros, siento el crujir de lo que está tan vivo que no le queda más remedio que florecer, y me pregunto, ¿Otoño o primavera? No sé, creo que hay un punto en que no importa y por lo tanto, lo mismo son. Se abre un impulso, ganas de hacer y de crear y de detenerme en la mirada de otros, de entrar ahí, pero los otros me miran y se fijan en mí como si estuvieran viendo algo que yo no puedo ver, como si me estuvieran delatando, ¿qué es lo que ven, Reina? ¿Sí ves cómo me miran? Pero Emma Reina camina rápido, y yo le digo, Más lento, Reina, mira, que pueda sentir el aire entre más lento más partícula y así vamos despacio y alguien me toca el hombro y me asusto y pego un brinco, No te asustes, me dice la voz, Leo el futuro, ya mismo, y se queda mirándome muy fijo y me toma la mano y me entrega un papel y me dice, Tienes algo, y ahora sí Emma Reina, Vamos rápido, el futuro me da miedo, pienso, o lo digo, no sé, me siento perseguido por un futuro que no es limpio y nítido como nos lo han pintado, y la voz dice, desde atrás, se lo dice a mi espalda, No hay que tener miedo, ya vamos una cuadra adelante, y la voz llega con la misma entonación, El futuro es lo único, y meto las manos en mi bolsillo y encuentro el papelito blanco con textura de servilleta que la voz ha logrado hacer llegar hasta ahí, Vous aide à résoudre tous problèmes même les cas les plus désespérés, las manos; me pregunto si a Paz María le pueden leer las manos con su dermatitis, si se puede ver el futuro entre el eccema, si un cuerpo enfermo habla de un futuro que no sea la obviedad del deterioro, qué más futuro que un síntoma y yo no tengo ninguno, ¿y qué hay de las no uñas?

Sería chévere, Reina, cambiar de cuerpo así sea por un día, ¿no? Uno siempre como en el mismo cuerpo, qué pereza,

y Emma Reina, dice, Ay, no sé, yo estoy como contenta con el mío, solo le cambiaría la cordal,

y abre mucho la boca

y me muestra una cordal gigante saliendo en mitad de la nada

alguna vez escuché la historia de un diente para siempre flojo

concentración

todo está sucediendo aquí, en este presente de diente para siempre flojo

en la señora que trata mientras trota de bajar de peso, se le ve en la rojez de sus cachetes el esfuerzo con que trata, la papada, la acumulación en sus brazos; en la niña pálida de las trencitas pálidas, y la mamá que lleva el coche; entre los pliegues del vestido de Emma Reina, Emma, ahí; en el señor oloroso, enorme; en la mujer y dentro de la burka de la mujer y su bebé de meses en el cochecito; en aquel que no para de rascarse el ojo; en el predicador que pronuncia palabras de otros tiempos, que calcifican mi sentido común, que trae entre una caja de plástico la caja de pandora y pronuncia sonidos que se congregan a su alrededor como partículas en un charco de leche en polvo; entre los pelos que se quedan pegados al piso y que los zapatos acumulan y hace bien Emma Reina en no dejar que nadie entre a su casa con zapatos, que pisan y pisan y acumulan mugre y las pisadas y los sonidos todos y los olores entre los escupitajos y las erecciones secretas y los bosques de las ciudades donde nos encontramos, entre cremalleras y pálpitos, entre vellos y barbas y vaselina y gemidos, cuerpos, al fin, que aprovechan la oscuridad para ser terribles e inocentes, cuerpos atraídos por el hombre que los lleva al oscurito y ahí se transforma en el hombre pus, ¿o es el hombre pus desde el principio?, y con su infección nos posee y nos descuartiza desde adentro, sin que nos demos cuenta, y los flujos del placer expelen su olor a las cinco menos cinco de la mañana inmersos los deseos entre los bosques de la ciudad y el blue jean y la rapidez de Emma Reina, y el ondear del amarillo de su vestido y ella recostada en mi hombro, ya durmiéndose; entre el sueño y el no sueño de Emma Reina, en el despertarse y decir que nos pasamos de estación, en esa acusación de que yo estaba despierto y ella no, que pude haber puesto cuidado, Pero es que me duele mucho; entre la música del instrumento turco; entre el túnel de la estación Metropolitan; entre el arpa, el saxofón, la condensada del nuevo vagón y la señora que se come las uñas y que se le nota en el olor, en la respiración, que no ha tenido un polvo en años, yo, muy lento, sin consumir energía, apenas la necesaria para avanzar y avanzar y tienes que avanzar, y si todo es una ilusión como dicen los budistas, dónde ubico esta lentitud que hace que las cosas se opongan a la ilusión; entre el hombre que pide dinero o algo de comer pero sobre todo dinero para comprar algo de comer, comida caliente, pero sobre todo; entre el desgaste de los tenis de Emma Reina; entre la pausa de mi respiración y sentirme extrañamente en calma cuando,

Ay, Reina, qué cansancio, ya llegamos, ¿cierto?,

Sí, acá es, y le digo que el día ha sido largo, necesito descansar y lavarme los dientes, pero me doy cuenta de que no tengo cepillo, que en realidad no tengo nada, y le pregunto si puedo lavarme con el de ella y me dice, mirándome las manos, con un asco que intenta disimular aunque no tanto,

Ni loca, hasta que no salga la prueba, y me pongo bravo y le digo que es una egoísta, sí, es lo que es,

Me encierro en el cuarto de Emma Reina, muy pequeño, estrecho, la poca luz de un cuarto sin ventanas; logro poner un caballete y las pinturas que ella me consigue,

la fuerza que implica empezar algo
pensé que estar aquí y encerrarme sería suficiente
no debo usar tantos colores, no usar tantos colores
conservar el negro
por ejemplo
la primera pincelada de Santa Ana
Luis, los cuerpos carne de Luis, no puedo hacer eso
la virgen y el niño jugando con un cordero
el enfrentamiento de Da Vinci con la nada
desde este lienzo parece inconcebible
que también haya surgido de una nada
de un lienzo tal vez no blanco pero en blanco
cómo me atrevo
a comparar el lienzo en blanco de Da Vinci con esta nada
y la sensación de la nada que nos une va
encaramándose

algo que revolver
algo que haga crecer el fondo
en mi trazo
muy dentro ese lugar
en el sifón una mata de pelo con raíces que pongo en una maceta y una florecita amarilla y diminuta nace pero nadie más la puede ver,

No me mires, no me toques, no me hables, le digo a Emma Reina,

No me hables así, dice ella,

Por favor, tenme paciencia,

Positiva, llega Emma Reina con una sonrisa,

¿La abriste o qué?

Sí, positiva, quiere decir que todo bien, ¿no?

No sé, Reina, no sé, y sí, eso es lo que debe querer decir,

¿Alguna novedad de Donatien?

Llamó, dijo que lo llamaras,

¿Y por qué no me lo pasaste?

Dijiste que no te interrumpiera,

Lo que guardan las bolas de pelo, pienso, en el inodoro, sentado, miro el papel con la prueba

el olor a humedad de las vendas me ayuda a crear

ya estamos en noviembre, ¿y cómo suena esto? No sé

deben ser mis manos llenándose de lo que no quiero que crezca, creciendo rápido como la rapidez de los vellos, su contundencia, por qué no emerge la pintura del lienzo como en mi cuerpo eso, pintar como se extienden las manchas en las vendas, cuajos, llagas, materia, dejar libre lo que quiera crecer, por qué no liberar lo que está pasando

y si de dar rienda suelta al crecimiento se tratara

que todo lo que pueda crecer, pues que crezca

¿o por qué será que inhibir?, ¿será inhibir una forma de libertad?

Y si tengo hábitos saludables, ¿saldrá de mi cuerpo?

o sólo duraré más,

No harás nada, no podrás hacer nada, dice la voz del hombre pus y sin labios desde el fondo del blanco lienzo barba, ¿por qué no se revela ante mí en su verdadera forma?,

voy en contraste sobre el blanco, y todo esto es una lucha, es la fiebre cuando niño, el dolor en las piernas, cuando no podía dormir y no se acababa, así las cosas, la noche cobra un cuerpo, y si la noche tiene un cuerpo quiere decir que también se enferma, esa es la condición primordial de todo lo que tiene cuerpo, ¿no?, enfermarse y desear, más bien desear y enfermarse

nada más asustador que perder el aliento en un ataque de tos

lo digo yo, ¿lo dice quién?

poliédrico, geodésico fin de semana, la tos

entra la luz por sus triángulos

la tos, la tos, ese picar la lengua

si todo lo vivo tosiera de esta manera al mismo tiempo

a punta de un ataque de tos

mover la masa continental
hasta juntarla de nuevo

Donatien me visita, al fin; tapo mis lienzos, no quiero que vea,

¿Sorpresa?, me pregunta, Creo que no vale la pena, digo,

Huele mal aquí, Lorenzo, tienes que salir, hacerte ver esas manos, cambiarte las vendas, al menos, bañarte, al menos,

No, le digo,

jugamos, en el estudio cuarto vida de Belleville, donde la hospitalidad de Emma no tiene límites, me dice Donatien ya estando muy caliente que en realidad por delante es él pero por detrás, ¿adivina?, y yo no adivino, pero por detrás Donatien dice que es Francis Bacon, él, tú, yo, sus estudios, sus criaturas, sus papas, sus carnes, sus crucifixiones escurriéndose entre tú y yo, estamos dentro de una de sus obras, en cuál, Donatien, cuál, y él me dice, Qué importa, todas, Cuál, insisto yo, es importante, y Donatien dice No, en sus obras no, en su estudio, imagínate que lo que está adentro tuyo es el estudio de Francis Bacon, su desorden y su genio y sus pinceles desparramados, y él en el centro nos mira, la penetración es la de los ojos de Francis Bacon desde el centro de su estudio, y Donatien me pregunta si estoy cerca y yo le digo que sí, muy cerca, y él gime pasito, y me muerde la oreja, y luego se mete a la boca mi mano izquierda con todo y gasas podridas, muerde muy duro mientras se viene me aprieta, y me vengo yo en el lienzo cubierto y con todo Donatien hace un círculo alrededor de mi ombligo, tumbados en los no sé cuántos metros cuadrados de madera semipodrida, óleos, platos de restos de comida china amontonados, mi debilidad, mis garabatos tapados frente a la oscuridad y el incienso que asciende y entra por los resquicios, que son muchos, y llega hasta Donatien y yo, extenuados y extendidos, a Donatien le sobran fuerzas, planea viaje a Londres para ver a Francis Bacon y me propone apuestas sobre el primero que se atreva a acercársele y yo digo que ni loco, que prefiero mil veces las penetraciones platónicas, no por miedo a decepcionarme, es más bien la violencia del gesto, qué le dices, no puedes hablarle, es que las fantasías, qué mal, Francis Bacon ni siquiera debe tener ano y si tiene no es por ahí que siente, es la boca, a él lo que le interesa es la boca, él es más oral que anal, le digo yo a Donatien, Él está es movido por la boca y los dientes y lo que quiere alcanzar es la geometría de la boca, las enfermedades bucales, la belleza de esas enfermedades, por eso todas sus obras son como grandes túneles,

Por eso, anos, dice Donatien, y empieza a hablar sobre la relación entre la obra de Bacon con los pepinos de mar, que comen igual por el ano que por la boca, y que qué diferencia hay en todo caso, y yo insisto en lo de la boca, y Donatien se ofende, no sé por qué, que cómo, tal vez porque yo digo que lo de la boca no tiene que tener una implicación sexual, se supone que sí, pensaba Freud, pero vaya usted a saber, bocas abiertas y dientes, siempre, lo que él quiere es pintar una sonrisa,

Pero, insiste Donatien, Si esas pinturas no son más que analidad, cómo me atrevo a hablar de oscuridad y negar de esa manera tan banal, tan frívola, el ano de Francis Bacon,

En fin, no quiero conocerlo y esa es mi mejor manera de honrarlo, dicen que él nunca fue a ver su Papa Inocencio X, tenía miedo que después de verlo no fuera capaz de pintar nada más, Donatien, pero él está recogiendo sus cosas y se va y me deja solo con mi prueba positiva, No quiero conocerlo, le grito a Donatien con toda la fuerza de mi debilidad desde la ventana de la sala, la única de todo el apartamento,

Ahí colgados hay dos cuadros enmarcados en negro, unos garabaticos, se me ocurrió, que me gustan esos garabatos, que no sabemos si son gentecita o garabatos o genitales, u hormiguitas, o simplemente unos signos en negro, como tinta llamando desde algo untado, griticos que muestran su diminutivo, cómo se puede ser mínimo y poderoso y hablar de batallas de sangre sin rojo, incluso la sensación de pájaros da, pero, en un acercamiento, el tacto, dando pataditas más allá del papel y dejando humores negros, de pisadas, de reflejo, de ondas violentas, de cuerpos mutilados sobre agua y petróleo, y ni ondas, ni agua, ni petróleo, esos garabatos, los oigo, un batir de alas, de cuervos o gallinazos, entramos a la carroña, que se las arregla y la mirada manda un mensaje, y un ruido alateante, desbordado, contra el vidrio de la ventana; la premonición llega quién sabe desde dónde, es el hombre pus, sea lo que sea ese señor, con un abrigo negro de paño, muy fino; me mira como solo puede mirar un hombre que está por encima de su ano, antes de que sus túneles me metan ahí, rompo el hielo, le pregunto qué lo trae a tierras tan remotas, me responde con una venia renacentista, un tono mucho más dulce del que imaginaba que tendría, que antes de llegar su espíritu estaba vagando por las calles de un poblado muy pobre al sur de Pakistán, en esas andaba cuando se encontró al espíritu de un pintor bogotano menor que se parecía mucho a mí, eso dice, y hasta me pregunta si no soy yo, ¿Yo? Pero si yo estoy acá, y trata de intimidarme, me dice que le diga la verdad, que él está seguro de que soy yo; insisto que no, que para nada, que es la primera vez que lo veo; el hombre pus me dice que ese pintor había perdido casi todos los sentidos y había viajado a Pakistán con la esperanza de recuperar al menos el olfato con el sándalo y el gusto por la comida con el curry,

Yo estuve en India, le digo, Creo que fue ahí que me enfermé, o tal vez no, ya ni siquiera sé si estuve en India, pero guardo un asco de la India en mi paladar, por eso solo puedo comer pizza y la comida de los abuelos de Donatien, todo lo demás lo como con asco, pero él no me escucha, sigue con su historia, que el pintor suramericano le dijo que el curry y el sándalo eran las dos cosas que más lo habían impresionado, le había dicho también que él creía saber qué era lo que estaba buscando y que para eso le recomendaba viajar a Bogotá; al hombre pus jamás se le había ocurrido ir a una ciudad suramericana a buscar eso que andaba buscando, había oído hablar tan poco de ese lugar, y le preguntó al pintor, ¿Y qué puedo encontrar en Bogotá que no pueda encontrar aquí? El pintor se quedó pensando y luego de una pausa larga, le dijo, Es que allá todo está jodido, no hay esperanza, y al hombre pus eso le gustó y como no tenía mucho que hacer se fue volando y con su abrigo largo, negro, atravesó el monzón, el océano Índico, el Atlántico, los Andes y aterrizó en Monserrate la noche de un lunes; estaba lloviendo, como todos los lunes, como casi todos los días en Bogotá, en que siempre es un mal momento para llegar, como descubriría luego el hombre de pus después de no encontrar ni un bar abierto, y eran apenas las once y media de la noche, ¿Y en qué momento vino a dar a mi ventana?, le pregunto; él alza los hombros, Usted está loco, le digo, No tiene ni idea dónde estamos, y él, el hombre pus, suelta una carcajada y empieza a pronunciar nombres de dioses escandinavos, Loki, Thor, Eskol, Freyr, Niord, se mete las manos a los bolsillos y saca billetes de cien libras, interminables, saca billetes y billetes, sus carcajadas se hacen estruendos y no sé si de las carcajadas o de los billetes, pero de algo sale un humo amarillo aceitoso, y de un momento a otro sus manos se prenden y las llamas se esparcen por el resto del cuerpo y él no para ni por un momento de reírse,

¿Vas a volver?, me pregunta Juan B del otro lado de la línea,
y me pregunto si se puede volver,
¿Volver a dónde?
A Bogotá, a mi casa, a tu casa, ¿vas a volver?
y me pregunto si se puede volver
siendo quien se ha sido
y ya estamos en enero
hace frío

Estoy muy enfermo, Lorenzo, escribe Juan B, incapaz de decírmelo por teléfono,

Ven a morir conmigo, Lorenzo, escribe Juan B, incapaz de decírmelo por teléfono,

Me estoy muriendo, Lorenzo, llama Luis,

Paz María se tiró al río, dice alguien a quien no le reconozco la voz; debió ella amar y odiar, con el candor de todo ese negro reluciente de ojos que de tanta inquina parecían verdes, odio en que sus amantes vieron excitación, incluso dulzura; yo en cambio veo odio, odio por haberse sacrificado a los terrícolas, habernos dado su vientre para liberarnos de la idea de la propiedad privada, para vincularnos a todos como padres, odio por no haber logrado transmitirnos su mensaje con sangre, con leche, por haberla dejado sola, sola, después de haberse tragado la placenta, ella, con todo el conocimiento sobre el placer, condenada a ser alimento de un par de terrícolas que a falta de padre veían en ella fuente única de sustento y antes de ser completamente transformada en terrícola,

Te tiraste al río, Pazmarí, decías tener la t, que supuestamente quedaste embarazada con el dispositivo de cobre intrauterino, pero en otras versiones de la historia, se dice que habías quedado embarazada porque te dio envidia de que otras mujeres hubieran quedado embarazadas y tú no, tenías que probar lo que era tener un cuerpo dentro del cuerpo, cómo podías perderte eso, dijiste y dijiste, a todas las mujeres, a las que habían renunciado radicalmente a la maternidad, porque eso de que liberarse sexual, económica, políticamente significara dejar de parir nunca te convenció del todo, y les dijiste también a esas otras mujeres, a las que sí habían decidido parir, a las terrícolas que habían sacrificado la textura de sus tetas y la firmeza de sus vientres, esas que antes de que parieras eran las que te envidiaban por tus tetas tan bien puestas y tu libertad para acostarte con quien quisieras sin tener que buscar con quien dejar al hijo o a la hija, les dijiste a esas mujeres de las que siempre habías temido la envidia Esperen y verán que en menos de tres meses las alcanzo; eso no me lo contaste, y tal vez se lo hayan inventado, pero cómo hiciste para aparecer de la nada embarazada de mellizos y todos pensamos que era un embarazo psicológico, porque además de tener la t habías tenido como cinco abortos y creímos que para ese momento ya debías ser estéril, pero tú decías que era verdad, que estabas embarazada y que tus mellizos eran de todas y de todos, es que ya desde hacía un tiempo andabas diciendo cosas raras y ya habías pasado por tantos centros y tratamientos psiquiátricos, y creíamos que eran los químicos de la pintura, los mismos que te producían la dermatitis, y el embarazo no se te notaba, hasta que al fin se te empezó a notar, y no podíamos creerlo, pero nunca se supo de quién eran, después te quejabas de amamantar y que si no hubiera sido por la mujer de la Liga de la Leche que veía fantasmas y decía que una presencia femenina que había cruzado cuatro dimensiones se paraba todas las noches a observar al niño y a la niña,

lo veo, hasta lo siento el ahogo de Paz María, y en este sentir estoy cuando cómo chilla mi panza, cómo se hace fondo hueco y fondo de mi panza y me dan ganas y es el deseo de seguir, cuando no hay nada que me desconcentre más que el deseo, oigo la risa, la de Paz María, odiándome por ser tan tan terrícola, es decir, tan egoísta, por no haber estado con ella, por no haber probado su leche, quién pensaría que para morirse también hay que concentrarse, pareciera tan fácil, así decía Paz María que era amamantar, parecía, todos decían, tan natural, ¿cómo fue que desapareciste esa noche en la finca de tu familia cuando todos dormían?,

Encontraron el cuerpo de Paz María, desnudo, en la desembocadura del Samaná, justo al lado de la mina de oro de la familia, dice alguien a quien no le reconozco la voz, Muerta requetemuerta, parece que se comió unos hongos, dijeron unos campesinos que la habían visto unos días antes en el monte,

En otras llamadas una voz desconocida dice: Encontraron el cuerpo de Paz María, la cicatriz de la cesárea fosforescente,

¿Cómo? ¿No fue parto natural?

No sé, en todo caso, parece que en la autopsia salió que era alérgica al líquido amniótico, que había quedado flotando en la sangre y que le daban unas alergias que la volvían toda saltarina, no podía dejar de bailar, hasta que, de salto en salto, terminó con mal de San Vito dando en el río Samaná, quizás fue un accidente, pero a la desembocadura con la cicatriz de la cesárea fosforeciendo fue a parar,

¿Y el niño y la niña?, digo yo cuando siento que la voz del otro lado ya está a punto de cortarme,

Repartidos, entre abuelas, parece, no sé muy bien, dice la voz esa sin identidad,

convoco el olor y los guantes blancos de piel de conejo de Paz María aferrándome a ella como nunca me pude aferrar a un cuerpo del todo porque siempre busco en el cuerpo presente el calor del cuerpo ausente: ¿cuando me muera seguiré deseando?, ¿de eso se trata, Pazmarí?, ¿o será peor? Como dice mi papá mejor empezar a rezar por si acaso todo resulta cierto, pero y qué tal que, como creo yo, cada uno tenga un infierno donde se le materialice el peor de los miedos, en mi caso el de seguir deseando sin posibilidad, que el deseo se abra con la intensidad de una herida en la mitad de los labios y que empiece a pulular y a vibrar y que sea tan doloroso, tú estás salvada, Pazmarí, tú no sabes de infierno, Pazmarí, tú no eres terrícola,

terrícola Donatien metiéndose las manos entre los pantalones y llevándose los dedos a la nariz y oliéndoselos cuando cree que nadie lo está viendo, no tan disimuladamente; terrícola untarme de ese gesto de Donatien, dos dedos en la nariz oliéndose y él diciéndome, Vamos a estar bien, y dentro del tren en que volvemos a donde sus abuelos, un sol se expande, rayos en todas las direcciones y Donatien dice, Vamos a estar bien; las nubes congestionadas de forma, Vamos a estar bien, el tren parece dirigirse hacia el Todo va a estar bien, sí; casi anochece, en el tren no recogen el tiquete, se vacía cada vez más y nadie recoge el tiquete; las cosas dejaron de importar, el mundo afuera del tren se acaba y solo existe este movimiento y el mundo se ha convertido en una línea de tren hacia la casa de los abuelos de Donatien, se ha hecho plano y ya se sabe que al final de un mundo plano está la sidra, el amor de unos abuelos, Donatien que pregunta,

¿Y ahora?

Ahora a no pensar, creo,

y el silencio y el Todo va a estar bien se mete entre Donatien y yo, pero qué hacer, si mientras cierro los ojos no puedo evitar recorrer el sonido de la máquina de los tiquetes, hace los huequitos y señala el tiquete usado, el sonido ocupa el espacio

estar ahí, sobre el hombro de Donatien

su calor podría suspender la circulación

olerlo, por ninguna parte el chamuscado del que hablaba la señora Renée

las vendas negras en mis manos, casi yeso

olor romero Donatien, quedarme ahí, detenido, en desuso

mientras mis amigos mueren

y los hijos de mi amiga desparramados por el mundo

y yo le acaricio el pelo a Donatien con mis vendas ásperas

en honor a las manos de Paz María

y con los dedos sin uñas vamos apretando

y mis dedos vendados manoseando y amoratando manzanas

hasta deshacer las vendas

dar con el líquido que luego tomaremos y repartiremos

y en el que pongo mis manos y van soltando esa sustancia

Donatien y yo nos tomamos la sidra

y luego, sentados en la tapa del inodoro, me cambia las vendas

a pesar de que esto merecería médico

decidimos juntos que no

el alivio de mis no uñas y mis vendas nuevas entre las manzanas líquidas,

y entonces, una carta de Emma, Juan B está muerto

Qué cosas dices, Emma,

cómo que Juan B está muerto si llega un mensaje de Juan B mientras tratamos de ver la televisión con Donatien y los abuelos, el primer televisor que llegó a Francia, dice el abuelo, orgullo bretón, entre la intermitencia del blanco y negro, todos reunidos en la sala, tomando sidra y pan con queso de cabra recién cuajado,

llega el mensaje de Juan B,

dice que no parece nada de qué preocuparse, Ven, vámonos a Galápagos, invité a todos y hasta adopté a un perro para que no te aburras, Ven, no dejemos que nos llene esta cosa que se mete por las uñas y hasta por las vendas de dedos sin uñas, que va a alcanzarte hasta en la seguridad de la sidra y la delicia de comida de los abuelos de Donatien,

Pero acá, con los abuelos, con la sidra, con la televisión en blanco y negro intermitente a media tarde,

Mira bien, Lorenzo, mira bien, el campo es un lugar peligroso, se piensa mucho, empiezas a pesar más, demasiada gravedad que te da por pensar en tu mamá y en tu infancia, de qué sirve, ten cuidado con los abuelos y, sobre todo, ten cuidado con la suavidad de su mantequilla, cuidado que ahí es que se abre una melancolía que mejor no, no se puede sobrevivir ahí si no es a punta de trabajo, y tú no trabajas, Lorenzo, tú no sabes trabajar, y si supieras, tampoco podrías, ven, anímate,

y al fin acepto y la voz de Juan B desde el otro lado dice que hay una condición, para que el viaje funcione tengo que ofrecer a alguien amado en sacrificio, no contra su voluntad, tengo que llevarlo sin engaño hasta el portal de la cremallera, y ahí clavarle un cuchillo por detrás pero con consentimiento, y luego dejarlo desangrar y usar ese mismo cuchillo para quitarle la piel, muy importante lo de la piel, repite Juan B diez veces, queriéndome inútil y que al mismo tiempo sirva para algo,

La piel será lo que te permitirá cruzar, piénsalo como un amuleto,

Cruzar, ¿cruzar qué? Cruzar por el portal de la cremallera no debería ser algo dado por hecho, mandado a abrir por Juan B solo para mí, para mí, en la zona donde con más intensidad pulse el deseo por estos lados, es decir, según los informantes de Juan B, justo esa zona donde yo había visto con mis propios ojos cómo el hágalo usted mismo de Beny enterraba a la amarga de Leika, para darle vida a una Leika cariñosa que se despidió de mí con los ojos aguados, así Donatien se niegue aún a creerme,

¿Pero y no puede venir Donatien también?, le pregunto a Juan B,

Puede venir, pero entonces no puedes venir tú, alguien debe ser sacrificado, dictamina Juan B con su voz de amuleto,

y yo todo encariñado con la vida de abuelitos y pasteles y quesos y yogurt, y televisión en blanco y negro mal sintonizada en las tardes, arrunchados Donatien y yo bajo los cuidados de los abuelos, para que todo este alboroto del portal de la cremallera venga a sacudirnos, y el sacrificio, con un cuerpo enfermo, con un cuerpo que debe ser cuidado, para qué emprender la aventura, la aventura, esa cosa de sanos,

Donatien se pone realmente enfermo, y después de verlo salir del baño arrastrándose con los pantalones cubiertos de un plasma verde y él suplicándome, que no quiere que sus abuelitos lo vean así, y yo le cuento el plan de Juan B y entre un cólico y otro Donatien saca la fuerza y la serenidad para decirme que le parece, que prefiere ser sacrificado a que sus abuelitos lo vean así, que van a querer cuidarlo y su abuela seguro no dejará de limpiarlo, él no puede permitir que eso pase,

Y como sé que de todas formas me vas a dejar acá mal botado, porque es obvio que te vas a ir, entonces al menos eso va a darle a mis pedazos de cuerpo algún valor, mientras que si sigo aquí,

Tampoco yo me siento bien, ¿sabes?, le digo, Tal vez podrías cruzar tú el portal ese y no yo, estoy seguro de que Juan B te querría también a ti, y estará Paz María, y hasta sus mellizos puede que estén, tú que tienes tantas ganas de hijos y esas cosas, piénsalo, puede ser un buen momento, además, amaría morir sacrificado, lo digo en serio,

No me vayas a quitar hasta ese placer, déjame a mí,

No, yo quiero,

Da igual entonces, decidamos al azar, ¿sí?

Me parece,

¿Una moneda?

No, algo de lo que también podamos hacer que tus abuelos participen, que tomen la decisión sin saberlo, ¿qué se te ocurre?,

se queda en silencio un rato que luego tengo que interrumpir; lo que a Donatien por fin se le ocurre es detonar un caos, a ver cuál de los dos abuelos reacciona antes, entrar a la casa como si fuéramos ladrones, encapuchados, conseguir armas, usar las herramientas del arado incluso, si fuera necesario, acorralarlos, atarlos, amordazarlos,

Para qué tanta violencia, Donatien, con lo buenos que tus abuelos son,

Ya, dice, Tienes razón, pero si los queremos hacer participar tiene que ser con algo que de verdad los afecte, a su edad ya casi nada tiene ese poder,

No hay que subestimarlos,

Y qué tal si fingimos que somos del ejército nazi, digámosles que estamos perdidos, que llevamos sesenta años perdidos,

¿Dices entonces que finjamos que somos fantasmas nazis?

Más como zombis nazis, si nos dejan entrar, si nos invitan a quedarnos y nos dan mermelada y pan y queso, yo soy el sacrificado; si logramos moverlos, asustarlos, entonces te sacrificas tú,

Me parece innecesario poner a tus abuelos en esas, qué cruel, podría darles un infarto,

Entonces, si no quieres poner a mis abuelos en esas, deja que me sacrifique yo y ya,

me detengo en el pelo de Donatien que aún sin lavarlo en días está impecable, liso, brillante, un pelo que tiene el poder de despertar sensatez,

el cuerpo de Donatien está listo para ser sacrificado,

dejo un dibujo de manzanas marchitándose en la mesa de la cocina bajo el tarro de la mermelada de frambuesa de la señora Renée; vamos entonces en la noche y bate que bate las alas llegamos hasta la casa construida por las manos de Beny y Leika, y desde afuera puedo verla a ella lavar remolachas mientras canta, Tanti auguri

A chi tanti amanti ha

Tanti auguri

In campagna ed in città,

así de feliz, y hasta se contornea con movimientos tropicales; Donatien tembloroso, llueve, y yo puedo sentir sus costillas en ese abrazo ladeado mientras miramos a Leika contornearse y malabarear las remolachas y ahora en monociclo sale Beny, y Donatien y yo los miramos y nos movemos de un lado para el otro como hace la gente en los conciertos, y así nos damos un beso y vamos al lugar del entierro de la antigua amarga Leika donde debe hacerse el sacrificio y en ese punto nos detenemos ante la aparición del holograma de una cremallera, la más brillante, debe ser de oro finísimo, debe haberle costado una fortuna a Juan B, una fortuna, Donatien ya se arrastra y me ruega que lo haga ya, que por favor, que se lo haga ya,

II. Galápagos

El cuerpo sano y joven y deseante no sabe de qué se trata y a punto de declararse invicto, una noche, tra, aparece la mancha, tenue, sí, pero no pasa otro día cuando tra, otra, esta vez más pronunciada, en relieve y en ingles y sobacos, en la parte trasera de las rodillas, los dedos de los pies, el cuello, detrás de las orejas, en los nervios que unen la lengua al frenillo, y ya no solo manchas, sino hinchazones a veces como huevos y otras como peras mutantes, la piel rugosa, purulenta, cubierta de excrecencias grises, blancuzcas, luego violáceas, de un rojo turbio; manchas hasta la llaga que se esparcen y luego los abscesos creciendo con la más volcánica fuerza, y no han terminado de extenderse por la última zona sana, cuando pasan a otros cuerpos, más jóvenes, más bellos, y a veces ni siquiera. Curar no está en manos ni de médicos ni de indios ni de brujas ni de sacerdotes ni de dioses. Parece funcionar solo una advertencia: envolver en látex casas, piernas, compasión; no tocar, no mirar, no irse con extraños y tener máximo cuidado con la mirada de los otros, cualquier otro: niños, mujeres embarazadas, todo cuerpo que no sea el propio, pero incluso el propio, es peligroso. Quien contraiga la peste no se cura; todos, sin excepción, a un corto tiempo de la aparición de los susodichos síntomas, cuando no antes ni después, mueren.

En otras partes no tan lejanas, los muertos jóvenes como nosotros empiezan a descomponerse. Así las cosas, Juan B, a bordo del Carajo, dice que lo más importante es mantenernos compuestos, que para eso las pieles, Hay que hacer como hacían los aztecas cuando ganaban una batalla, que le arrancaban la piel al enemigo y la llevaban puesta durante cuarenta días como si fuera un traje.

Estamos en El Carajo, barco hecho a la medida de nuestros deseos, ¿que cuáles son? No hay que olvidarlo ni repetirlo mucho: gozar y ser jóvenes, y no y no a la desgana, a la sensación esa acechante de que falta algo, y cada movimiento para evitar el descascaramiento con el que ahora cuesta moverse, no es fácil caminar cargando la piel de otro, hay que acostumbrar los pasos sobre la madera crujiente, impecable del Carajo, podemos quitarnos las pieles en la noche, sí, o cuando nos cansemos de cargarlas, lo importante, y eso sí que no debemos olvidarlo, es no dejarla por ahí expuesta para que el sol la achicharre, o la intemperie la desgaste, o Patatuz la desmiembre, No hay que olvidar, muchachas, dice la voz de tía protectora de Juan B, cada vez que no quieran usarla, deben colgar la piel en ese vestíbulo refrigerado mandado a instalar especialmente para eso, mientras cada piel quede en el ganchito que le corresponde, no debería haber ningún problema.

Depositadas en ese cuartito todas nuestras esperanzas de preservación.

Con la piel bien puesta de todos nuestros muertos, por las islas Galápagos, a bordo del Carajo, y la risa de Juan B pesa y resuena por las olas hoy tranquilas, mañana cómo saberlo. Qué futuro qué vejez qué muerte, nos invita Juan B, nos dejamos invitar, tenemos temperatura y aún grasa suficiente para preservar la amistad y alimentar a un perro en un velero por las islas Galápagos. Patatuz saca su lengua y se deleita con el viento del Pacífico. Solo hay que cuidar que no vaya a atacar a las iguanas, ni en un descuido destruir nuestras valiosas pieles, ni a enterrarle un colmillo a una tortuga centenaria, ni a los lagartos de ocho colores, ni a los piqueros, ni a los flamingos, si los hubiera, esta raza de Patatuz tiene una especial fijación por la vida silvestre, dice Pedro Vista, casi no nos deja subir con el can.

El barco es bueno, ningún cuadrúpedo sin plumas, dice el tal Pedro Vista rascándose la oreja con el dedo meñique, la uña larguísima, y un palillo en la boca, a primera vista una pata de gallo, mejor no indagar en ese objeto no identificado que parece venir con Pedro Vista, parece haber nacido de él y sin saber muy bien a qué se refiere el capitán, obedecemos sus órdenes entre una que otra risita y codeadita.

Lorenzo recostado sobre la baranda del Carajo, la mirada sobre el mástil enorme, lo sin límite de la excentricidad de Juan B, con seguridad escogió el más solemne, el de mástil más fálico, y es que cómo no deslumbrarse ante las velas azules y blancas y otra vez azules, el viento en un sonido brutal, el aire turbio. Lorenzo se aferra a la piel que lleva apretada a su cuerpo, piel blanca y pecosa de Donatien, aún conserva el olor a hierbas y las pecas, y él se aprieta más y con más fuerza a esa piel blanda, mientras piensa, Pero qué enormidad la de este barco, y sigue sin creérselo, será que solo un espacio así puede reunir la hospitalidad Juan bestiana.

A todo volumen suena una canción del tocadiscos mandado a traer desde Alemania especialmente para el viaje, Qué fuerte pesadilla, qué fuerte pesadilla la que anoche a mí me dio que vi a la novia mía, que vi a la novia mía transformada en un camión; hablamos sobre el clima, no sé sabe si es mientras el cuerpo se acostumbra o qué, se habla y se habla de qué es esa música, la fuerte pesadilla y ya poniéndonos más serios, pues, hablamos de la sensación térmica, cómo transcurre el sudor, quién suda más y quién, pero no gracias a dios, tiene la suerte de sudar menos. Paz María dice sudar menos. Ni aun envuelta en la piel del de la cola de caballo, negro pelo de crin de caballo que le cuelga a Paz María a la altura de la nalga, dice que no logra sudar, de hecho, ahora que lo piensa, no recuerda la última vez que sudó, pero qué ganas, Delicioso sudar, dice, y fingiéndose empapada entre la piel del amante de cola de caballo, dice, y hace saltar la colita negra, Igual, me daría un baño feliz, y alguien le dice, Pero ya te bañaste, dos veces, hay que cuidar el agua, y ella dice que para qué, Y fíjense, terrícolas, que en el desierto me tomaría el último vaso de agua, no mentiras, no me lo tomaría, lo derrocharía, lo dejaría caer sobre la tierra y me quedaría un rato ahí mirando cómo se evapora, imagen de la última gota de agua de la tierra evaporándose frente a los ojos de una que carga la piel de su amante de la cola de caballo y canta una letanía, la canción de la última gota de agua, adiós gota de agua con la que ya no calmaré mi sed, adiós gota de agua con la que ya no purificaré mi cuerpo,

Y harta purificación que nuestros cuerpos necesitan, dice por ahí Roberto S,

Y entonces surge un murmullo, porque se sabe que murmurar es lo habitual en los largos viajes por mar, el rumor es que tal vez Galaor nunca se baña, tal vez no se haya bañado nunca, porque eso es lo que hacen los comunistas, ¿no? Varios días sin bañarse para que todos olamos a lo mismo, dice Roberto S. Tampoco Pedro Vista se ve muy bañado que digamos, y así los olores de bañados y no bañados se mezclan en El Carajo, almizclados, arrunchados unos sobre otros, olores inertes, al borde de la putrefacción, rondando ese dejo carroñero que separa a un cuerpo en movimiento de un cuerpo en lo absoluto de la quietud, olor que por ahí resuena con las olas aún no revoltosas, olor que va mezclándose con las partículas de aquellas algas dejadas a la intemperie que pueden verse a lo lejos, en esa playa, que, ¿Cómo es que se llama esa isla?, pregunta Juan B, y el capitán se encoge de hombros con su palillo de pata de gallo y en una sonrisita de yo sí fui dice que ese nombre, por ahora, por aquí, tal como vamos, es impronunciable, y menos cuando se entra en la humedad de Galápagos,

Galápagos, qué niebla, ga-lá-pa-gos, mecidos todos sobre su esdrújula.

Vamos en este barco como recién salido de la imaginación y puesto ahí para nosotros, los siete que nos le medimos al reto propuesto por Juan B; él nos pintó el paseo más o menos así: Miren, uno llega a una isla y es la isla de los pájaros no sé qué. Y uno se baja y camina y nadie se atreve a botar un cigarrillo, uno no encuentra ni una sola basura, es perfecto. Y después otra isla, es la isla de lava, oh, sí, ahí no hay más que lava, y se ve toda la cosa viva, recién producida, rojísima, llameante. Y en otra de las islas están las focas, los leones marinos, mansiticos, hasta se dejan tocar, Pazmarí, de verdad, y Paz María responde que por qué le dice esto a ella, lo dice con esa voz, toda una presencia esa voz, la que tendría un molusco si pudiera hablar, con vibración,

No creas que porque piensas que soy mujer es a la que le dan ganas de ir a tocarle la piel a las focas, terrícola,

Tranquila, no te me alebrestes, dice Juan B, y sigue: Después uno echa a ver por allá, y el barco ancla, y pasa uno la noche, y está así, de isla en isla, luego, una isla de pájaros solamente, y ahí no hay más que tortugas, o sea, es que cada isla tiene su ecosistema, es di-vi-no. Y sí, tal cual, divino, como Juan B nos lo pinta.

Paz María acostada sobre el piso del Carajo, sobre la piel del amante de la cola de caballo, Ten cuidado, le advierte Juan B, y ella a sus anchas, no parece incómoda ni ardida con lo caliente que se ha puesto la madera, gafas oscuras, tetas al aire, y Lorenzo la mira y se acerca y hace un gesto de que va a tocárselas y le pregunta, ¿Puedo?

Y ella se sienta y se recuesta en sus codos sobre la piel del de la cola de caballo, muy tranquila, y se quita las gafas oscuras, muy tranquila, y desde sus ojos uff, bien negros esos ojos, le lanza una rabia a Lorenzo, y él esquiva el chorro con un gesto que su cuerpo ha adquirido solo para esquivar ese ataque denso y corrosivo y se ve en la madera el humito chispeante, que atrae al galgo y hace que se alborote alrededor de la sustancia negruzca y empiece a ladrar y sale el capitán con su pata de gallo en la boca y dice que alguien se ocupe de la bestia, y Lorenzo dice que ya, ya, y le toca la cabeza al galguito agitado con el humo que sale de la madera, y Pedro Vista se acerca, y alza al pesado e inmenso galgo que se contorsiona y se revuelca pero es pronto neutralizado por la fuerza del capitán y el perro parece entender que mejor amansarse ante este súper amo, y Pedro Vista, se puede ver, se le ven las intenciones en los músculos, en el brillo de los ojos, Lo va a tirar, alcanza a gritar Paz María, Ahh, Cuidado, gritan en coro Juan B y Roberto S, espantados, y Juan B, Cuidado, que ese galgo vale oro, es el más ilustre, el más puro, el de mejor raza de todos por aquí, y Pedro Vista dice que entonces con más razón hay que tirarlo y bien lejos, y con el perro cargado va hasta donde Juan B y se lo echa encima, y Juan B, con su bata de piel de camello que le queda tan apretada, da un paso hacia atrás y le dice, Más cuidado, hombre, y el perro, ya en el piso, ha perdido hasta la última pizca de interés por el humito aquel y parece achantado y se acurruca entre las piernas de Roberto S, cubierto por la piel de una niña morenita que seguro no supera los trece.

Lorenzo vuelve donde Paz María y se acuesta a su lado.

Luis, piel negra y gruesa le cuelga de los omoplatos y lo hace ver poderosísimo, hasta el bigote ese que insiste en usar pierde su ridiculez, saca unos papeles y un lápiz y empieza a dibujar a Paz María, que Luis la retrate, él, que nunca hace dibujos de mujeres. Y ella saca la voz molusca,

y con esa voz le dice a Luis, Terrícola, por favor, no me dibujes las manos,

Y cómo no, si tus manos enguantadas son lo más interesante, pero no te preocupes, no soy muy bueno dibujando manos,

Lo que vas a tener que dibujar es cómo se siente todo desde estos guantes blancos y ten en cuenta que estamos a treinta y cinco grados,

¿Y es que tienes calor?, pregunta Luis,

Obvio, tú qué crees, responde ella, con semejante terrícola encima cómo no voy a tener calor,

Bueno, pues quítate los guantes,

Primero descompuesta que sin guantes.

Detrás de Paz María y de sus guantes blancos, superpoderosos guantes blancos, se puede ver a Fernando Yanamihoy escupir.

Fernando Yanamihoy, la nueva adquisición de Luis, comprado en el mercado negro, y tal como sucede con Pedro Vista, tampoco lleva piel de un otro puesta, Ah, las pieles de esos, resisten cualquier cosa, dice Juan B, No como las nuestras, tan blancas, tan flojas que toca instalarles todo un sistema pa que aguanten,

y Fernando Yanamihoy en la proa del Carajo, enrollando un cigarrillo y escupiendo, y nosotros sin saber cuál es la manera de acercarnos, de hablarle, ¿habrá que hablarle?

Fernando Yanamihoy escupe y el galgo empieza a ladrar y

hace círculos en torno a la baba en el piso de madera, y Lorenzo mira al perro rodeando la baba y luego se cansa y mira de nuevo a Paz María siendo dibujada por Luis y dice, Alguna vez quise hacer un dibujo cada día de una mujer diferente, así como ese pintor japonés dibujaba un tigre diferente todos los días, por eso empecé a dibujar la serie de cuerpos hermafroditas, esas burlonas saca lenguas, que abren con veinte garras la panza de una virgen para untar un pan,

Ajá, dice Juan B, me consta ese entusiasmo que quedó por ahí guardado en un cajón a los tres días,

Sí, porque empecé a sentirme mal,

Ahí empezó más bien lo de volver con el pelirrojo,

Supéralo,

Lo digo con cariño, además, él está aquí con nosotras, es un amor, está más que superado,

Si estuviera superado no dirías que es un amor,

Amor, amor, amor, digo mil, mi amor, amor, amor, si se me da la gana de decir amor, amor te digo, amor amor, amor amor amor,

Roberto S acaricia la tersa piel de la niña morenita que le cuelga y Galaor lo mira, envuelto en una bandera de Cuba, intervenida por él, con unos asteriscos bordeando el triángulo rojo, que según él representan la disidencia, tirados en unas sillas en la cubierta. Roberto S lee una autobiografía de Orson Welles que se encontró en el velero y que tal vez le pertenece a antiguos inquilinos. Es seguro que el libro no es de Pedro Vista, segurísimo, pero ay, Pedro Vista, cómo saber qué le pertenece, del capitán no se sabe nada, en cambio de Roberto S sabemos que bien machita la pose, y él cree que más machita aún con su sombrero aguadeño, con su abrigo de piel de la morenita de trece, sus pantalones caqui doblados más arriba del tobillo, descalzo y aun así dando pasos al retumbe cual si tuviera bien puestas las botas de patrón, de cuero, importadas de Italia, con su cuerpo de hombre niño, no es alto, pero anda con la postura que hace pensar en los hombres altos, sí, como Napoleón, como Bolívar, tal cual, no se atrevería uno a afirmar que se trata de un hombre bajito, y ese gesto de juntar las cejas, parece tan serio, tan, con esa sombra de barba, fruncido el ceño y más abajo sus ojos amarillos, el más irritable, el hombre que no puede pasar más de diez minutos sin pelear con alguien, el prejuicioso, narcisista, como si siempre se estuviera mirando a sí mismo a través de una lupa, semiabstemio, al que no le puede faltar la leche antes de acostarse, que tiene una hija pequeña y otra a punto de nacer y tantos hijos más de los que ni él mismo sabe, pero que no vayan a ser varones porque entonces mejor que se mueran o que no nazcan nunca, porque si son varones mejor tirarlos por ahí para que no vayan algún día a quitarle ese reino suyo que está construyendo y se dice que en el jardín de ese reino hay más de una mujer enterrada por las propias manos de Roberto S.

Roberto S dice que Orson Welles dice que nunca se mete a las piscinas porque hasta los ricos se pipisean dentro de las piscinas, lee esto como una sentencia, porque así dice todo, porque en este Carajo somos todos un poco así, sentenciosos como en las biografías,

Lo único cierto, amigos míos, es que la pintura está desapareciendo, ahora a cualquier cosa le dicen arte, dice Roberto S, culpa de los que quieren poner todo fuera de contexto,

A lo que Galaor responde un bla bla bla, pero más baboso, moviendo las manos con un gesto en tic y posesión, No tienes ni idea de lo que estás hablando, y acusa a Roberto S de oligárquico y godo de ultraderecha sin dejar de mover las manos, de hacer reverberar la bandera de su Cuba, buscando las palabras, los ejemplos como anillo al dedo para seguir contradiciendo a Roberto S, que es tan terco y esa voz para la terquedad que lanza directo a sus interlocutores al reino de las inseguridades,

y Galaor entonces se toca la barba blanca, estropajosa y se la hala y se la retuerce esperando desentumecerse de la aspereza de las palabras de Roberto S, ni siquiera de la fuerza de sus palabras, sino de la superioridad con que las dice. Y Roberto S dice seco, reseco, Usted lo que pasa es que es comunista por feo, vino a dar a Colombia para aprovecharse de nuestros gamincitos, disfrazado de Papá Noel, los engatusa con bicicletas y después se los lleva a su apartamento de Las Aguas, quién sabe qué es lo que les hace por allá,

y Galaor sigue retorciéndose la punta de la barba, espesándola para volverla un arma o esperando que algo salga de ella, Mejor dejemos así, no te conviene torearme,

Torearme, torearme, dice Roberto S, como si yo fuera de la familia de Juan B, esos sí que crían los mejores toros de lidia, ¿No, Juan B? ¿Y Juan B? ¿Qué se hizo? Galaor sigue retorciéndose la barba, ya no la punta, sino la barba entera para que salga un buen argumento, un chorro lleno de materia pensante y luego un charco donde se refleje sin palabras el verdadero arte de la experiencia, que es el que de verdad vale la pena y en el que Galaor cree con el fervor de los hombres de barba blanca, que una persona con la mente tan provinciana como la de Roberto S jamás tendrá la capacidad de entender, los ancestros gallegos, la sangre rusa. A Galaor lo conocemos poco, lo trajo precisamente Roberto S para tener alguien fijo con quién pelear, tal vez alguien sobre quién disparar la escopeta del capitán, ya que está prohibido cazar, y con todas las ganas que tiene Roberto S, tendrá que disparar sobre algo porque su intestino ya no aguanta más esa bala con la que está cargado desde que nació. Dicen que en Cuba Galaor dejó esposa, de hijos no se ha hecho mención, y así, tan despojado de esposa y patria, sin esas féminas que inflan al macho de grandeza hasta en el caminado, no puede ser del todo humano Galaor, se estará entonces al acecho para que su cuerpo revele algo, una cola de rata, por ejemplo, que justifique el disparo que Roberto S ha esperado toda la vida disparar.

Entonces se escucha a Roberto S decir que todo arte que se hace hoy en día y que no sea pintura, pero incluso la pintura que se hace hoy en día, esos garabaticos, que ni siquiera se puede decir Uy, qué gran manejo del color, eso de lo que tanto se pavonean Galaor y los suyos, eso que hacen en dos o tres minutos Galaor y los suyos, esas esculturas puntilludas de mierda, Dicen que enrarecen, pero no enrarecen, no, no, cagan, se cagan el espacio público, se descuida uno y ya el país está lleno de esa desgracia, y por eso es que andas tú por ahí regalándole esas esculturas horribles a mi mamá y a la ciudad, para hacernos igual de feos y que nos volvamos todos tan feos que nos toque volvernos comunistas, y construir edificios comunistas, y comer comida comunista, y hasta ponernos ropa comunista y bailar música comunista, y una chispa sale de los ojos amarillos de Roberto S, y ya se ve que está con la mirada para todos lados olfateando la escopeta, que está seguro tiene guardada el borracho del capitán en algún lado, esa carga de dinamita, que no le digan que no, él la siente, desde que nació la siente. Y se escucha a Galaor decir que cómo se nota que Roberto S no sabe nada ni de arte ni de comunismo ni siquiera de mierda y que tenga cuidado, que si supiera lo que hacen en Cuba con gente como nosotros, ya nos habrían echado gasolina y prendido fuego, a todos, que ninguno podemos imaginarnos lo que es eso,

Pensar que habíamos encontrado una esperanza en la revolución, y con lo que nos salió la revolución, decir eso de que la pintura está desapareciendo, cómo, es como decir que, tú tendrías que ver, cómo decían los gringos en Vietnam, Golpeamos a los comunistas hasta hacerlos pulpa, así nos golpearon los comunistas a nosotros, fíjate, hasta la pulpa, ¿sabes qué es eso? Que te den y te den y te rompan, hasta que, ahí sí, te cagas, pero tú, tú, pobre burgués, tú, arquitecto de los narcos, qué vas tú a saber, qué, y lo de los narcos enciende a Roberto S, que se le abalanza encima a Galaor,

Y Juan B dice, A que le damos a Roberto S uno de esos embrutecedores que les dan los gringos a los niños dizque para que se concentren y no se le bajan a Roberto S esas ganas de encender algo a golpes hasta matarlo, hasta la pulpa.

Lorenzo llega en puntitas cual bailarina y les dice a estos dos, Muchachos, a ver si pelean de verdad, y Luis interrumpe y dice en su voz encopetada, Ay, por muy mal camino va todo esto, es que se producen cosas de un tedio, y estira la o de tediooooo, y la mastica y la retuerce en su bigote patéticamente parecido al de un pintor célebre por sus extravagancias, precisamente, ahora que hablamos de mierda, precisamente, famoso más por su bigote que por esa cena en la que se dice le sirvió un plato de mierda a un coleccionista,

Ah, dice Luis, Los artistas y su gusto por la mierda, la caca tan sobrevalorada por estos días, no se sabe de quién me da más pesar, si del arte o de la mierda, cuando dicen por ejemplo que una obra es una mierda, que el artista es una mierda, o hacen cosas como las que hacía un pintor que se las daba de vanguardista y poético por usar popó seco en una de sus naturalezas muertas, ese popó específico que producen los niños después de comer cerezas sin quitarles las semillas.

Paz María interrumpe con un bostezo y dice, Terrícolas, qué aburridos, yo en cambio soñé que era terrícola y volvía a fumar y que Roberto S me mostraba que yo tenía una alergia en el cuello y que la alergia me estaba tragando y era verdad porque apenas dijo eso yo sentía el cuello inflamado y no podía dejar de rascarme y entonces él me preguntaba que qué había comido y que si estaba enferma, porque mi aliento, y yo le preguntaba, ¿Pero a qué huelo?, y él me decía, Hueles como si tuvieras el estómago en la boca,

¿Soñaste?, la miran todos sorprendidos, ¿De verdad soñaste?, le pregunta Lorenzo bien bajito, a mí puedes decirme la verdad, no tienes que fingir, ¿sabes?, acá todos nos aceptamos en nuestra condición de no-soñantes, acá no tienes que decir mentiras,

Soñé, en serio, dice ella, para qué me lo voy a inventar, terrícola,

Bueno, pues sabes que a mí puedes decirme todo, y le guiña un ojo Lorenzo a Paz María,

Pero y qué importa si soñé, mientras pueda seguir diciendo que soñé.

Y Juan B dice, con su voz delirio de aristocracia inglesa, ¿Quieren un traguito?, y luego dice, Marta decía que cuando uno soñaba que fumaba era porque le estaban haciendo brujería,

¿Quién es Marta?

Pues la negra que me crio, dice Juan B, Se le metían los espíritus, esa era bruja, como tú, Pazmarí,

Luego hablaremos seriamente de brujas, terrícola, dice ella.

Roberto S se rasca una pierna, se acomoda en su abrigo de piel de niña de trece años, se ajusta los pantalones, va hasta donde Luis, le da una palmada en la espalda cubierta de la piel gruesa y negra que hace que Luis se vea tan corpulento. Roberto S se sienta junto a Juan B en su posición favorita, extendido completo sobre la piel tersa de la niña. Tendido así, se parece mucho al dibujo que Luis alguna vez hizo de él, cuando en tierra, en el que Luis logra un Roberto S inmenso, con la verga más chiquita de la que Roberto S hubiera querido, tal vez en un ataque de maldad porque Roberto S se negó a dárselo, lo que sí es cierto es que Luis parece haber analizado y diseccionado ese cuerpo y luego haberlo vuelto a construir pedazo por pedazo en ese dibujo.

Menos ofuscado, Galaor se acerca y observa el retrato que Luis hace de Paz María, donde no aparecen los hombres que al fin podemos darnos el lujo de ser todo lo que no podíamos ser cuando íbamos a los almuerzos familiares, donde incluso sabiendo, no se cansaban de preguntarnos por las novias y que cuándo nos íbamos a casar y que se nos estaba haciendo tarde; un grupo de cinco maricones y medio alrededor de Paz María, pareciera que esperamos ver salir de sus tetas un canto, ¿o qué es lo que esperamos ver salir de ahí? A Roberto S le concedemos la presunción de inocencia, después de todo hay que ser justos, alguna vez alguien dijo que los homosexuales que no saben que son homosexuales tienen un olor peculiar a manzanas, pero nada en Roberto S puede hacer pensar en una manzana.

Roberto S es lo contrario de una manzana,

Roberto S es dulce como dulces son las piedras,

Roberto S es ese dizque amigo siempre al acecho de la imperfección del otro,

¿Roberto S es el que toma leche de las tetas de Paz María todas las noches antes de dormir?

Eso se comenta, pero hay dudas de que Paz María produzca leche,

Pobre Roberto S, dice Juan B sentado en una playera con sus gafas cartier y su abrigo de piel de camello, tomándose un ron finísimo que trajo de su último viaje por las Antillas,

¿Y no nos vas a dar?, le pregunta Lorenzo,

Y Juan B, Ay, pero qué grosero soy, perdón, ¿me ayudas a servirlo?

Y mientras Lorenzo que Sí, claro, Juan B dice, ¿Puedo decir algo? Uno tiene que querer mucho a la gente que quiere, y abrazarla, porque la gente se pudre, amigos, en este mundo tan cruel, todo se pudre. Yo los quiero mucho a todas, y le da unas palmaditas al galgo en la cabeza y le dice Venga, Patatuz, y le da una galleta que el perro se come de un bocado.

Las cuerdas desamarradas del abrigo de Juan B le llegan hasta los pies y a veces, cuando anda desprevenido, el perro se las muerde y a veces Juan B cree que una de las tiritas de la bata es un escorpión, una tarántula, una culebra, un gatito blanco, qué miedo le dan a Juan B los gatitos blancos, está convencido de que la gente se equivocó y no son los gatos negros los de la mala suerte sino los blancos, desde niño ese temor y si ve uno pega unos gritos que si alguien los oyera, se moriría de risa. Entre la apertura de la bata se pueden ver unas tangas negras que lo hacen parecer más barrigón y uy lo peludo que es Juan B, y él terco, sin bloqueador solar con lo blanco que también es, se va poniendo rojo y la piel ardiente y Lorenzo le dice que lo deje untarle un poco de bloqueador en el pecho, Por la costumbre, dice Lorenzo, y Juan B se deja y Lorenzo se lo unta, un poco en el pecho, un poco en la cara, porque la piel hay que cuidarla más que nunca,

Ay, se me fue la mano, dice Lorenzo.

Ahora una gota de sudor mezclada con bloqueador entra en un ojo de Juan B, el ojo medio bizco, ojo perezoso que nunca dejó de serlo ni con años de parche, ojo raro que se irrita con el bloqueador solar que le entra y Juan B grita, Ay, ay, más cuidado, y Lorenzo va corriendo por agua, y Juan B, limpiándose con la manga de su bata, dice, Pedro, venga, y Pedro Vista se acerca,

Léase el itinerario, dice Juan B,

Estamos en La Española, salimos el 21 de febrero de 1992.

Y Juan B interrumpe, No sea pendejo, eso ya lo sabemos, diga algo que ellos no sepan. Y limpiándose el ojo picho, sigue, Dónde se habrá metido ese Lorenzo. Y va esparciéndose una lágrima que más parece una coagulación, una lagaña ahora, y va creando una masa con el bloqueador por la cara que lo hace ver más fantasmal de lo que ya,

El capitán, con aliento de borracho, pero no de cualquier borracho, sino uno con cuatro días de fauna de licores, dice, Nuestra segunda parada en el archipiélago de Galápagos será en la isla de San Cristóbal,

Bueno, pero ¿y qué?, y Juan B mira a todos y grita, El tipo está borracho, qué se tomó a ver don Pedro,

¿Ah?

Que venga y cuenta qué fue lo que se tomó,

¿Ah?, dice el capitán tambaleante con su pata de gallo metidísima en la boca,

Conque usted es el que está vaciando las reservas, nos va a dejar jodidos.

Y Lorenzo aparece envuelto en una sábana, despojado de la piel de Donatien, y le pone a Juan B un paño en el ojo irritado y le dice, Pero cálmate,

Cómo, si yo pagué por un capitán bien irreverente, no por un borracho que me responda lo que le pregunto, pero sí señor, usted tranquilo, tómese lo que quiera, y si nos deja por ahí tirados, pues nos deja por ahí tirados.

Hora entonces de ir por los bloody mary que Lorenzo tiene preparados desde por la mañana. Pero, antes, bajar al baño, pasar por el corredor estrecho hasta llegar a la cabina matrimonial que comparte con Juan B, ahí junto al cuarto refrigerador de pieles. Las lámparas de cabecera con posibilidad de graduarse de tantas formas, quién lo hubiera pensado, un camerino personal en medio de un barco sueco, el espejo que hace parecer más grande a la cabina tiene el efecto de estilizar muertos, vivos, flacos, gordos, y por eso el cuerpo de Lorenzo estirándose, su reflejo extendido por el techo y en las ventanitas, ocupando buena parte del cuarto, qué pasa si uno empieza a explorar en ese reflejo, como ahora Lorenzo está explorando, decía su abuelo que si uno se quedaba mucho mirándose en el espejo se le aparecía el diablo, y Lorenzo, de niño, imaginaba ese diablo que salía como una pluma del espejo y se hacía pasar por él y se iba de parranda y se vestía de mujer, y a él, a Lorenzo, el diablo lo empujaba al otro lado, lo dejaba ahí niño arrodillado, miedoso, tembloroso y sin poder moverse, Y si yo en realidad he sido todo este tiempo el diablo del espejo, piensa Lorenzo, cómo sentirá el del otro lado, por ejemplo, los pelos que crecen, estos pelos que uno se empeña en que no crezcan y con más y más fuerza se hacen ásperos, se caen las uñas, las pestañas, se cae todo, pero eso sí, no es sino que uno no quiera que un pelo crezca y entonces ahí sí no para de crecer, y por eso la cuchilla raspa así cuando uno se la pasa por la barbilla, sin jabón, sin crema, y aparece una cortadita de sangre coagulada, sangre necropsia, y a falta de sangre chispeante, ahí, justo, Lorenzo se da cuenta de que en la repisa está el labial rouge maravilla de Paz María, pero ¿y qué hace aquí? Tal vez ella también haya descubierto el espejo matrimonial, y si Lorenzo se unta el pintalabios en lo delgados y morados que son sus labios, tan esquivos para el pintalabios que la mitad de la pintura queda por fuera y le pinta otros labios que repinta aún más y hace crecer un tercer labio alrededor de su segundo y su primer labio, la amarillez de sus dientes entre tres labios, quisiera llegar a conocer tan bien su boca como Paz María la suya, ser capaz de pintársela sin usar espejo, y ahora sí, por los bloody mary, pero, en realidad, lo que quiere es usar minifaldas, corsés, bikinis, lentejuelas, mallas, tacones, cabelleras ondulantes, molas, crestas, lo que quiere es ser una muchacha de lo más extravagante, pero quizás él ya sea esa muchacha, la pregunta es si se necesitan todos esos perendengues para hacer salir a la muchacha incrustada en el ombligo.

Antes de llegar a cubierta, recoger la piel de Donatien, volver al espejo matrimonial, deleitarse con la blancura láctea y pecosa y pelirroja de la piel de Donatien, y más cerca, la cara casi toca el reflejo, la distancia necesaria para acariciar con la yema de los dedos sin uñas las ojeras realzadas por el delineador, y con el pintalabios de Paz María, Quedas regio, querida, y ahora sí, a la cocineta a recoger los bloody.

Una bandeja en la mano y Lorenzo reparte que reparte los tragos entre todos, diversidad de tonos en la palidez de cada uno. Juan B, Galaor, Luis, Paz María, Pedro Vista, Fernando Yanamihoy, sin discriminación, ninguno podrá negarse. Hasta Roberto S, que se las daba de abstemio pero que dejó de serlo desde que su piel sin colágeno necesitó ese pellejo de adolescente para preservarse, y es que no hay que juzgarlo, qué puede hacer un hombre frente a eso sino empezar a tomar de a poquitos hasta acabar con todo. Pero no hay que hablar de eso ahora. Ahora hay que hablar de ser jóvenes, entre labios rojos, Lorenzo con una bandeja de bloody mary se bambolea hasta llegar al capitán y ofrecerle un trago, sin mirar a Juan B, pero sintiendo su mirada pesada, Qué insolencia, pensará Juan B, que Lorenzo no le haya ofrecido a él el primer trago, pero es que ni crea que porque es el que pagó por esto todo es primero para él, piensa Lorenzo, no, señor, que deje de ser tan malcriado. Lorenzo no se mueve de ahí hasta que el capitán lo mira. No es que creamos que en el fondo de los ojos se pueda ver algo, pero esta vez sí puede verse en el fondo de los del capitán un mar sobre el que alguien se ahoga. Lorenzo desfila ahora frente a Roberto S y también se queda mirándolo hasta que Roberto S lo mira, no a los ojos, la mirada se concentra en los labios rojos, se incomoda Roberto S, y cómo se incomoda, no puede sostener la mirada en esos labios recién pintados de rojo que hasta pasión despiertan y a Lorenzo le entran de pronto ganas, mínimas pero ganas, de plasmarle un beso en la boca y bien pintársela a Roberto S y hundírsela para que aprenda a no voltear la cara cuando uno lo está mirando, carajo, pero a Lorenzo para tanto no le dan las ganas,

Escogiste muy bien, Juan B, este barco es una belleza, dice

Roberto S, disimulado, teniendo cuidado desde sus ojos amarillos de no toparse con los labios de Lorenzo.

Y Lorenzo sonríe, aprueba a Roberto S y se queda mirándole ese gesto de cuánto le gusta ser aprobado y a la vez cómo la incomodidad que ser mirado por Lorenzo y sus labios rojos le distorsionan esa preciosidad de ojos amarillos, y sin dejar de mirar a Roberto S se sienta junto a Juan B, le da un beso en la boca, y le deja marcado el pintalabios, pero mirando a Roberto S, mientras Roberto S lo esquiva, Y pobrecito, piensa Lorenzo, ese peso de ser tan macho ante su mamá, su amante, su hermana, su esposa que no sabe de él hace más de un mes y su hijita Fátima, que en alguna parte espera que él vuelva y la lleve a dar un paseo en helicóptero como le prometió, o le compre el poni con moño rosado o la lleve a las islas del Rosario a montar en delfín, como le prometió,

Ricos, como siempre, tus bloody marys, dice Juan B,

A mí no me saben a nada, ni a agua me saben, pero sí, deliciosa la idea de un bloody mary para un viaje por las islas Galápagos, ¿no es cierto?, dice Lorenzo,

¿Será que llueve?, dice Paz María limpiándose una gota de sudor del cuello con sus guantes blancos y luego dice, Sudo pero no sudo,

Es que llueve mucho por acá, por eso traje todos esos paquetes de gasa esterilizada, Juan B casi me mata cuando vio tanta cosa, dice Lorenzo,

Pazmarí, quieta, así no puedo, dice Luis, Yo definitivamente no puedo trabajar con gente alrededor,

Pero si usted siempre está haciendo dibujos con un montón de gente por ahí, dice Juan B,

Sí, pero eso no es trabajo, son dibujos nerviosos, de los que se hacen cuando se habla por teléfono,

Tengo que tomar algo a ver si me sale sudor, eso es, tomar más, dice Paz María, Déjame al menos probar mi bloody,

Pocas veces te he conocido retratos de mujeres, le dice Roberto S a Luis.

Y Luis, sin despegar la vista de Paz María, No son lo mío,

Pero ¿y Paz María?

Si es que Pazmarí es uno de nosotras.

Y Paz María dice, Ojo, terrícola, no te pases que no es para tanto, y Luis mira a Lorenzo con sus gafas grandes y redondas y su bigote de un patetismo que, bueno, en Luis es soportable, pero Lorenzo sigue pensando que alguien debería decírselo, y aunque su lengua tenga fama de viperina, no será él, qué miedo las reacciones de Luis; siempre hay alguien que pone a las personas imprudentes en su lugar, que nos descarga el veneno que nosotros descargamos en otros, y ese alguien para Lorenzo es Paz María y es Luis, que se parece tanto a su papá,

Deberías dejarlo así, le dice Galaor a Luis,

Que te quedes quieta, le grita Luis a Paz María.

Y Paz María, Yaaa, terrícola, eres un histérico.

Luis deja el dibujo, se para, se templa la piel negra y gruesa que lo hace ver tan corpulento, feliniza la mirada y le tira un beso a Fernando Yanamihoy. El tipo inquieta. Será el rasgado de sus ojos, lo moreno de su piel, tanto contraste con la palidez de por acá,

Apuesto a que es la única persona del Amazonas que conocen, dice Luis orgullosísimo, y le dice a Juan B, más bajito, Que no te preocupe, haz de cuenta que es parte del decorado.

Y Fernando Yanamihoy mira al mar como si estuviera a punto de transformarse en algo, mar, jaguar, tortuga milenaria, y ese constante estar a punto de transformarse en otra cosa hace que no podamos estar en paz. Lorenzo mira a Fernando Yanamihoy y siente ganas de ser ese mar que Fernando Yanamihoy mira como si quisiera tragárselo, un deseo que va creciendo cuando Lorenzo lo mira y lo mira y llega a la conclusión de que Fernando Yanamihoy es en realidad un malandro, y entonces, por favor, que se revele de una vez por todas como el bribón que es, y así Lorenzo pueda agacharse y lamerle los pies y perderse en sus callos de andar descalzo por el monte,

La cocineta del Carajo. Paz María y Lorenzo. Una cebolla, un manojo de cilantro, un kilo de pulpo cortado en trocitos al limón desde ya no importa hace cuánto, en un recipiente de vidrio, ojo con el plástico que agria y hace que los mariscos se vuelvan cauchudos y se pudran y bueno, una intoxicación con mariscos aquí y ahora qué,

No te rasques, dice Lorenzo,

No me rasco, dice Paz María,

Sí te rascas, te estás sacando sangre, mira esa pierna como la tienes,

Si a mí ya ni sangre me sale, estás alucinando, hace años que ni la regla me llega, solo leche, que me sale y no me para de salir,

¿Ah, sí?

Desde los mellizos,

¿Qué mellizos?

Pues cómo así, los que tuve,

¿Y quién es el padre?

Todos y nadie,

¿Terrícolas los críos?

Semi, más el niño que la niña,

Cómo te encanta hacerte la rara, más bien ayúdame a cortar la cebolla,

No puedo, me hace daño, pero te converso, para que no te aburras,

Si no me aburro, yo sé que te haces la brota leche para que la gente no se dé cuenta de que no sirves para nada,

Qué crueldad dices, al menos acepta que lo de mis manos es serio,

Si tú sabes que yo sé, como si no me conocieras, además, acuérdate que yo tampoco uñas tengo, entre tu alergia y mis manos sin ni media uñita creo que te gano mil veces,

Ya te dije que pruebes mi leche, juro que te curas,

No, guácala, ni aunque me hiciera volver a tener un orgasmo,

¿Cómo crees que Roberto S se ha mantenido tan vital todo este tiempo?

Qué asco, Pazmarí, por favor no me cuentes, además, no se lo merece,

No, si yo sé que no se merece nada, sabes que Roberto S me decía, yo de dieciocho años, se me quedaba mirando y me decía, Uy, a usted le están saliendo arrugas debajo de los ojos, entonces imagínate, yo de dieciocho años y el tipo haciéndome sentir vieja,

Eso seguro tiene que ser una especie de trauma de Roberto S, que solo le gustan las de quince para abajo; yo no entiendo, porque alguien de dieciocho está regia,

¿Y ya no te parece que estoy regia?

Ay, qué te pasa, tú estás regia, mejor que nunca, además, esas son preocupaciones de terrícola, ala, por qué te dio por esas ahora,

¿De verdad te parece que estoy mejor que en tierra?

Mejor,

¿Mejor que viva?

Mejor, mejor, regia, regia,

Será creerte,

¿Pero tú sabes algo de la relación que Roberto S tenía con la mamá?

Sí, pero no le puedes decir a nadie, estos son cuentos que Roberto S ha contado por ahí, a mí no, pues ya sabes cómo es la cosa con él, pero la vaina es que Roberto S oyó alguna vez que la mamá lo había querido abortar y entonces eso fue como un trauma para el pobre terrícola, semejante pendejada,

Qué abortar ni qué abortar, si en esa época ni se usaba,

Ay, terrícola, en todas las épocas se ha usado, esa señora qué se iba a encartar con otro muchachito con lo bien que estaba, pero eso, en una de esas fiestas monumentales que les gustaba organizar a los papás de Roberto S, a la señora se le escapó que qué pereza ese niño tan necio, que ella no había querido tener más después del segundo, que además estos niñitos salían feítos, con los genes del papá, que era más bien aindiado,

Eso no debe ser verdad, eso se lo inventó Roberto S,

Pues peor si uno se está inventando que a uno lo quieren abortar, lo que también se dice es que en la casa de los papás de

Roberto S las fiestas eran muy buenas, no aburridas como las nuestras,

Seguro eso sí es verdad, allá la gente de día es muy bien puestecita, pero de noche, avemaría,

Cuentan que los señores jugaban un juego: ponían todos las llaves de sus casas en un sombrero, y al que le tocara tal llave, se iba con la señora del dueño de la llave, así se rotaban. Y al parecer Roberto S quedó como atrofiado porque fue el único hijo al que le tocó vivir todas estas cosas, a sus hermanos los mandaron para Europa, pero a Roberto S lo tuvieron que dejar porque los abuelos le tenían pereza por necio y maldadoso y eran los que daban la plata para mandarlos a estudiar por fuera,

Seguro no lo querían porque era hijo de otra llave,

Esa es pura bobería, la cosa de Roberto S con las mujeres no viene de ahí, es una cosa bien antigua,

Pues quién sabe, pero viste, por fin aprendí cómo lavar y picar el cilantro sin que se quede pegado entre el cuchillo y los dedos, finito, finito,

Como el que pica Dolly,

Picaba, ya no,

¿Ya no?

A la pobre la mataron a martillazos, la envolvieron en un tapete, la encontró la hermana,

¿Qué?

¿No sabías? Ay, pero en qué mundo vives, muchacha,

No en este, seguro, cuéntame,

¿Qué me das?

Paz María se arrodilla, ¡Lo que quieras!

Córtate un dedo,

Paz María suplica, Ay, que prefiero que todo el mundo se muera a cortarme así sea una puntica de uña de mi noble dedo enguantado,

No hablemos de uñas ahora, la oferta es tu dedo envuelto en piel de conejo por un cuento buenísimo, con narcotraficantes y políticos y empleadas de gente rica muerta a martillazos, pero el dedo primero, ya no lo necesitas, ya es como si me dieras un manojito de pelo,

Y cómo, y qué pasa si el cuento es bien malo y yo habiendo perdido un dedo por nada,

Bueno y ¿para qué lo necesitas? ¿Esos guantes tuyos tan superpoderosos no es que te protegen? Pero ¿en qué andábamos? Ah, sí, dos cucharadas de aceite, dos ajíes serranos, sin semillas, cortados en tiritas, sal al gusto,

¡Cuéntame!

Por tu dedo,

Bueno,

Toma ahora tu dedo, tu dedo meñique, a quien amas, y ponlo en la tabla de madera, y ofrécelo en sacrificio,

Paz María se quita el guante de la mano izquierda, la estira,

Ah, no, pero la derecha o nada, y déjate el guante, se ve hermoso,

Paz María suspira, se deja el guante, toma aire, cierra los ojos, pone el dedo meñique de la mano derecha en la tabla de madera y le entrega el cuchillo japonés a Lorenzo; Lorenzo toma el cuchillo, Paz María cierra los ojos y los aprieta, pero él le devuelve el cuchillo a Paz María,

Hazlo tú, no me pongas en estas,

Paz María toma el cuchillo, lo alza, cierra los ojos, toma el impulso, y de pronto,

Ole, dice Lorenzo,

Heme aquí,

No extiendas el cuchillo sobre tu dedo, ni le hagas nada, que ya conozco que prefieres los buenos cuentos que mantenerte completa, pues que no me rehusaste tu dedo, tu único dedo meñique de la mano derecha,

Pero ¿me vas a contar?

No tengo nada que contarte,

¿Y el cuento?

¿Qué cuento?

Y malo malo cuando Paz María se pone curiosa, dice en cambio, se lo dice ya a todos, ¿Tienen hambre? Bueno, qué importa, para matar el tiempo y no el hambre les preparé, bueno, preparamos, unos ceviches de pulpo deliciosos, receta peruana. El pulpo lleva un tiempo considerable cocinándose al limón, las cebollas rojas las estuvimos picando finísimas con Paz María. Y Paz María se muerde el meñique de la mano izquierda enguantado como está, y no come nada, a ver si se pone hambrienta, por lo menos hasta que llegue un buen cuento, tal vez porque, como alguien dijo por ahí, la muchacha moderna hambrienta tiene más clase que la muchacha moderna saciada. En cambio, todos los demás se emocionan, no es para menos, la idea del pulpo, el pulpo que es de las texturas más emocionantes, es que uno siente que al morder está reventando esa textura con la yema del dedo gordo del pie.

A Fernando Yanamihoy incluso le cambia el semblante, se ve hasta simpático. Paz María no dice nada, no se mueve, parece que el retrato de Luis, o la historia de Dolly amartillada, le extrajo algo, tiene la cara más verde, verde de mareo, o no, quién sabe de qué, tal vez de un no se sabría cómo llamarlo, ese algo que la pudre entre la t y las trompas uterinas, de padre desconocido, eso tan de nadie como de todos que le agranda los ojos, y ella no sabe lo hermosa que se ve, verde pero hermosa, si supiera no pondría esa cara de cobre, de no saber qué quiere; esa cara que pone cuando la ataca la pérdida de sentido y olvida por qué está aquí, pero ni siquiera le queda fuerza para preguntárselo, más bien se levanta rápido, corre hasta la popa y vomita esa sustancia radioactiva y ahí da todo y se queda sin algo que se pueda llamar dentro, no órganos, no sangre, vaciada, y sigue vomitando sin que nadie se dé cuenta, solo Patatuz que la persigue hasta la popa y curioso pone sus patas sobre el borde y saca su lengua y pareciera tener el hambre para tragarse todo todito lo que ha sido expulsado, incluyendo el infinito acuático del que ahora hace parte el vómito de Paz María,

Tan sobrevalorado el sol por los vivos; aquí una medusa puede iluminarse hasta cobrar una magnitud solar, y no es por efecto de la champaña, los bloody mary, el ceviche de pulpo, dos sumergidas en el mar. Y aún con ese brillo de las estrellas tan titilantes, como nunca las habíamos visto en tierra firme, aburridos, aburridísimos, Uy, qué tedio. Entonces decidimos, en realidad decide Juan B, que contaremos una historia cada noche, o lo que parece ser la noche, pues ¿cómo más sobreviviremos juntos todo este tiempo sino contándonos cuentos?,

y Luis alega, Deja de creer que estamos en el Decamerón, Juan B,

Peste hay, no debemos olvidarlo, y Juan B nos muestra un saco donde están a salvo los vientos, que nos llevarán todo lo lejos que necesitamos ser llevados, y con los vientos bien protegidos, amarrados, nos advierte que por nada vayamos a soltarlos,

Está bien, Juan B, está bien. Acordamos que cada uno preparará su historia durante el día, o lo que parece ser el día, si se le da la gana, o la improvisará, si le da la gana, y tendrá total libertad de contarla como le dé la gana,

Pueden actuar, incluso tirarse al mar, dice Juan B,

¿Podemos matarnos? Porque es que a mí, dice Luis, Me gustaría que pudiéramos ser críticos de verdad, y con de verdad me refiero a que o la historia es buena o. Apostar la vida es la única manera de hacer buenas historias, ¿no? O más bien, las buenas historias solo se logran cuando de eso depende la vida. Así deberíamos hacer todo,

Si la historia es mala podemos perder nuestras pieles, dice Juan B,

Qué desgaste, dice Roberto S,

Galaor se pide empezar:

Esta es la historia de una mujer llamada, digamos que María,

¿Por qué siempre María?, pregunta Paz María,

Ah, no lo sé, es un nombre que está siempre por ahí zumbando, alguien le dice a uno, Piensa en un nombre y uno piensa en María, ¿no les pasa? Bueno, la cosa es que cada vez que María desea algo, cualquier cosa, crea un nuevo ser a imagen y semejanza de su deseo. Si María desea con babas en la boca un helado de chocolate, surge una criatura con piel hecha de las ganas de un helado de chocolate con la capacidad de hacer salivar a cualquiera que se le cruce. Un día María siente la necesidad de un hombre y así se crea José. María siente la necesidad de una amiga y así nace Emma. María siente la necesidad de odiar a Emma y a José y así nace Miguel. La necesidad desbordada de María va fundando un mundo, que se va multiplicando a medida que estas personas van deseando también, un mundo donde cualquier cosa deseada se convierte en un nuevo alguien,

Apuesto que esta historia va a terminar mal, dice Roberto S,

Así es, responde Galaor, termina mal porque esta historia no termina, así que ustedes pueden ponerle el final que quieran,

No es una buena historia como para poner esa responsabilidad en nosotros, y con qué voz de tía con ínfulas de inglesa lo dice Juan B,

A mí fíjese que esta historia sí me dejó algo, dice Luis,

¿Qué?

Unas ganas tremendas de un trago,

Pero, señores, fíjense que no han dado en el clavo, una cosa es deseo, y otra muy diferente es necesidad, dice Galaor con toda solemnidad tan cubanísima ahora, ondea la bandera cual héroe de la revolución,

Pero ¿y qué importa que no sea necesidad sino deseo?, dice Roberto S, Es lo mismo,

A mí no me importa si necesidad o deseo, lo importante es que cómo es que pudiendo fundar un mundo desde cero, esta mujer va a volver a poblarlo todo igual, terrícolas, dice Paz María, Cómo es que la necesidad de una mujer va a crear a un hombre en vez de alguna cosa digamos, no sé, más,

¿Interesante?

Bueno, ¿y qué hay más interesante que un hombre?, pregunta Lorenzo,

Esa mujer debería pensar en algo diferente de verdad, dice Paz María,

Como un hombre, dice Lorenzo,

Más bien como la verga de un hombre, dice Luis,

Un hombre con la verga más deliciosa, dice Juan B,

Bueno, está bien, pero que tenga mucha barba, dice Paz María, que sea bien frondoso, y que cuando dé besos no meta mucho la lengua, pero que ni se le ocurra no meter la lengua, porque hay unos terrícolas que francamente se la pasan dando unos besitos ahí todos tibios, que están pensando en otra cosa y por hacerle creer que la quieren a una dan unos besitos como de juguete,

Sí, mucha barba, dice Luis,

Mucha barba, como la de Camilito Cienfuegos, dice Galaor, el más conservador, el más bruto, el más analfabeta, digan lo que quieran, pero qué barba,

Como si los terrícolas así no tuvieran su encanto, dice Paz María, Que sea así, bien estúpido, bien primitivo, mejor, pero que sea alto, y que tenga los ojos de un color que una se demore toda la vida en entender,

Se puso poética, dice Roberto S,

Ustedes, terrícolas, si uno no está hablando de frivolidades no puede conversar, si uno no está rifando cirugías plásticas por ahí, no puede decir nada,

Harto que la necesitaba tu amiga la que se la ganó, dice Juan B,

¿Qué amiga?

¿La Pepa? Uy sí, dice Roberto S,

Le va a sentar bien la cirugía, dice Luis, ¿Se la hizo al fin?

Ni idea, dice Paz María,

Oiga, Galaor, ¿pero cómo es pues su mundo?, pregunta Lorenzo,

¿Cómo así?, dice Galaor,

Pues cómo es físicamente ese mundo donde están pasando esas cosas,

Ah, responde Galaor, No lo había pensado, a ver,

Dice Galaor que no sabe. Se le acusa de falta de imaginación, A ver, Galaor, o la pone a funcionar o. Pero Galaor sigue en silencio, pensando, hasta que de pronto dice,

Me lo imagino en blanco y negro. María de pelo corto, un poco más arriba de las orejas, como una actriz de una película de los años veinte, con los ojos grandes, negros, como los de Paz María con la cara redonda pero no mofletuda como la de Paz María, sino con los pómulos bien marcados, los labios como pico de pajarito,

¿Qué le pasa a este dizque diciéndome mofletuda?, dice Paz María, Qué palabra tan horrorosa, entre todas las terrícolas palabras escoger la más inmunda para hablar de mi cara,

Lo siento, no quería ofender,

Tienes que retractarte, terrícola,

¿Desnuda?, interrumpe Pedro Vista, que aparece de pronto, con una botella de coñac, y les ofrece a todos. Luis y Fernando Yanamihoy aceptan,

Quién, ¿María?

María la no mofletuda, dice el capitán mirando la reacción de Paz María,

Pero ella está ahora con la mirada ida, acariciando al perro,

No sé, responde Galaor, Es que me cuesta trabajo pensar

en María desnuda, pero sí, por qué no, podemos imaginarla, sí, y rodeada de esas electricidades de las películas viejas, y con los mismos efectos, cada vez que ella va deseando algo nuevo aparece un fondo gris que se va llenando de presencias y presencias hasta que la pantalla o se apaga o revienta,

Kilómetros a la redonda, las criaturas duermen. A cada una el párpado se le cierra de una manera tan distinta: a las tortugas durmientes el ojo parece no cerrárseles del todo; el ojo semicerrado da la ilusión de un nuevo ojo, el párpado tiembla y en ese movimiento parece consistir entera la tortuga, pero qué sueño se fragua en las arrugas de ese párpado, un párpado con la potencia de estremecer un caparazón, la tortuga sueña que cae y el caparazón se le revienta y uno de los pedazos se le incrusta en el ojo; el piquero, puede su sueño ser más grande que el tamaño de su cuerpo y si se extiende más que la capacidad de su vuelo, y si en el sueño el pájaro entra en la forma de las cirrus, nube conocida también como rizo de cabello o penacho de ave, y cirrucumulus, de acumulación de rizos, las nubes más altas de la atmósfera, y ronda la pregunta si es acaso el sueño con ese cielo lo que le pinta las patas al piquero de azul desteñido, entre la grieta y las hendiduras de las algas, la iguana marina hace del cuerpo una glándula; en la foca, nunca habíase notado en un mamífero la ausencia de pestañas, demasiado mamífero para no tener pestañas, no se puede soñar con tanta grasa, a menos que haya dentro de la grasa un miedo a los predadores; El Carajo, en tanto, ondula, más marino que terrestre, cómo asegurar que el barco no se pondrá violento, cómo saber que no va a empezar a comerse los cuerpos de los durmientes mientras Pedro Vista desnudo, bocarriba, la patica de gallo estirada en un pliegue de la panza, en la hamaca abrazando su escopeta, su aliento a borracho de todos los tiempos, y su respiración fuerte, hombre alimentado desde el día cero a punta de aceite de hígado de bacalao, más que un ronquido, sin muchos sueños, más bien, un estado dominante que lo mantiene en duermevela, estar atento, por si vienen a buscarlo desde Georgetown para devolverlo a la cárcel, que él no se va a dejar llevar, que antes muerto que preso; Juan B y Lorenzo, cada uno, volteado para su lado de la cama, dándose la espalda, a Juan B le tiemblan los ojos, algo muy activo sucede cuando se está aprendiendo de un sacerdote de los tiempos de Tutankamón el arte de momificar, aprender a momificar, eso es a lo que vinimos, y la revelación del secreto egipcio milenario directamente de la boca del mismísimo Tutankamón hace un amague de despertar a Juan B, pero vuelve y su sueño es pesado y las palabras del faraón momia van disolviéndose sin dejar huella del mensaje, Juan B, incómodo y sudoroso con la piel de camello, con el brazo aplasta el pecho de Lorenzo, mucho más pequeño que el gigante de Juan B, y Lorenzo, de un sueño del que entra y sale sin tener que hacer mucho, un sueño en el que sigue una mancha de color hasta un pantano, y toma el pantano y empieza a hacer figuras, rascacielos de cuerpos pantano, y luego se pone pantano en los ojos, hasta que siente que se ahoga y es el brazo de Juan B que aprieta en el pecho, y desde los ojos cerrados y secos, ojos que sienten sed los de Lorenzo, entre el sueño y la cabina, una presencia, algo que lo mira, y abre entonces los ojos y ahí la piel colgante de Donatien que olvidó meter en su lugar; y Fernando Yanamihoy duerme con los ojos abiertos, tanto que parece prohibido acercarse, se pensaría que está en vigilancia, pero no, yace acurrucado y desnudo con Luis, y Luis, que tiene el sueño más en la superficie, un ojo allá, en una pierna, en un pedazo de carne, y otro muy cerca, en el cuerpo de Fernando Yanamihoy; y Paz María y Roberto S, desnudos también, pero lejos, bien lejos entre ellos, ella, brazos extendidos, los calzones en el piso, la piel cola de caballo en el piso, desobediente, desordenada Paz María, Juan B la mataría si viera que dejó la preciada piel tan en peligro, tan al alcance del galgo, y ella, soñando, con una vocal, la i, hay un escandinavo haciendo chichí, no se le ve la cara pero ella está segura como solo en los sueños pueden estar los muertos, solamente un escandinavo podría hacer chichí de esa manera, y en vez de un chorrito de agua sale un chorrito de iiiiiiiiiiiiisss, pero chorriando hacia abajo, con curvita; Roberto S, sin sueño, nunca se le ha conocido sueño alguno ni se le conocerá, ni vivo ni muerto, y es todo un problema tratar de entrar ahí, más bien, él, para el lado derecho de la cama, dándole del todo la espalda a Paz María, no vaya ella a sentirse querida, envuelto en la sábana, respira con un aliento lácteo que produce ternura, él, unos sonidos leves que contrastan con el Roberto S diurno de pasos de patrón, que no lo confundan con uno de los otros; y Galaor, motorizado, ronca, que no se sabe cómo todos pudieron adquirir la capacidad del sueño con semejantes ronquidos, con esa manera de ponerse a roncar y su olor a hombre autoexpulsado de una revolución, su sueño: un mapa y un hombre que se acerca y le da una credencial y le dice que es su amigo de Sri Lanka, que si no lo recuerda, y él dice que no, ¿debería recordarlo? Hay un candado, una almohada y un botón, y él duerme con una camiseta blanca, manchada de tabaco,

En la mañana, ah, los huevos, qué huevos estos puestos en la canasta, en la cubierta, los trajo Pedro Vista, Un regalo, dice, y se levanta la gorra y hace una especie de venia, menciona el paso de las tortugas y su marca, los huevos de esas que salen con la claridad de la luna y avanzan hasta encontrar un lugar en la playa y esos huecos grandes que dejan y cada una de esas tortugas pone hasta ciento ochenta huevos, y le decimos gracias a Pedro Vista por su ofrenda, y él dice que no hay de qué, y toma uno de los huevos, Grande Huevo Habanuzco de manchas marrones, dice, y lo totea en la baranda blanca, lo abre, y a la boca, de un mordisco, cual fruta fresca. Los que estamos despiertos nos miramos y esperamos a que se vaya y quedamos en un silencio con el que no sabemos qué hacer, ¿Se comen así?

Yo no me como un huevo de esos ni a bate, dice Roberto S,

Y qué vamos a hacer con esta cantidad, dónde ponerlos, por qué no lanzarlos al mar, propone Luis, o dárselos al perro, y Galaor dice, Pues cómo vamos a tener la indecencia de negarnos a comernos los huevos que con tanta amabilidad nos trajo el capitán. Decimos que lo que pasa es que nos parece una herejía comernos los huevos de esas majestuosas criaturas, pobres, pero en realidad es más por guácala, porque somos unos terrícolas malcriados y caprichosos y asquientos, y el único que se atreve es Galaor, orgulloso de conocer la escasez, No perderíamos nada si solo nos atreviéramos a probarlos, es que solo eso,

Además, son vitamina, hacen bueno, dice Fernando Yanamihoy,

Qué bueno ni qué bueno, dice Roberto S con los ojos amarillos inflamados de negación, bien apretado al abrigo de la niña adolescente.

Y Fernando Yanamihoy alza los hombros y toma un par de huevos, y repitiendo las acciones del capitán los abre, los totea sobre la baranda, y crudos y viscosos a la boca se los lleva y se limpia con el brazo sin camisa, y le lanza al perro las cáscaras ennegrecidas de repente y el perro las olisquea y mueve la cola esperando que le tiren alguna otra cosa, ya está decidido qué se hará entonces con los demás huevos.

Paz María despierta medio turuleta, mal envuelta en la piel del de la cola de caballo, y llega así semidesnuda, con la leche de la mañana chorreándole hasta los tobillos, y queda paralizada ante los huevos de tortuga gigante y aunque se une a los que no se comen un huevo de esos ni loca, ni con cebolla y tomate, es conmovida por el gesto del capitán,

Cochinillo en el mar, hazaña imposible, pero nada es imposible para la excentricidad de un millonario y cuando vemos al cerdito brillando en el centro del día y da algo parecido al hambre, con la manzana chorreando en exuberancia de la piel del cochinillo, todos quedamos perplejos unos segundos para luego celebrar la proeza de Juan B con un Oh rítmico, coordinado y vamos acercándonos y sin cuchillo, con las manos listas, nos llenamos la boca, nos untamos de la mejor condimentada carne hasta en los ojos y aprovechamos la grasa para ponerle un poco a las pieles que están cada vez más tiesas,

Esto todo en honor a mi infancia, amigos, dice Juan B, y tomando directamente de la botella de ron de las Antillas sin ofrecerle a nadie, continúa, Felipe Montes nos azotaba en la finca con su Acá no hay bandidos, y para bien asegurarse, mi papá fue y compró una lezna en la galería, ¿saben qué es una lezna? Una herramienta que usan los zapateros, con las que hacen las perforaciones de los cordones; se dice que en las cárceles sacan una lezna y todos tiemblan de terror, muy popular es en La Tramacúa esta arma, da miedo porque succiona, una puñalada en la nalga y virgen purísima en ese calor de Valledupar, qué dolor, y como no deja marca ni nada, no se puede denunciar, si se clava en un órgano, chupa la sangre entera y hay hemorragia interna; mi papá fue, pues, aconsejado por Felipe Montes y compró una lezna en la galería de Barranca. Al marranito lo llevaron muy bebé hasta la finca, llegó con la lezna, lo dejaron unos días en la casa de los agregados pa que los niños jugáramos con él, según decía Felipe Montes, eso ablanda la carne, le pusimos por nombre Cucaracho, la navidad última que pasamos en la finca de Barranca, antes de que se la tomara la guerrilla, hubo mucha prosperidad, mandaron un jeep lleno de botellas de aguardiente, una per cápita, para ser exactos, era como si mi papá ya supiera que era el último año, porque hasta pólvora mandó a traer, y Cucaracho nos seguía para todos lados, lo cargábamos hasta la cima de una torre de petróleo abandonada, desde donde se podía ver el Magdalena extendido hasta un horizonte que debía ser el mar, yo me subía a esa torre con mi amiguito Franky Esteban, un niño de por ahí, hijo de nadie, que ni idea de dónde había aparecido, y en la cima había una tablita donde el marrano se acostaba panza arriba para que lo acariciáramos, pero ya el veintitrés de diciembre se acurrucó en una esquina, no nos seguía ni nada, nos miraba todo asustado, hasta que el veinticuatro mi papá dio la orden, estaba jincho de la perra, teníamos que llevarlo al lugar del sacrificio, y nosotros, que éramos niños obedientes, lo llevamos llorando, sobre todo yo, no podía parar de llorar, lloraba peor que el marrano, dijo mi tío, y

Franky Esteban se quedó callado, mi papá dijo que yo tenía que darle con la lezna, y los ángulos del arma en brillantes constelaciones, y Felipe Montes, que era el más versado en bestias y órganos, le dibujó al Cucaracho un circulito rojo con marcador en lo que consideró era el corazón, pobre Cucaracho. Me eché al piso y me levantaron entre mi tío y mi papá y Felipe Montes, todos jinchos, y tuvo que ayudarles Franky Esteban, pero al fin fue mi papá el que le dio con la lezna, dizque para enseñarme, pero se descachó, no le dio en el circulito, y Felipe Montes no dijo nada, pero estoy seguro que en sus adentros debía estar murmurando que cachaco tenía que ser, aunque se las diera de muy hombre de monte; Cucaracho pegó un chillido y salió despavorido hacia un pantanero donde le gustaba jugar y revolcarse y después se entró a la casa grande y untó bien untados los azulejos recién traídos de Venecia por mi mamá, y mientras ella gritaba que sus azulejos, iba extendiéndose el pantanero de sangre y lodo y mierda en el que Cucaracho se revolcó hasta morir con los ojos semiabiertos llenos de bondad, y mi papá quedó ofendido y triste y enguayabado y nos amargó a todos la navidad, la última navidad en la finca de Barranca, con su mal humor pues no hubo sangre para hacer la morcilla.

Paz María, ya sin pudor después del cuento de Juan B y sin mucho más qué hacer, arranca, cual muchacha moderna que es, un pedazo de cuero que se viene con todo y un buen trozo de carne y se lo mete a la boca diciendo, con la boca bien llena,

Esto es lo más blando y delicioso que he probado, terrícolas, y los ojos se le entonan y con la carne en la boca dice, pero no es la voz de Paz María, Los pobres burros van a desaparecer, todos, uno por uno,

De dónde, Paz María, van a desaparecer, le preguntamos al unísono,

Los chinos, dice toda poseída, Para hacer gelatina de burro que cura las várices, las hemorroides, el envejecimiento, con nuestros pobres burros, un tónico de la sangre; aparecerán cadáveres de burros desollados en las calles de El Cairo y Barranquilla, despellejados, con signos de maltrato, encontrarán bajo el sol los cuerpos de los burros, los encontrarán, les digo, vaciados de su grasa,

Quiénes los encontrarán, quiénes, pero Paz María ha sido ya expulsada de la posesión casándrica y volvemos, sin ningún remordimiento de la piel de burro a la carne de cochinillo,

Entonces, Paz María, ¿qué con los burros?, pregunta Lorenzo, la boca llena que te llena de cochinillo,

¿Los burros? ¿Qué con los burros?, pregunta ella con el pedazo de cochinillo en la boca, limpiándose la grasa con la piel del de la cola de caballo,

Pues lo que estabas diciendo, de los chinos y los burros, bahh, qué importa, esto está delicioso, dice Lorenzo, embutiéndose todo, con voracidad, con una fuerza de repente que podría cazar a otro cerdito, cocinarlo entero y alimentar una jauría, dice que después de esto jura que se casa con Juan B, mientras Juan B exhibe su placer con un pedazo de carne en la boca, diciendo,

Sí, claro, como si pudiéramos salir de aquí directo pa la capilla sixtina a que nos case el papa.

Fernando Yanamihoy no se acerca. No han logrado atraerlo ni con el cochinillo, que venga con todo y sin camiseta, que se acerque ahora que cada vez va tomando más color y los ojos rasgados, ojos sin pupila de tan negros, sentado en el puesto que ocupa desde el principio del viaje. Paz María se acerca a Lorenzo, le da un beso en la mejilla, se sienta sobre una asoleadora y dice,

No entiendo muy bien para qué es que los terrícolas se casan, si los maridos lo único que saben hacer es acabar con una,

Sí, eso puedes decirlo tú, que te has casado como siete veces, pero con unas tetas así, para qué marido; yo, por ejemplo, cambiaría cualquier marido por un par de tetas como las tuyas, además, teniendo en cuenta que no voy a amamantar, se van a mantener bien firmes,

¿Y quién dijo que no vas amamantar?, se levanta fúrica Paz María. Luis se sienta junto a Lorenzo, con un poco de grasa en los bigotes, pregunta, Qué le pasa, y señala a Paz María poniendo la boca en trompa,

No sé, está muy hormonal, responde Lorenzo, sin dejar de mirar la liniecita de grasa que le escurre a Luis del bigote a los labios,

Bueno, pues bendecida ella, hay que disfrutar, dice Luis,

y Lorenzo señala a Fernando Yanamihoy y le dice, Desde que llegó no se ha movido de ahí,

Ni se va a mover, responde Luis,

¿Qué le pasa? ¿O siempre es así de raro?

Siempre, responde Luis, Pero igual, a mí me gustan así, por eso lo escogí; había otros más exóticos, pintorreteados, agujereados, si vieras lo que uno se encuentra en el monte, pero este era el que más cara de gañán tenía, el que más marcado tenía el resentimiento, sabes que con un tipo así siempre te vas a sentir inseguro, siempre te va a odiar y va a querer matarte, y para celebrar mira el aporte que le hago a este paseo, pura de Nariño, y saca de su bolsillo una bolsita tuquia de polvo blanco, pone un poco sobre su mano, esnifa, se la pasa a Lorenzo,

Ahora no, qué mareo,

Luis alza los hombros y se la pasa a Fernando Yanamihoy, él se la mete a la boca toda, la mastica un rato y la escupe en el mar ante la mirada sulfúrica de Luis ojos rojos y de dónde le sale la fuerza de hombre bestia que no le conocíamos con la que se quita la piel y la piel negra y gruesa que lo hace ver tan corpulento sale volando y cae al mar y se hunde, y aparecen en la espalda de Luis unos músculos destemplados y se abalanza hacia el cuello de Fernando Yanamihoy; Lorenzo le dice a Luis Tranquilo, pero Luis tranquilo nada, en su estado guerrero trata de engarzarse a la mejilla de Fernando Yanamihoy, y no le dan los dientes para tan afilada quijada, imperturbable el atacado, como si el atacante no fuera sino un jején que de un papirotazo en la oreja es lanzado al otro lado del barco y yace tirado, desmusculado, bocabajo, llorando, pegándole puñitos y pataditas a la madera del piso, sin más fuerza que para esa pataleta, y Lorenzo se acerca, que no se preocupe, que hay personas muy sensibles a la marea, que le va a preparar una bebida buenísima y que pronto seguramente se va a sentir mejor. Tengo té de manzanilla, le dice Lorenzo a Luis, agachándose hasta la oreja afectada, que anda rarita, hinchada, Para los nervios, y mientras le pica un ojo a Fernando Yanamihoy, y el sujeto no se inmuta, en cambio prende el cigarrillo que había dejado a medias. Galaor se le acerca con un pedazo de cochinillo y se lo ofrece. Fernando Yanamihoy niega con la cabeza, no dice gracias. Galaor se sienta a su lado,

Increíble, compañero, eso que hiciste con los dedos, ¿qué es? ¿Un arte marcial de tu tribu? ¿Puedes enseñarme?, y Galaor recrea el gesto con el pulgar y el anular,

Con una especie de sonrisa gutural, Fernando Yanamihoy dice, No es que tu vida no valga, cuasimosca que acabo de matar de un sopapo, soplamocos, coscorrón,

Oh, qué fantástico espécimen resultaste, dice Galaor, y dice que está desesperado, necesita ponerse a trabajar,

Fernando Yanamihoy pronuncia, El barco es bueno, todo sucede en barco,

Galaor señala a Roberto S con un hueso de cerdo que ya tiene filo de tanto ruñir, No tuve de otra, y suspira y sigue, Es buena tu obra, bien buena, se supone que esas formas son las pintas del ayahuasca, ¿cierto?

Y Fernando Yanamihoy, Bueno el bejuquito,

Yo una vez tomé, dice Galaor, en Tabatinga, ¿conoces? Me quedé mirando un gusano como así de grande, bien verde en una hoja verde, moviéndose despacio, cuatro horas, puedes creer, ¿ah? Me voy a quedar igual en esta parte del barco, se siente mejor aquí que con esa gente, ¿me regalas un cigarro?

Fernando Yanamihoy saca una bolsa de papel llena de tabaco y le arma el cigarro a Galaor. Galaor lo huele un rato largo y dice, Es una exquisitez, casi como el cubano,

Juan B le dice a Lorenzo, en voz baja, señalando a Fernando Yanamihoy, No me gusta ese tipo, va tomándose esa parte del barco como si fuera de él, tenemos que hacer algo, y Lorenzo se acurruca a la piel de Donatien, sonríe y le dice a Juan B, Más bien por qué no sacas ese ron que tienes por ahí encaletado para bajarnos los humos,

Querrás decir subírnoslos, con este ron tan bueno, todos vamos a quedar de un regio que ni pa qué te digo,

Y en voz alta, con su desteñida piel de camello, dice tía Juan B,

¿Quién quiere un roncito?

Ah, por fin ofrece a viva voz su ron de las Antillas. Todos quieren, en especial el capitán. Paz María baila, con las tetas al aire, con los ojos en fuego, malabareando la piel del de la cola de caballo y con sus guantes y sus tacones blancos, con el pelo alborotado, con Patatuz excitado por el baile que ladra y ladra, ya el capitán ni se inmuta y el perro se le alborota y se le encarama a Paz María, y le hace un rasguño en el hombro; Juan B se para y le dice a Paz María, Mi niña, cálmate, ponte bien el abrigo del mamerto, pero Paz María ni con rasguño sangrante en hombro detiene su movimiento hacia la tarde, con su risa, ahora risa, ahora miedo, ahora pose, otra vez risa, ahora suda, chorrea, licántropa, zoomorfa, gris, peluda, espumeante, cosquillosa, muerta antes que cansada, nunca querría que amaneciera, maldice los gallos porque anuncian el día, la claridad del día solo puede oscurecer el corazón,

Estás más flaca, Pazmarí, dice Lorenzo,

¿Ay, de verdad? Noo, será por lo bronceada, jiji, responde ella, y una sonrisa marca el ritmo, pero de bronceada poco, más bien el inicio del camino hacia la transparencia. Roberto S baila con ella y canta durísimo, Yo soy como los vampiros, que salen al anochecer, porque en la noche yo aspiro a chuparme una mujer, vampiro vampiro, me chupó el vampiro, vampiro, vampiro.

Del cochinillo no quedan sino los huesos, algunas migajas que alcanzan las antenas de las hormigas, hormigas que se desplazan hasta los restos imperceptibles para los terrícolas danzantes, sin antenas. ¿Y dónde quedó la trompa del marranillo? Vemos que el capitán se la mete en el bolsillo disimuladamente y luego se asoma por la cabina y fuma y exhala y el humo se condensa en el cuerpo de Paz María que sigue moviéndose vámpira vámpira, Ya decían por ahí que los animales tienen oscuros presentimientos, dice en una exhalación el capitán,

Esa noche la historia de Paz María es sobre la única no terrícola que queda en un mundo habitado solo por terrícolas, Como ustedes,

¿Qué quieres decir?

Pues que en este mundo los terrícolas como ustedes, con pulcritud y un discurso democrático se fueron tomando el poder dentro de los gobiernos, las multinacionales, las mineras, los bancos, las universidades,

Pero ¿qué quieres decir con Como ustedes?

Maricones, quiero decir, en términos bien terrícolas, cómo hay que desmenuzarles todo,

¿Y qué hay del campo?

Ah, el campo, no les importaba, supongo que a la gente del campo la dejaron en paz, con tal de que siguieran produciendo lo suyo. Ya la oligarquía había contribuido lo suficiente en mantenerlos bien llevados del carajo, que no se les ocurriera pensar. Es que, además, ¿cómo se le explica a un grupo de campesinos inconformes que los maricones se han tomado el mundo? Claro que hubo movimientos insurgentes de izquierda, incluso algunos de origen rural, que odiaban a los grupos revolucionarios homosexuales con un fascismo más fascista que el de cualquier derecha, pero los terrícolas como ustedes vencieron y se tomaron el mundo. ¿Su arma? La diplomacia. Te hacían creer que tú tenías la razón, siempre. Con diplomacia se llega a Roma, ni una bomba nuclear es tan poderosa. Y cuando la gente fue a ver pues ya estaban en el poder, no había quién los bajara de ahí. ¿Qué querían? Podría decirse que venganza, pero en realidad, era evitarles a sus semejantes ser molestados en el colegio por ser el maricón del curso, ahorrarles lo que ellos habían tenido que pasar cuando no podían decírselo a nadie, la vergüenza y el esfuerzo y la energía y el cansancio de haber tenido que acostarse con una mujer y tener hijos y hasta nietos y bisnietos para disimularlo. Pero lo que más querían era consolidarse como especie, probar que eran moral, física e intelectualmente superiores y, sobre todo, que no necesitaban a ninguna mujer para sobrevivir, y si la necesitaban, era solo con un fin reproductivo.

¿Así te sientes?, pregunta Lorenzo,

No sé, pero me divierte pensar en un mundo dominado por terrícolas como ustedes, bueno, no exactamente como ustedes; la cosa es que estos clasificaron la sociedad en un sistema de castas, dividido en cuatro grupos: en el grado más bajo, la loca, la recluta de peluquería, la que como quería ser mujer era vista como compinche de la mujer: a esa la dejaron como esclava sexual y empleada doméstica, y aunque en un principio se pensaba que podía vigilar a las mujeres en los campos menstruales, que es como se les llama en este mundo a los campos de concentración para mujeres, fue surgiendo una complicidad entre las locas y las mujeres que bien podía terminar en insurgencia, pero que, para sorpresa de todos, derivó en una lucha que dejó a más de una con un destornillador clavado en la cabeza. Un poco más arriba en la escala están los conejillos de indias, los taxistas, los obreros, los escritores que acababan trabajando en publicidad, los publicistas que querían ser escritores. Más arriba los curadores de arte, los galeristas, los fisiculturistas, los atletas, los actores, los metrosexuales, los cantantes de ópera, con los que organizaban grandes orgías para darle placer a la clase dirigente. En el tope estaban, como siempre, los políticos, los abogados tributarios, los fiscales, los banqueros, los gerentes de empresas, los obispos, los que durante eras fraguaron su poder desde el clóset, los que antaño habían defendido las instituciones y las familias y promulgaban un discurso de que no se podía ser poderoso si no se tenía dios o esposa y una manada de hijos, ojalá hombres pa que no se fuera a embolatar el apellido. La Legión de Lesbianas Furibundas (llf) fue exterminada y las sobrevivientes fueron recluidas en centros psiquiátricos que funcionaban como campos menstruales. Eliminadas las amas de casa a punta de trabajos forzados como electricistas, plomeras y obreras. Eliminadas las odontólogas y las psicólogas a punta de mayéutica. Las brujas ahorcadas y quemadas sin derecho a juicio. Las psicoanalistas tratadas con terapias freudianas. Las feministas académicas prefirieron suicidarse antes que ser violadas por grupos revoltosos de machistas, terroristas chiitas, narcos mexicanos, sicarios colombianos; todos esos machitos que conservaban para los trabajos sucios. Las aspirantes a doctorado fueron castigadas por su arribismo intelectual y sometidas a una lobotomía, las dejaron vagando por ahí para burlarse mientras solo podían decir Pablito clavó un clavito. A los bisexuales los partieron en dos, fueron especialmente radicales con las ong que defendían sus derechos. Los obligaron a negar la existencia de la bisexualidad y a todo el que se oponía lo torturaban con métodos horribles. A los hombres heterosexuales les hacían tener sexo sin parar con burros, con hombres, con perros, con hombres, y así les iban apretando el agujero hasta que suplicaban no más, hasta que no les quedaba más remedio que escoger a los hombres. A los niños los metieron a unos reformatorios salesianos. Los curas pederastas fueron nombrados, no sin amenaza, cabecillas de Inteligencia para la Pureza de la Conducta Homosexual (ipch), pero los pobres no podían soportar vivir en un mundo donde violar era la ley, donde no tenían que ocultarse; libres de culpa, se culpaban de su falta de culpa y terminaron suicidándose en manada. Así fue pasando el tiempo, hasta que en el mundo los maricones se fueron poniendo viejos y ya no había niños chiquitos y entonces se dieron cuenta de que eventualmente tendrían que buscar una solución, pero lo fueron dejando para el final, hasta que ya no pudieron esperar más y consultaron su oráculo, porque tenían un oráculo, una loca ciega llamada Tiresias, que les dijo que la mujer que buscaban estaba disfrazada entre ellos, se había camuflado durante años, y que ella debía ser la elegida como madre y que no le hicieran daño. Imagínense a esta gente buscando y buscando por toda la comarca, el reino, el imperio, pero ella, la astuta M, que había logrado conservar durante años su secreto, que siendo una niña a la que le gustaba vestirse de hombre había sido capturada y llevada con los otros niños, se había logrado mantener casta y pura, y tenía un puesto en una universidad donde había logrado con toda su fuerza femenina hacerse tan invisible que ni siquiera menstruaba. Cada noche, realmente confundida, no sabía si era un hombre homosexual atrapada en un cuerpo de mujer o una mujer atrapada en el cuerpo de un hombre homosexual. Y un día M tuvo un sueño y en su sueño apareció un ángel con los labios pintados de rojo y le dijo que el dios Hímero la había elegido y que mientras le estaba diciendo eso, ella estaba siendo inseminada y que de ahí saldría un hijo al que debía llamar Segundo. Y cuando se despertó sintió los pezones hinchados. Pasó un tiempo, la panza crecía y a veces le salían gotitas de leche. Durante unos carnavales en el que se conmemoraba el aniversario del Imperio Marica, ella cayó y se desmayó y fue llevada al hospital, y desnudada para hacerle un chequeo, la descubrieron, se dieron cuenta de que serían dos, un niño y una niña. Qué alegría. Qué algarabía. Se declaró día de fiesta nacional. A la niña la guardarían para futuras reproducciones, con el niño, claro. En cuanto a M, la cuidaron, la nombraron abeja reina, le llevaban caldos de costilla y pollo y tamales y mucha aguapanela, la volvieron obesa, le bajaron los niveles hormonales con compresas de diplomacia, y ella tuvo la sensación de que no había nada mejor que un mundo dominado por padres maricas. Por un momento sintió que esos niños eran los seres más privilegiados que habían existido y tuvo la ilusión de que tendrían un mundo de padres-madres solo para ellos. A medida que la panza crecía, las estrías se bifurcaban hasta la garganta, y los hombres fueron preocupándose menos por ella y hasta algunas veces tenían sexo ahí, en frente suyo, pero como si ella no existiera, nunca la invitaban. Y así M se abandonó, lo único que quería era volverse un hombre homosexual, sentía que ser mujer era su único problema y que las estrías eran un castigo natural por su sexo. Y cuando los niños nacieron y la cesárea fue más larga y dolorosa de lo normal y su vientre quedó flácido, marchito, y su ombligo se perdió y se hizo un gran signo de interrogación, M se dejó morir, pero entonces los hombres la animaron, y la ayudaron a despertarse a amamantar a los niños, hasta que estuvieron sanos y fuertes y ella pudo descansar, pero se miraba al espejo y veía sus estrías y su vagina le parecía un tajo, la marca que la desfigurada del todo, y ellos se iban y la dejaban sola y ella amamantaba y la leche salía y ella tenía una imagen de balcones sobre los que la leche chorreaba y se solidificaba y se trenzaba y ella se lanzaba agarrada a las cabuyas de leche sólida, más fuertes que el acero, y en una de estas visiones cayó en los brazos de un hombre, uno bien diferente a sus captores, uno que la deseaba y que se la llevaba lejos y se dio cuenta de que eso era lo que necesitaba: un hombre que la deseara como mujer, y así nació también en ella la fantasía, o tal vez la convicción, de que así como ella había estado tanto tiempo camuflado entre los homosexuales, debía haber por lo menos un hombre que como ella se había escondido para protegerse, debía haber por lo menos un hombre heterosexual de clóset, uno, y ella tenía que encontrarlo, y juntos tenían que llevarse a sus hijos y fundar con él o con ellos un nuevo mundo, pero no acababa su ilusión, cuando otra vez los bebés, que se despertaban con un hambre voraz y como no podían comer al mismo tiempo, cuando terminaba uno, empezaba la otra, y cuando terminaba el otro, la otra volvía a tener hambre y el ciclo se hacía sin fin, y los hombres que la cuidaban guardaban muy juiciosos la leche restante y también hacían experimentos con ella, con su leche, con sus genes; tenían la intención de crear vida sin necesidad de recurrir ni a M ni a ninguna otra mujer, incluso pensaban deshacerse de la niña cuando tuvieran listo su proyecto. A M la vigilaban, no podían permitir un suicidio, había que cuidarla por lo menos hasta que los niños no la necesitaran más, y ella gritaba, ¿Y yo?, ¿y yo? Y ellos le respondían, ¿Y tú? Tú solo eres una mujer,

El horror, dice Juan B,

Ay no, qué crueldad de historia, dice Luis, No me lo creo, que puedas contar eso así, con tus guantes blancos y esa piel del de la cola de caballo colgándote, y de pronto te pones toda seria y dices unas cosas bien imprudentes, como si nos odiaras por ser como somos,

Es que ella es imprudente, dice Lorenzo, Con su voz toda perfumada va sentenciando: los terrícolas son así y asá, así dice Los terrícolas como ustedes, y en cambio ella se hace la que yo no soy de aquí ni me parezco a ninguno,

Del Carajo a La Española. El Capitán nos va a acompañar. Conoce bien las islas. La costera, plantas que sobreviven en condiciones hipersalinas. Mangle rojo, de raíces aéreas. En la zona árida, el territorio de los cactus opuntia, el de las tunas, que alimentan a los reptiles; los cactus candelabria, el cactus de lava, pero el clima está cambiando, dice el capitán, en pocos años esto será un desierto; en la zona húmeda, la zona alta de Galápagos, un microclima, la zona miconia, llamada así por los Miconias, arbustos que necesitan altos niveles de humedad. Tenemos también la zona de la Pampa, dice el capitán, Dedicada al cultivo, la temperatura no es muy alta, hay hierbas y pastos, y hasta algunos bandidos que tienen ganado, aunque está prohibido, pero como ustedes saben, con plata todo se puede. En la isla a la que vamos veremos epífitas, las orquídeas, por ejemplo, los musgos, los helechos, parecido a un bosque de niebla, la scalesia, o lechoso, como se les conoce vulgarmente, contraparte floral evolutiva de los pinzones de Darwin, las uñas de gato. Se nota que el capitán conoce bien los pozos, las grutas, lo bebible y lo comible, conoce bien por dónde sí y cuidado no con su olfato de zorro de mar, cada rincón de las islas, de día y de noche, en temporada de lluvia o de niebla, puede, si se le da la gana, mapear cada rincón galápago, lo que no aparece en los mapas ni en los planes turísticos, esos rincones a los que solo los que no tienen nada que perder pueden acceder,

Sí, conoce bien todo esto, dice Juan B, pero está tan borracho que no estoy seguro,

Pero, dice Lorenzo, A lo mejor fue borracho que conoció lo que conoce, sería un problema es que estuviera sobrio,

Bahía Garner. Subiremos hasta el volcán, pico ultraprominente, ahí las tortugas de Wolf, las iguanas rosadas,

¿Y qué hacemos con el perro?

¿Cómo? Pues hay que amarrarlo, o acaba con cuanta fauna y flora, dice el capitán muy serio,

Pero qué es lo que vamos a encontrar ahí pues, ¿pájaros? Pueden volar,

De hecho no, está el cormorán mancón, un ave marina, pero como ha estado en un estado de abundancia y seguridad por tanto tiempo, no utilizó nunca sus alas y se le atrofiaron, es el único cormorán en el mundo que no vuela,

Pero es un gran nadador, dice Juan B, No es tan bobo para dejarse agarrar del bobo de Patatuz,

Gran nadador, buen volador, lo que sea, el perro no va, punto, además, uno de los espectáculos es ver al cormorán no volador poner a secar sus alas,

¿Y llevamos nuestras pieles?, pregunta Lorenzo,

Mejor no, dice Juan B, vaya usted a saber qué puede pasar

en esos montes, mejor mantenerlas bien protegidas, por si acaso.

Fernando Yanamihoy va descalzo, Lorenzo lo sigue maravillado y va mirándole bien mirados los pies, plantígrado, talones de hojarasca, sucios no, untados, van absorbiendo los silicatos de magnesio y hierro y sílices del basalto.

Llegamos a la cima. Vemos desde ahí los cormoranes no voladores extendiendo sus alas volcánicas, alas solemnes en su inutilidad para el vuelo, siguen ahí, resistiéndose en extensión hasta que la evolución las desaparezca. Desde el borde del cráter vemos El Carajo, balanceándose, un punto blanco entre las olas. Roberto S abraza por detrás a Paz María, como si la quisiera, pero todos sabemos que no es posible. Mentira. Todos sabemos nada, aquí da la impresión de que podemos ser y sentir cualquier cosa. Un mar tranquilo, azul, cristalino. El cielo despejado y los colores tomando sus lugares en el paisaje, los tonos del cielo, cuánto poder tienen sobre los ánimos, nos hacen creer que nos parecemos a lo que miramos, que nos merecemos esto de estar tranquilos para siempre, que siempre no es una distancia, ni una muletilla, que siempre es aquí tan siempre y eso quiere decir tan real como el tamaño de las tortugas de Wolf. Así estamos, aunque Paz María se queja, que tiene mucho frío, que si hubiera traído la piel del muchacho de la cola de caballo. También Galaor habla y utiliza una y otra vez el si hubiéramos. Hay que evitarlo. No. Así no exista hay que dejarlo entrar, porque tantas cosas que no caben en el lenguaje, que lo que cabe, pues que entre. No somos la real academia de la lengua. Somos más como el cráter que no nos atrevemos a mirar de miedo a que nos chupe o nos expulse en su lava, ese cráter que nos recuerda que somos las ganas de ser huecos y que lo más rico de los huecos es poderles meter lo que nos dé la gana. Lorenzo le toca el hombro a Galaor, es su manera de decirle que se relaje sin echarle una cantaleta sobre la importancia de disfrutar cada momento, y más bien acercarse a los dos cormoranes que tienen algo escrito en rojo, en mayúscula sostenida. Nos acercamos hasta leer: Con el ejército no, Vivan los kepis, Echen pal morro, Aquí lloran los tristes y gimen los afligidos, Pase muerte, Abajo chulos, Aquí entran los machos, Aquí acabamos, Aquí empiezan; junto a los cormoranes, tres iguanas rosadas de parpadear lento, testigos y cómplices y hasta es posible que autoras porque todo es posible aquí, no se inmutan con nuestra cercanía.

Ahora que lo pienso, dice Roberto S, en la ciudad donde nací todos los edificios tienen nombre de pájaros o plantas, en plural, como si los que viviéramos ahí fuéramos parte de ese las garzas, las gaviotas, los olivos, las palmas, los cormoranes, los guayacanes, los algarrobos,

¿Y no había ninguno que se llamara Las iguanas?, pregunta Luis,

Pa que vea que no, y con lo que abundan en mi tierra.

Desde este punto puede verse al Carajo meciéndose. Tan vivo, y tan vivo es una voz en off masculina que narra un pasaje del Origen de las Especies, es Darwin, su voz de cáscara narrando una parte de su diario en el Beagle. Los rumores, pero siempre relucía, ante todo, lo buen padre y lo buen abuelo y lo buen científico, lo que esperaba de él la reina Victoria, una vida dedicada al trabajo para el imperio. Los rumores. Los placeres, Darwin, mirando lombrices de tierra durante horas, muchas horas, muchas lombrices, horas lombrices se movían, a dónde iban, y qué hacían, y sobre todo, cómo construían la capa superficial del suelo; Darwin en su camarote, mirando el techo bamboleante, pensando en lombrices y entre lombrices pensando en el capitán del buque Beagle.

El movimiento del velero desde la cima es interrumpido por nuestro tosco capitán, que nos dice, voz ondulante, borracho de las olas, Vengan, y contra nuestra voluntad, nos enfrenta al cráter del volcán, fósiles, recoge uno, y Lorenzo piensa en el Beagle, el barco en el que Darwin emprendió ese viaje de dos semanas que dio para treinta años de trabajo que ha dado para más de un siglo de especulación.

El capitán sorprende a Galaor alimentando a un piquero de pata azul y le grita en una lengua que hasta entonces no le habíamos oído y se le lanza encima. Juan B y Roberto S lo atajan. Por qué tendrán las patas de ese azul, azul como vestido de princesa, truculencia en las patas de ese pájaro. Este es un lugar donde la naturaleza se traviste, y qué pasará entonces con nosotros, que ya no fuimos nada de lo que se esperó que fuéramos, según esa naturaleza salvaje que es la familia y sus creencias y sus tradiciones y su preocupación por el qué dirán. Volvernos lombrices de tierra, será, y transformarnos y transformar, y después, nada, que nos tiren por el inodoro.

Hora de volver, dice Juan B, y entre varios llevamos atajado al capitán, y a Galaor, que se dio con una roca volcánica y tiene un poco de sangre en la frente. Y ya en El Carajo, mientras Lorenzo le hace una curación a Galaor, Galaor le cuenta que su papá le enseñó a él y a sus hermanos que siempre, después de comer, Le diéramos los restos al perrito, por si acaso nos íbamos a un hueco el perrito después nos rescatara. Tú no te imaginas cómo me miraba ese pájaro, le dice Galaor a Lorenzo, Estoy seguro que si el capitán supiera, yo creo que ese piquero nos va a salvar de algo. Y a quién afectaba que él le diera unas migajas de pan. A su papá lo había rescatado un perrito así, en Siberia, cuando había estado en Rusia como estudiante de ingeniería. Una vez, en una excursión con dos amigos más, ambos rusos, hubo una tormenta de nieve y el papá de Galaor se perdió. Un perro flaco, de mala condición, de pronto apareció ante los dos amigos, que llevaban tres horas buscando al desaparecido papá de Galaor y estaban empezando a congelarse y a perder la esperanza. Y entonces uno de ellos, por una razón desconocida como solo en los milagros, sacó un pedazo de pan y se lo dio al perro, y eso que les quedaban pocas provisiones. El otro tal vez quiso decir algo sobre la inutilidad de alimentar a un animal en esas circunstancias, en las que ni siquiera sabían si ellos iban a sobrevivir. Y el perrito empezó a alejarse, pero miraba para atrás, asegurándose de que ellos lo estuvieran siguiendo. Y entonces lo siguieron, y después de caminar unos veinte minutos, el perro paró frente a una grieta, seis metros de profundidad, y ahí fue que encontraron al papá de Galaor, inconsciente, cuasicongelado, con una pierna rota. Lo sacaron, se salvó. Unas semanas después conoció a la mamá de Galaor y se casaron,

Y siempre tuvimos perros, y siempre eran recogidos, y

siempre los tratábamos como si fueran a salvarnos y les dábamos comida, le dice Galaor a Lorenzo. Entonces, la mamá de Galaor es rusa, eso explica el color de su piel y de su barba, la otra parte de Galaor, ese no sé qué, no tiene explicación, o tal vez sí para Darwin, pero para Lorenzo es tan misteriosa como las patas azules del piquero. A mí, dice Lorenzo, Me dan miedo los perros, los gatos, los pájaros, todo eso, me opuse a que el perro viniera, pero Juan B, testarudo, lo trajo dizque para que yo me distrajera. Y de pronto, sin saber que estaba tan cerca y escuchando la conversación, se mete Paz María, A mí lo que me dan miedo son las niñitas que se pintan las uñas rojas o amarillas y yo les veo las uñas y lo único que pienso es por qué estas terrícolas llamando la atención sobre las garras, cosa que yo también hago, sí, puede ser, con mis guantes, pero por qué las garras así todas rojas, las garras, pues sí, garras son garras; alguna vez hice una obra con muñecas, un tapiz que eran, yo no sé, como cuarenta muñecas con las uñas bordadas y las bocas bordadas y los ojos bordados, se llamaba Enredos de mujeres; desde muy joven aprendí una técnica de supervivencia que no falla y consiste en evitar a toda costa la envidia de las terrícolas que me rodean, sentimiento terrible, muy peligroso, me aterra la envidia de las mujeres terrícolas, por eso me rodeo de terrícolas que no tengan nada que envidiarme, pero de pronto, de tanto huir, por miedo, tan boba yo, como si hubiera algo que envidiarme, queda una sin darse cuenta toda flácida y sola entre terrícolas en descomposición,

Cómo se ha portado de bien el clima, se escucha de pronto la voz estridente de tía desde un abrigo de piel de camello, Pero qué tal, continúa, Tanto, que una se pregunta qué va a pasar. ¿Nadie va a tomarse un traguito?

No, ahora no, responde alguien,

¿Ni Lorenzo?, pregunta otro alguien más,

Ni Lorenzo, responde, No tengo ganas,

Para mí la risa es muy importante, es lo que diferencia a los vivos de los muertos, dice Galaor,

No te ha pasado con Galaor, le dice en voz baja Juan B a Lorenzo, Que a veces dice cosas que una queda como ¿Pero qué es esto? ¿Por qué este tipo se la pasa diciendo cosas que nada que ver?

¿Quieren comer un poco más de esto?, pregunta Paz María extendiendo una bandeja con jamón serrano y aceitunas de piedemonte,

No, yo creo que ya, guárdalo pa más tarde, dice Lorenzo,

Sí, yo también ya quedé, dice Luis,

A propósito de tu comentario terrícola, dice Paz María

mirando a Galaor, Me hace pensar en una cosa que le pareció a mi psiquiatra rarísima, entonces me tocó cambiarle el tema, porque pues yo le dije que no entendía por qué los terrícolas se ríen y hacen así, jajaja, jijiji, pero es que imagínense, una llegar a un planeta donde la gente hace jajaja, y es que están alegres, y eso es rarísimo si una lo ve como si nunca hubiera estado en este planeta y de golpe una se detiene en ese ruido que hacen los terrícolas, jajaja, jojojo, jijiiji, cómo se ríen, ese sonido para mí es, yo no sé, cuando empecé a ponerle atención dije: eso es rarísimo. Y le dije al doctor, Mire, cómo se ríen y el sonido que hacen cuando están alegres los terrícolas, bien feíto más bien, y el tipo se puso muy nervioso, como preguntándose ¿Qué es este monstruo que tengo enfrente?

Sí, es comprensible, que nadie se meta con la risa, dice Galaor,

Él, mi psiquiatra, es muy humano, dice Paz María, muy humano, hasta una vez me agarró a gritos y me echó del consultorio, claro, él es distinto,

¿Pero disfrutas eso?, pregunta Galaor,

Mucho, a mí qué me va a interesar un doctor todo pasivo, que me siente en un diván para que yo le suelte escándalos, y él sin inmutarse, no, al tipo yo le decía estas cosas y él reaccionaba y eso es bueno, que reaccione, hace unos años yo le dije, Usted lo que pasa es que el único espejito que tiene es el que le dio su mamá judía, ¿sí? Benjamín, tú eres el mejor; Benjamín, tú eres el más inteligente, le decía la mamá. Y él me decía, No, no se meta con mi mamá que usted es una loca, y el tipo gagueaba, era gago en esa época, él después se arregló, pero él me decía, No se meta con mi mamá que usted no la conoce. Y yo le decía, ¿Que no la conozco? Si la Biblia dice Por sus obras los conoceréis y usted tartamudea, y es que yo tenía un amigo, El Remolacha, que era tartamudo, y me contó que él tartamudeaba porque la mamá chiquito lo mandaba a hacer mandados y cuando llegaba le pedía las cuentas y a él le daba mucho miedo y desde eso se quedó tartamudo. ¿Sabe qué?, me dijo mi psiquiatra un día, Usted se me larga ya de aquí ya, lárguese de mi consultorio. Eso, él era así, Benjamín era así,

Y obvio que volviste, dice Lorenzo,

Claro, cómo no, responde Paz María, Pero una vez sí lo dejé, le dije, Me voy de aquí ya, como usted no es el que es paciente, como usted es el que cura, pues me largo, de malas yo, le dije,

Oye, Pazmarí, pero es verdad, y nunca lo había pensado, que si uno no es terrícola y llega por primera vez a este planeta y oye a la gente reírse, debe escucharse rarísimo, dice Lorenzo,

¡Rarísimo! ¿Sí me entiendes? Avemaría, y es fuertísimo, no es miedoso, es rarísimo, es que haz de cuenta que tú llegas a este planeta y hay unos seres ahí que de pronto hacen jajaja, y una dice que no, no te asustes, que están felices, y atrás son como uajojo, y hacen esos sonidos raros,

Ya ves que la risa es, sí, una cosa salida de toda comprensión, dice Luis,

Y es verdad que Paz María diciendo eso debía sonarle muy rara a Benjamín el psiquiatra, qué tal una persona que se meta con la risa, opina Juan B,

Con la risa que es lo más sagrado, insiste Galaor,

Y el tipo me miraba y debía pensar, Esta es un monstruo, pero yo todo lo que estaba diciendo es que ese sonido me parece rarísimo, como casi todo en este planeta,

La fauna y todos haciendo algo tan cualquier cosa que tal vez la imagen esté quieta, podrían ser una foto, cuerpos de espalda, protegidos por pieles donde se ven goteritas brillando, y las aguas calmadas, seguro capaces de atravesar su estado agua y ponerse a murmurar cosas a quien las está mirando, pero quién se detiene a mirar el agua solo por el agua; acá lo que llama la atención es el agua sometida al movimiento de lo vivo: mantarrayas, salmonetes y tiburones alrededor del Carajo hacen lo suyo sin inmutarse. El gris del aire o la impresión de un aire ya respirado, exprimido, la sal revelando sus partículas en las pieles empegotadas. Los leones marinos se revuelcan sobre la arena, criaturas que se quedaron a medio camino entre lo acuático y lo terrestre, aletas en vez de patas, la pesadez de sus cuerpos sobre la arena, unos sobre otros; algunas hembras con sus crías amamantan la masa, lo que sabe ocupar espacio, y esos gruñidos en la mirada directo al deseo, fetidez placentera del olor a pescado, pelos secos entumecidos por el sol y el mar y la travesía, el viento suave de esa parte del día que en otras condiciones podría refrescar y al mirar desde ahí puede verse cómo se hace saliva la reflexión, si es que eso es vivir en comunidad, si se puede ser un individuo en medio de tanta masa. La promesa es que cada uno tenga una voz, que se pueda tener una voz con la fuerza necesaria para decir He aquí yo, que se diferencia del otro como un rostro es diferente de otro, y esos leones marinos, ¿será que se reconocen entre ellos? Mirar a los leones marinos, son cientos, el sueño alrededor de los ojos, es hambre o no saber dónde meterse, lo reducido del espacio, el sopor, un llamado, quisiera tener esas pieles de los leones marinos, quisiera pintar, dice Lorenzo. Juan B dijo que acá pintar no. Pero entonces, ¿por qué Luis sí puede? Porque Luis es Dios, o era, hasta el papirotazo de Fernando Yanamihoy. Entonces qué queda, narrarnos los unos a los otros, será. Y bajo ese imperativo, movidos por el oleaje, en su estado manso, en su estado revuelto, un barco sobre el agua, y sobre el barco cuerpos, y sobre cuerpos pieles para protegernos del sol; pieles postizas que van achicharrándose, que no tienen cómo protegerse, y un barco que se desplaza lento y una orilla cubierta por leones marinos y una iguana gigante comiéndose un cactus que busca un lugar seguro en el inconsciente, de la que Lorenzo quisiera hacer una serie: Reptiles comiendo cactus. La iguana en lo suyo, imagen de lo seco dentro de lo seco, lo seco ingiriendo sequedad; es la primera vez que vemos a una iguana nadar, en alguna parte leímos que la iguana es lo único que queda de los dinosaurios marinos, se alimentan de alga de mar, palo santo y mollolló, linda palabra.

Y mientras, en la cabina del capitán, Paz María y Pedro Vista gozando de lo lindo, gozando que da miedo. El capitán hablándole en ¿creole?, diciéndole sin que ella entienda ni una palabra, Grita más duro, volteándola, subiéndola, lamiéndola, tocándole con la lengua y con su patica de gallo ese punto que la hace temblar, que la descarna y le hace sentir que ya no es placentero, aunque sí, y él sin escucharla, presiona su lengua sobre eso insoportable, y ella trata de quitarle la cabeza, pero él sigue hasta que ella cree que de verdad va a explotar y le araña las mejillas con sus manos ahora sin guantes, podemos ver en esas garras uñas largas de esmalte rojo descascarado, el esmalte que le da más alergia en las manos, y después, él encima, acaba y una vez pasado el clímax, una exhalación, y ella diciendo, Uff, qué fuerte, acuérdate que si me encuentras en un sueño me reconocerás porque soy la que no usa calzones, así, con las uñas largas de los pies, no habiéndose afeitado desde que en tierra, ni las piernas, ni las axilas, que el crecimiento de los vellos es lo único que se salva en un cuerpo apestado, y él diciéndole que no veía tanto pelo no sabe desde cuándo, y ella diciéndole que disfrute, que sienta, que los sienta, ¿sí? Importan, su crecimiento importa, y él ni crea que ella va a avergonzarse, no va a ser como esas terrícolas que dejan de disfrutar solo por la vergüenza de estar así de peludas, Paz María en estado postorgásmico, lobotómico, si sigue con esto del placer tan propio de terrícolas va a terminar convirtiéndose al terraplanismo de Pedro Vista, o va a empezar a enfriarse hasta que surja en ella un nuevo ismo, el de parecerle todo igual, mismalismo, podríamos llamarlo; no es indiferencia, más bien sindiferencia, y bajamos a cubierta por las escaleras estrechas que separan la cabina del capitán del resto, y por un segundo volvemos hasta los cuerpos tendidos de los terrícolas, cubiertos con sus respectivas pieles, mirando de perfil, muy quietos, leones marinos, iguanas gigantes tomando el sol, lo mismo da, mientras Paz María gozaba, la impresión de que todo lo demás se ha detenido cuando semejante placer, tocada por el viento del presente, el pelo tieso, la piel tiesa, el rasguño que le hizo Patatuz en el hombro, más hueco, y ella piensa que esos momentos de tanto presente son los más peligrosos, por ahí es que la fuerza que el paisaje oculta está formando nido, por ahí es que se despliega eso de lo que nos queremos alejar, por ahí es donde nos damos cuenta de que a eso vamos, directico, hacia las fauces de la desaparición, no hay piel de amante sacrificado que pueda salvarnos y es de notar: ha habido una transformación, puede vérsenos más flacos, y ya casi oscurece, las caras mostrando ciertos ángulos nuevos, más acabados vamos. Y ahora, de nuevo Paz María frente al espejo del minibaño, con una frialdad clínica, la que necesariamente ha de tenerse al observar la propia cara, como si se tratara de un informe forense, midiéndose la cintura con las manos ásperas, desguantadas, sintiendo entre un pellizco que sus dedos deshidratados agarran menos carne, no se había visto tan flaca ¿desde? No sabe, a ver, no se había visto tan flaca desde, a ver, desde hace ya tanto tiempo, cuando con Lorenzo, y se les ocurrió esa idea espantosa del viaje a Dresden, para ganar algo de alemán y de plata, y por favor no nos manden que vamos a trabajar; él enajenado, y ella consiguió un trabajo en un restaurante pakistaní y tenía que recorrer cuatro kilómetros en bicicleta todos los días, y lo dejaba dormido, él no era capaz de tocarla, según él el amor tenía que ser algo más que estar tocándola todo el día, que nosotros estábamos hechos para cosas más elevadas, y él se levantaba con ese dolor en el pecho, opresión, asma, algo que venía del útero de su mamá, que le quitaba el sueño, las ganas, y sin embargo, ella estaba segura, cada vez que volvía a la casa, cansada, grasosa, impregnada de curry, que él se había masturbado, aunque lo negara, ella reconocía en su cara y algo en el aire, entre el olor del restaurante, los cuatro kilómetros de bicicleta diarios, y Lorenzo en el cuarto con las manos limpias, pero untadas, ella sabía, oyendo las noticias de la toma de la embajada dominicana por el m–19, y él obsesionado con que había que volver a Colombia y tomar las armas, pero también con que no había que volver, insistiendo entre pasos de un lado al otro del pseudoapartamento, que qué podíamos hacer, que los turcos del barrio se estaban escapando a medianoche, pintaba Las Danzantes, Las Extravagantes, Las Madonas, lo importante es el dibujo, decía, No si estoy pintando hombres o mujeres, que nadie me pregunte, gritaba por la ventana, a plena medianoche, y decía que el lugar estaba siendo desocupado, que los próximos serían ellos, que le creyera, un nuevo holocausto a punto de ocurrir pero con los turcos, porque el silencio, ¿Sí lo oyes? Es como algo anterior a lo que va a estallar, y ella con frío, ese frío en el que pensaba en venganza, ella también tenía que volver para acostarse con alguien, alguien menos costra y entre más amigo de Lorenzo, mejor, entre más cercano a Lorenzo, mayor el daño, el daño tenía que provocar una conmoción, o tal vez podría ir a un bar cerca, pero no, en alemán no se sentía capaz, en inglés no se sentía capaz, no era como Lorenzo que podía hablar cualquier idioma como si lo hubiera aprendido desde chiquito, y ella así, toda insegura, frustrada, muda, indeseada, no tenía más remedio que pasar de un día a otro, esos días sin diferencia alargada del verano, ese letargo del verano que a veces lo hace más duro que cualquier invierno, difícil entender que era un estado que no iba a durar mucho, que la vida no iba a ser siempre eso, los cuatro kilómetros en bicicleta, y llegar a la casa que apestaba a hombre recién masturbado, a hacer almuerzo, unos garbanzos, porque Lorenzo decía no tener fuerza ni para cocinar y ella sabía que de tanto garbanzo él iba a terminar reaccionando, y sí, ella lo quería matar a punta de garbanzos, tenía que provocar, que él explotara, lo que fuera, despertar un contacto, lo que fuera, así que los garbanzos, un día tras otro, que aprendió a hacer, en vez de las lentejas y los fríjoles, porque le gustaba ver cómo el garbanzo se hacía blando, aunque también sabía que entre más se sigue el curso de un garbanzo hacia su blandura, menos ablanda el grano, porque las cosas hay que dejarlas quietas para que se muevan, para que avancen hacia el lugar que les corresponde. Paz María y estas reflexiones, cuando nunca en su vida había tenido que lavar un plato, porque en su casa siempre hubo empleadas, y la primera vez que le toca y ahí se da cuenta de sus manos, lo que de verdad sufren ante la acidez del tomate y los químicos del jabón y la pintura.

Frente al espejo del baño del Carajo, Paz María hurgándose, orgullosa de ser liviana. Pensar en las cosas que tuvieron que pasar entre ahora y el momento en que ella odiaba, se odiaba por ser mujer y no hombre, se odiaba porque en ese viaje a Dresden su nariz, que siempre había sido recta, se había vuelto aguileña, odiaba la manera en que Lorenzo la había dibujado en ese grabado al que le había puesto Autorretrato con mujer, donde ella aparece medio desnuda, semiderrotada, con el pelo largo y negro y tan liso, mordiéndose los dedos que aún no habían descubierto los guantes de piel de conejo como si fuera a tragarse toda, y él, de espaldas, solo su mano alargada, dando una apariencia de tocarla, de rozarla, de estar consolándola, pero no, más bien dándole una patada o una explicación, no es que hubiera dejado de, pero no podía sentir, no es que no sintiera nada, él la quería tanto, pero entonces, y la sorprende lo loca que se ha vuelto Lorenzo desde el primer viaje a París, los bares de Le Marais y los dark rooms y luego, así disimulado, Luis y después Donatien y después, ya de vuelta en Bogotá, Juan B, presentado por ella, leía las cartas de Lorenzo y ella absorbía entre líneas, en un microsegundo alcanzaba a pensar que ojalá se pudiera pintar con el poder que esa rabia tenía sobre ella, con el impulso con que esa rabia y esa excitación se esparcían por su cuerpo hasta que ella terminaba sobre su cama, la almohada entre las piernas imaginando a Lorenzo con la verga de un marroquí gigante adentro, en la boca de Lorenzo, y ella se venía tan rápido, bajados los decibeles de su excitación hasta el piso, era arrastrada, arrastrada al mugre, se tiraba al suelo, tomaba mugre del suelo y se untaba en toda la cara, y hacía una mascarilla entre mugre, babas, lágrimas y restos de maquillaje que le chorreaban por esa boca tan mandada hacer para la felación, pasar la punta de la lengua, delicada, rítmica punta, con la presión suficiente para provocar locura en todos y todas las que han pasado por ahí, menos en Lorenzo,

Preparados para la excursión por la isla. El capitán mira el cielo, con su patita de gallo extraída de la boca mira el cielo, dibujado en el aire lo que parece un asterisco con la patita, apretada la cara y la voz, borracho de las olas, que tal vez lo mejor sea esperar a que se despeje antes de salir a dar un paseo. Protestamos. No vamos a quedarnos en El Carajo todo el día, emborrachándonos hasta que el sol nos achicharre, que la lluvia haga musgo con el pedazo de piel que nos queda, que hemos logrado cuidar, o más bien, lo poco que nos hemos cuidado, lo mal que hemos seguido la advertencia de ponernos encima las pieles de los sacrificados. Y sin nuestras pieles, ay de nos. Debemos cuidar lo poco que queda, diría Juan B, si no anduviera cada vez más en esa distracción, en ese pacto con la humedad y la niebla, en ese andar diciendo cada vez que puede, Ay, qué pereza morirse. El capitán nos advierte que las piedras están resbalosas y alguien podría caerse y ahí sí que no habrá piel que aguante huesos. Descalabrado, siendo así, qué pereza morirse, como dice Juan B. Qué haría entonces Lorenzo sin piel que ataje los huesos de Juan B, ¿tendrá alguna tripa para reaccionar ante el tumulto de costillas y órganos agusanados que alguna vez compusieron un cuerpo que llamamos Juan B?

Untado Lorenzo de esta posibilidad, tal vez el capitán tenga razón, pero entonces Roberto S dice que a él no le importa y que no hay que creer en las advertencias sin fundamento de un borracho que no se quita esa pata de gallo de la boca ni para comer, ni para chupar, y Roberto S nos saca la lengua y salta de la borda y se clava en el Pacífico. Y no sale del agua. Pasan uno, once, treinta segundos. Nos preocupamos, aunque tal vez a Paz María y a otros se nos pasa por la cabeza la fantasía de un calamar gigante tragándose a Roberto S, masticándoselo del sombrero a las botas, y a qué sabrá la carne del machito neurasténico en el paladar de un calamar gigante, la carne de Roberto S dentro del calamar que tal vez un buque carguero de pescado saque con arneses del fondo del mar y en la panza se encuentre el cuerpo de Roberto S de brazos estirados, o arrunchado a sí mismo y aún con las botas de cuero, tan elegantes y sucias y bien puestas, cual si abrazara a una hembrita de esas bien jóvenes que tanto acechaba en sus mejores tiempos de predador, preservado por la tinta del calamar gigante, preservado hasta el punto de que uno de los pescadores le parece que lo ve pestañear, las pestañas más largas que haya visto, y el pescador no lo duda: es la baba de calamar lo que ha hecho crecer las pestañas del machito de esa manera, y el pescador desecha el cuerpo machito, aunque conserva las botas finas, y se concentra en embotellar la baba del calamar cuando nadie lo ve, pero no usa guantes, y por la noche, un ardor, un encascarársele las muñecas, las articulaciones, el dolor mismo de una transformación de pescador a reptil, de pescador a reptil aún no salido del huevo, y en la mañana las manos agigantadas no logran sostener la caña de pescar, y le dice a su mujer, porque en los cuentos de pescadores siempre hay una mujer a quien algo se le dice y que prepara la comida y está pendiente de los muchachos, que no se asuste, que le promete hacerle más cosas y apretarla con más fuerza y más ganas con esas manos reptilargas, pero que le ayude a llenar frasquitos con la baba del calamar para llevarlos a una famosa industria de belleza, y la mujer obedece pero tampoco usa guantes, y le cae una gota de baba de calamar en un lunar en el brazo que al esposo ya le daba un poco de asco, pero en secreto, jamás se mencionó el tema, y es inmediato: el lunar va inflamándose peludo, supera en tamaño al brazo de la mujer del que surge ante los ojos de los perplejos, pescador y dueña del antes-brazo, que sin moverse ven, espositos unidos, cómo el lunar se mete cual hiedra al cuarto de los hijos, se trepa por el camarote y lo revienta, se mete por el desagüe y lo revienta: cañerías de pelos y mugre y deshechos de toallas higiénicas y pañales y tampones y latas de cerveza de más de medio siglo se enmarañan en hiedra con el lunar, y así, pescador y esposa y los frasquitos de baba de calamar se vuelven una masa que agiganta todo a su paso, y así, absorbidos por el canto del lunar del brazo de la esposa del pescador del calamar gigante, que todos vemos en la pantalla del cielo, ya Roberto S está en la orilla y nos grita que vayamos, que no seamos tan mariconcitas,

La playa rocosa, el viento turbio, el mantel de algodón de marruecos azotado, debemos sostenerlo con cuatro grandes rocas, la canasta de mimbre, ginebra, aguardiente, ron, tajos de limones y naranjas; queso manchego, azul, holandés, brie; pan francés, pan árabe, arepaehuevo, de dónde salió tanta comida, de pronto, estamos acabando con las reservas, de pronto, compulsivos, autosaboteadores. Comemos en silencio, entre el aire pesado y comprimido, hasta que Lorenzo habla sobre París, y cómo le gustaba atravesar el Pont des Arts y sus paseos matutinos por Belleville, y cómo nunca se imaginó que iba a extrañar tanto el incienso africano, Ese que hueles en las calles, las mujeres lo encienden en un cuenco de barro así, y ponen sus faldas por encima para que el olor les llegue a todas partes así,

Wow, terrícolas fascinantes,

Callar, se escucha primero pasito,

Luego un segundo Callar, y un tercero, y un cuarto y es Fernando Yanamihoy, Lorenzo a palabras necias oídos sordos, sigue hablando, ahora en francés, crují, crují, un chasquido, brusquedad en las rocas es lo que se escucha cuando Fernando Yanamihoy empieza a silbar la canción de los niños en la voz melódica plurigaláctica de la abuela cofán, sembradora de yuca y café mientras el río Guamuez, la canción que habla de Chiga, quien siempre estuvo ahí, y a aquella iguana que se ve tan cerca de Lorenzo se le van poniendo los ojos esmeralda colorados y en el borde de las escamas una fosforescencia radiante de fractales y espuma y de un brinco se le trepa con saña a la mejilla de Lorenzo, mientras la iguana cambia encarnizada de forma y carne y tonalidad rítmica, camaleón, ahora la materia iguana le da paso a la materia Donatien y luego a un jaguar enorme y brillante, pesado, cómo pesan y duelen en la mejilla de Lorenzo las criaturas que emergen de ese mordisco iguana: boa constrictor, Emma Reina, un pulpo juguetón que dice mamá en voz coral, fíjense que ahora es un hombre de pus y sin labios, tan veloz pasa, ya la iguana de nuevo en tierra firme, Lorenzo no alcanza a reaccionar y se queda estalactita, si se mueve estos poderes cofanes le van a arrancar el páncreas, órgano más bello, más bocado de cánceres, y cierra los ojos Lorenzo y siente en su mejilla el calcio crujiente del diente afilado de jaguar, hasta que a Juan B y a Luis se les va descascarando la piel ante semejante alboroto, mientras Pedro Vista y Paz María se escabullen detrás de una roca enorme, y Lorenzo se toca la cara, ardiente, y con el índice palpa el hueco que le deja el colmillo de la iguana en el cachete. Fernando Yanamihoy se acerca a Juan B y le dice, Ahora usted, y luego a Lorenzo, Ahora usted, y pone la mejilla y baja hasta donde Lorenzo está tapándose la parte del cachete recién mordida, y Lorenzo no lo mira y va y se sienta en otra de las rocas, triste, y Fernando Yanamihoy saca su tabaco del bolsillo y una navaja, se aleja y se sienta en una piedra lejos mientras observamos cómo Roberto S y Galaor se internan en la isla, indiferentes, aquí no ha pasado nada,

Al menos controla a tu indio, le grita Juan B a Luis, Que harta tierra ya les quitaron a mis abuelos.

Y Luis por ninguna parte. Lorenzo se queda con Juan B y las cosas del picnic: quesos mordisqueados, pedazos de pan arrancados, cáscaras de naranja, uvas roídas, ¿Pero a qué horas sucedió esto?, pregunta Lorenzo,

Parece que las fieras hicieron de las suyas, dice Juan B,

y Lorenzo va y amasa un poco de arena volcánica, y se pone el empaste en el cachete,

No hay mucho qué hacer, dice Juan B, Pronto se te caerá el resto.

En silencio los dos, Juan B ahora comiéndose un pedazo de pan,

Por favor no mastiques tan fuerte, le dice Lorenzo,

Es que está durísimo, se queja Juan B,

Me acaban de morder, ten compasión,

Juan B no hace caso, distraído como está mirando un par de piedras, encaramada una sobre la otra, moviéndose en forma de espasmo y le señala a Lorenzo lo que sus ojos incrédulos están viendo y Lorenzo dice, Ah, sí, tortugas, qué decepción, pero también, qué cosa más impresionante ver dos caparazones uno sobre el otro, qué es arriba y qué abajo cuando hay que escalar un cuerpo con curva y con dureza para asegurar la supervivencia de la especie,

Pero yo lo que quiero es que sean piedras, quién quiere tortugas, yo lo que quiero ver es a una piedra encaramada sobre otra, ¿qué les cuesta darme ese pedacito de levedad?, dice Juan B,

¿Será más fácil que los muertos o que las rocas tengan sexo?, pregunta Lorenzo,

Yo creo que es más fácil que las algas se revuelquen con las tortugas a que tú y yo volvamos a acostarnos, dice Juan B,

Eso es verdad, querido, cada vez hay menos cuerpo para eso, a menos que nos vayamos cubriendo los huequitos con este lodo volcánico,

¿Podemos intentar por el hueco que te quedó en la mejilla?

No veo por qué no, dice Lorenzo, y con un poco de agua salada se limpia, Pero antes, ayúdame a recoger de esto que seguro nos va a servir para los agujeros que se presenten.

Y mientras recogemos lodo volcánico, Juan B le dice a Lorenzo, Mira,

Y Lorenzo levanta la cara y en frente suyo ve que Fernando Yanamihoy se ha cubierto de lodo y los ojos le alumbran y el volcán al fondo en erupción,

A Paz María le alegra que Lorenzo hace como dos días no cocine; aunque él diga una y otra vez que su comida es sana, justo lo que un precadáver necesita, que solo utiliza aceite de oliva y tiene un discurso bien formulado sobre los peligros de la harina dentro del tracto gastrointestinal, por eso de que los hongos de la levadura no se llevan con los gusanos que se comen el intestino grueso; está claro para Paz María y para cualquier terrícola que ningún cuerpo, por joven, soporta tres comidas diarias, tres grandes comidas diarias, así es, ella agradece entonces que en Lorenzo el entusiasmo culinario derive en mutismo, que él, ahora, en vez de cocinar y preocuparse de que estemos bien atendidos en esa película de buen anfitrión en la que se montó y que le sale del fondo de las tías, pajarracas tías de Juan B, mejor que se haya puesto a dibujar volcanes para despertar lo que tenga que ser despertado y les lee a los volcanes poesía sobre volcanes en voz alta, en la voz más gruesa que le sale, Porque debajo de eso hay lava pura, y es un chorro de impresión ver lava entrando al mar, cómo el agua se hace metálica, hasta que de ahí surja la identidad, ¿sabes?, identidad, porque un volcán nunca es como otro volcán, como las cabezas, que nunca una cabeza es como otra cabeza,

Como si en la diferencia consistiera la identidad, opina Luis,

No necesitan comer tanto, con que coman una vez al día estarán bien, insiste Paz María, así, terrícolas, se sentirán livianos, y yo pues también, sentirnos livianos es lo único que necesitamos, en cuerpos terrícolas y no terrícolas, entonces a Paz María le parece que la delgadez y la necesidad de levedad es algo que se repite, y empieza a sacar cuentas sobre las cosas que se van repitiendo, y para ella la repetición es una señal de algo, no sabemos bien de qué. Por ejemplo, que se mire la hora justo a la 1:11, a las 11:11, ¿por qué, entre todas las horas que se podría mirar, miramos justo esa? Debe querer decir algo. ¿Qué? ¿Qué puede querer decir que el número once se repita, un número que ya es una repetición? Pues que por ser un número que se repite se nota más, no es que esté diciendo algo, Pazmarí, esas sí que son supersticiones de terrícolas, le insiste Lorenzo. Pero ella, No es el hecho de que se repita, es que se repita tantas veces. Creer haber descubierto algo, o mejor, la esperanza de haber sido descubierta por algo. La aparición de las tres Marías en el cielo, la primera constelación reconocida, desde que niña rarita para su familia, en las carreteras, con la cabeza contra la ventana del carro de la finca a la ciudad, mirada de niña rarita sobre el campo de caña de azúcar de la familia, Por qué esta gente es tan pobre si trabaja tanto, se atrevió a preguntar en voz alta, en el comedor, pregunta que llamó la atención de la tía esposa del tío que la tocaba en la hamaca cuando niña, y la señora que le enseñó a jugar cartas, amiga de la tía esposa del tío tocón la llamó desadaptada, Trabajan y trabajan y trabajan y luego dicen que son brutos, dijo ella y luego la tía le dijo que las niñas no opinan y que se fuera a jugar con sus muñecas; un umbral del cielo, el horizonte, rojizo y melancólico, primera sensación de estar pensando, enlazar recuerdos con el principio de orientación, de que se va de un punto a otro y que en medio hay una distancia en la que se puede pensar, aunque nunca se sepa muy bien cuál es el norte, cuál el sur, darse cuenta de que las estrellas aparecen en el cielo en épocas específicas del año, incluso en un país sin estaciones, patrones en el cielo que hacen que los días obedezcan menos a la contingencia. La Cruz del Sur, fechas de nacimiento cercanas, la comprobación de una coincidencia en el signo zodiacal, empezar a trazar relaciones entre los comportamientos de las tortugas y lo que será del resto del viaje, no se sabe muy bien hacia dónde. Son solo juegos, dice ella, temas de conversación. Y cuando vemos al loro volando en cubierta con la cabeza envuelta en una bolsa de plástico de supermercados Ley, y Paz María se lo señala al capitán y él le dice que sí y sonríe, y ella no sonríe de vuelta y le apunta con su chorro de rabia en los ojos, y él queda pasmado, ¿Y qué puedo hacer?, y él entonces, Bueno, ya está, y se va y vuelve, escopeta en mano, y le dispara al pájaro, le quita la chuspa del Ley, le rompe el pescuezo y va tragándoselo ante los ojos de todos, y ella dice, Ya, y él dice, Ella me pidió que hiciera algo. Y todos aterrados, pero sobre todo Paz María, aterrada, va hasta su camarote, toma los dados que guarda debajo de su almohada junto con la piedra amatista de un tamaño sobrenatural para un viaje de exigencias ligeras. Sobre la almohada tira los dados, la runa algiz y el cristal citrino y pide claridad. A la primera tirada, los tres dados dan uno y uno y uno. Sabía, dice Paz María. Ya en cubierta, monta un escenario, con un trapo de seda que le regaló su papá y que se pone en la cabeza como un turbante, y toma sábanas y los trapos de otros, y hasta las camisas de algodón de Juan B, que cuando Juan B ve ahí encaramadas le provoca tirar a Paz María al mar, y se pone encima la piel del de la cola de caballo recién remendada con un hilo amarillo de cáñamo que le robó al capitán, la piel bien pulida con grasa de becerro robada también de la cabina del capitán, y con sus guantes blancos y su pinta de sacerdotisa lee el tarot y la carta astral, la suerte en sus distintas variantes, qué forma toma ahora. Lorenzo es el primero en hacer fila. Acá: la carta de las influencias actuales. El mundo en la carta de los obstáculos, quiere decir cambiar lo viejo, empezar algo nuevo. Templanza en los fundamentos pasados. Moderación, cautela, Lorenzo, dice Paz María con risita entre los ojos derretidos de negro. Los ojos de Paz María, nos tiene fichados a todos con su baraja de naipe español, con su libro de las mutaciones, además del pelo corto, pegado al cuello, recorte geométrico que despeja su cara, que la acerca a querer muchas cosas al tiempo, la convicción de que esa información la dota de un conocimiento sobre los demás que le permite relacionarse de una manera especial con cada uno. Algo de poder sumado al delineador, sumado a la ya profundidad de sus ojos de pupilas amplificadoras de todo lo que puede ser misterioso, y la extensión de las pestañas. Lo primero que le pregunta a una persona, cuando la conoce, es la fecha y hora de su nacimiento. Lorenzo, por ejemplo, libra, ascendente piscis, Crisis, dice ella. Dice que entiende lo difícil que debe ser ser él. Saturno en escorpión te hace incapaz de mantener relaciones sanas, dice Paz María, Siempre en cambio relaciones confrontadoras y como no eres lo suficientemente estable, abandonas lo que empiezas. Pero, ¿sabes?, hay muchas versiones del escorpión, el escorpión es todo un zoológico. Escorpión-escorpión, escorpión-araña, escorpión-serpiente, escorpión-águila. Se supone que un escorpión en su estado puro es el que logra sobrevolar las aguas fangosas y convertirse en águila. Paz María acuariana, ascendente tauro, luna en tauro,

¿Y eso qué quiere decir?, le pregunta Lorenzo,

Que soy una fiera que aprendió a abrir la puerta de su jaula,

¿Y yo? ¿Y yo?, pregunta Luis,

Y si no sabes a qué horas naciste, ¿cómo vamos a saber?

Roberto S también acuariano, ¿ascendente? Ni idea, la mamá de Roberto S cómo iba a saber, si estaba preparando su sexta vuelta por el mundo, pero hay que tener cuidado, no se puede hablar así de la mamá de Roberto S, se enfurece, y chispean, se le hacen mordisco los ojos amarillos, además, no hay que ser injustos, la señora es extraordinaria, siempre recibiendo a todo el mundo en su casa de M con una copita de vino para hacernos sentir espectaculares y la valentía de hacer el borsch en una ciudad del trópico andino, a quién se le ocurre preparar una sopa soviética cuando la influencia debía venir de París o de Inglaterra o de Estados Unidos, y la mamá de

Roberto S, quién sabe de dónde sacó esa idea, sin adherencia política, más bien desde la intuición; la mamá de Roberto S, elegante señora de M, presidenta del club de jardinería, jamás siguió la tradición de toda la gente de M de hacer árboles genealógicos con los apellidos, A ver, dígame, joven, usted de quién es hijo, y nieto de quién, ah, sí, ese es V, pariente mío, de los V de Salamina, no de los de Aranzazu, que esos ni idea de dónde vienen, a la mamá de Roberto S le importan un comino los apellidos y la política y el comunismo, en cambio Roberto S, conservador, contrarrevolucionario, y en un mundo invadido por la plaga del comunismo a él no le quedó más remedio que tirarles piedras a sus compañeros, los que, se justificaba Roberto S, Son peligrosos, quieren convertir la universidad privada en cuartel revolucionario, esos sujetos, burgueses que se creen salvadores de los pobres porque leyeron a Marx y crearon esa lacra de Movimiento Obrero Independiente y Revolucionario, el morí, decía Roberto S, y a las mujeres del partido les escupía, que eran comunistas por feas, y la mamá de Roberto S, entonces, lo único que a ella le importa en lo que respecta a la política es que las remolachas queden bien elegidas, que no vayan a ser muy grandes, ni mucho menos muy pequeñas, y entre más tierra tengan y más den viso de haber estado enterradas, mucho mejor, Regio el borsch, siempre descresta a las visitas.

Juan B es leo, tampoco sabe su ascendente, pero Paz María está segura que debe ser algún otro signo de fuego, o no, tal vez escorpión que parece de fuego pero es de agua, que tienen ese humor de tinieblas, o virgo, tercos pero sensuales, tercos pero justos, ¿has visto el símbolo? Astrea, hija de Zeus, diosa virgen que lleva los rayos de su padre en brazos, también se la asocia con, y Juan B interrumpe para hablar de las sesiones espiritistas de su familia, Dormían a los niños y se ponían a invocar espíritus,

¿Y qué tal que ustedes, terrícolas, sean esos espíritus invocados?, dice Paz María,

¿Y qué hay de mí?, interrumpe Galaor,

Cáncer, no hay duda,

¿Y cuáles son las características?

Pedro Vista géminis, y por eso Paz María no se lo iba a perder y por eso ha tenido el gusto de probarlo, y sabe delicioso el moreno, ¿Moreno de los de dónde?, hizo el chiste Juan B cuando Lorenzo le contó que así se refería Paz María al capitán. Y Juan B ríase que puso a resonar el cielo. Cuando ella le contó a Lorenzo lo del capitán le hizo prometer, jurar por padre y madre que no se lo iba a contar a nadie. Te lo juro, le dijo, pero jurar, qué, y por el padre, jurar qué, darle a un hecho su encaje de secreto, su rinconcito con candado, qué tiene de malo que los demás sepan, ¿Te da vergüenza o qué?, y por eso Lorenzo alzó los hombros y se lo contó a Juan B, y Juan B se lo contó a Roberto S y Roberto S a Luis, y Luis a Fernando Yanamihoy, y a Fernando Yanamihoy le importa un pito, ahí, en su lugar, en una exhalación de humo saca el cuento del Carajo, y Paz María lo trae de vuelta cuando en un ataque de furia le hace el reclamo a Lorenzo, ¿Por qué todos los terrícolas saben lo del capitán?

Pero ¿cómo? ¿Yo? Ay, sí, yo, ¿y qué? ¿De verdad ella cree que hay que esconderlo? Algo tiene que pasar aquí para que la acción se active, o se van a infartar del tedio, necesitan chisme, cahuín, cizaña, capuche, bochinche, baba maligna, arcilla primordial, carne para chuparse los dedos, ganas de carne, y de copuchar qué ganas tienen ellos,

Patatuz no ha salido ni una sola vez del barco, ¿Quién es el encargado de limpiarle la mierda al perro? Silencio ante la pregunta del capitán, Ah, para eso el perro sí no tiene dueño, entonces, todos a limpiar, y nos da baldes y trapos y hasta le entrega una toalla roída a Juan B, y Juan B, mirada de primera vez que ve un trapo en la vida, le dice al capitán que ni loco se va a poner a limpiar, que él le da una buena platica, Ajá, pero limpiar ni cagando, además, no tiene fuerzas, Mire, hombre, la piel de camello pesa demasiado, y el capitán le dice que lo del peso no es su problema, quién lo manda a vestir esos trajes tan complicados, y sobre el asunto de la plata, lo que menos necesita en este barco es plata, De qué sirve acá, pero si tiene líquido inflamable, acepto, si es que le queda una reserva del ron ese tan bueno, y Juan B se queda pensativo y se le empalidece la cara por un segundo ante la posibilidad de no encontrar nada para comprar al capitán y tener que tocar el trapo con sus manos de heredero de despojadores de tierras y de pronto puede vérsele la cara cubierta de várices verdes y rojas en tonos variados, y dice tener algo mejor, Mucho mejor, va a ver, sígame, así Pedro Vista y Juan B desaparecen en la escalera que lleva al camarote de Juan B y Lorenzo, mientras los otros los siguen con la mirada y limpiando y limpiando y quejándose, ahora es Roberto S el que se ha deshecho de su toalla roída y va dictando órdenes, y le dice a Galaor que le quedó una manchita por ahí, Mire, fíjese bien, y ahora la coge contra Paz María, Así no, tienes que hacerle con más fuerza al trapo, y ella pierde la paciencia, y brava, rebelándose, dice, grita, que a ella los terrícolas estos la quieren hacer dueña del perro, cuando ella nada que ver con este asunto de animales domésticos, y de pronto toma el trapo y lo moja en el balde y un movimiento atávico sale de ella y se arrodilla y se pone a limpiar, en trance, y dice, mirando al cielo donde se confabulan unos relámpagos, Los burros, que la grasa de burro, que los chinos, que cuidado, y Roberto S ha sacado un látigo que encontró en la cabina del capitán y lo hace sonar contra la madera del mástil, cosa que contorsiona a Paz María, y ella y trapo una sola entidad que se mueve alrededor del barco con una velocidad de ama de casa y el látigo suena una vez más y la velocidad de Paz María se intensifica con cada nuevo golpe, lo que en exceso alborota a Patatuz y hace que sus patas se unten con la mierda que aún no ha sido recogida y esparce sus restos sobre lo acabado de limpiar por Paz María y los terrícolas.

Mierda por todo El Carajo, ahora sí, hasta en las velas, ¿cómo llegó hasta ahí?

Jura Luis que vio al perro treparse por la vela central, cual ardilla lo vio,

Mala idea la del perro, fácil tirarlo por la borda, ahora que Juan B por ningún lado, pensamos, decimos, no sabemos, pero Patatuz se llamaba y es increíble ver cómo los calamares gigantes se encargan de los perros lanzados por la borda de un velero ocupado por terrícolas a la deriva por las islas Galápagos,

La Galapaguera. Un número no menor de tortugas gigantes. Pedro Vista dice que mejor no acercarse, no se sabe cómo puede reaccionar la prehistoria y nos alejamos bordeando una corriente de lava que baja desde el volcán Chico hasta precipitarse sobre el mar. Lorenzo se detiene, observa la corriente de lava y a Pedro Vista que pasa a su lado y dice, Mejor cuidado, puedes terminar peor que el perro,

Peor que el perro ni en un volcán de lava, dice Lorenzo, y usted harta culpa tiene del desenlace de nuestro amigo,

Estamos mejor sin la criatura destructora de la vida silvestre, fíjese, cómo andamos de bien sin tener que pensar que cuidado, que la mierda que hay que limpiar.

Nuestra caminata por un sendero de lava hacia la cima del volcán, espeso movimiento de lo detenido, la mirada de Fernando Yanamihoy a Lorenzo entre fumarolas, gases y vapores. Lorenzo mira la corriente de lava y una y otra caldera, y no logra escapar a la mirada del otro, ¿Qué oscuras magias estará formulando este sobre mi pobre pellejo?, sabe Fernando Yanamihoy que está pensando Lorenzo,

Tranquilo, no muerdo, en mis visiones es la niebla, dice Fernando Yanamihoy, Se pone a llover gris, grande el gris, mire, desaparezco, dice Fernando Yanamihoy,

Pero no llueve y yo aún puedo verlo, dice Lorenzo, y sigue, como si Fernando Yanamihoy no le estuviera hablando a él, ¿Sabe? En India hay una casta de personas, los invisibles, solo pueden salir de noche, si salen de día los encierran hasta que se mueren de inanición,

En las pupilas de Fernando Yanamihoy se puede ver que le importa más el chinche de agua que la referencia en cuestión, y en Lorenzo aparecen unas ganas de abrazar, morder, saltar, comer, golpear, patear piernas y narices y adorar la tierra y los árboles y vivir de la pesca y la recolección de cacao,

La historia que Juan B cuenta esa noche viene de una novela de Corín Tellado, o eso cree Juan B, pero no está seguro por el final, que tiene algo de retorcido, aunque no tan retorcido como cuando la empleada que lo cuidaba a los siete años, Melany, le dijo que en realidad ella no era una mujer sino un hombre, pero no tiene ganas de esa historia, sino de la que va a contar, que no cuadra que sea de Corín Tellado, aunque Juan B está casi seguro que sí, que la leyó en una revista Vanidades cuando era niño, porque su abuela compraba la Vanidades cada mes y las iba acumulando encima del inodoro y para él la infancia había sido sentarse mañanas enteras en el inodoro de la casa de su abuela y leer novelitas de Corín Tellado, ¿De dónde más iba a sacar esas historias sino de ahí? Entonces, una pareja que acaba de casarse. Desde los dieciséis están juntos y nunca se han acostado con nadie más. Van a un lugar con mar a pasar su luna de miel. El primer día, mientras caminan por la playa, se encuentran con un hombre vestido de blanco, impecable, muy buen mozo, que los saluda muy querido y los invita a tomarse un trago en su yate. El marido no se da cuenta, porque es medio bobo y además está muy enamorado, pero ella tiene la intuición de que esa cercanía no es casual, no es que simplemente este desconocido se haya encontrado a unos turistas recién casados en la playa y quiera tener un gesto de cortesía con ellos. El desconocido, aunque no la mira, aunque no hace nada que dé para sospechar, tiene una actitud, un no sé qué muy sutil que la hace a ella pensar que todo es premeditado. Ella al principio se pone nerviosa y hasta dice que no es una buena idea cuando su esposo dice que sí, que por qué no, que no tienen prisa, que solo están dando un paseo por las cómo decirlo sino hermosas playas de Canarias. Lo que pasa es que después la pareja se emborracha con el desconocido. El marido cae primero, todo premeditado, era la frase que ella tenía en la cabeza y que el whisky fue ahogando, y el desconocido y la recién casada no hablan. Para qué, si es como si hubieran esperado desde que nacieron este momento en que el esposo cae, como si el desconocido y la mujer hubieran nacido para encargarse de hacer caer a ese feliz recién casado, y una vez anulado el sujeto se abalanzan el uno sobre el otro y empiezan a revolcarse de una manera salvaje, frente al marido borracho, desvanecido, como dos hombres lobo a la luz de la luna, que en ese momento estaba llena.

Así también la luna esta noche sobre El Carajo, que ilumina y ensombrece los ojos y los dientes de Juan B y él mira a sus amigos, uno por uno de una manera fija, que cada uno se sienta espectador único, los mira y por un momento da la impresión de que su historia no es más que una excusa para extraer el cada uno de cada uno, esas ideas que a veces se le pasan por la cabeza a Juan B cuando toma mucho y está iluminado por la luna y además hace un poco de frío, pero él se cree ahora tan poderoso, tan dueño de todos, que ni siquiera siente ese viento de punta helada, lo que siente es el poder de la atención de sus amigos, mmm, atención no del todo prestada, Paz María, por ejemplo, sin los guantes, aprovecha la oscuridad para sacarse mugrecitos de las uñas, Galaor bosteza, a Lorenzo se le cierran los ojos y la cabeza le tiende hacia un lado en la asoleadora y parece que en cualquier momento el cuello ladeará todo y cuerpo. Lorenzo ha tenido esa mala cara ya hace un rato y algo oscuro y espumante le brota del mordisco de iguana en la mejilla, la piel de Donatien pesada y un olor antibiótico, de mineral en polvo, magnesio y almizcle, el cuartito refrigerador perdiendo su potencia, y los dedos supurando una tinta donde antes uñas y es que con el calor que hizo hoy quién puede preservarse, y además, parece que lo que lo retiene cerca de Juan B salió exiliado, las ganas por fuera, en goteritas de sudor ya secas, saladas, y Roberto S le pide a Juan B que por favor siga, el capitán también. Sigue Juan B. No sea que pierda a sus espectadores, entonces Lorenzo se sacude, y le pide a Juan B, Sigue la historia, por favor. Juan B tose, garganta aclarada, sigue: La mujer amanece empelota junto al marido en el barco del desconocido pero el desconocido por ningún lado. Al marido ni se le pasa por la cabeza lo de la noche anterior. Los recién casados se van en silencio hasta el hotel. La mujer dice una frase que al marido solo puede parecerle enigmática: «Siento que hoy me llamo Mireya». El marido se hace el loco, pero ella en todo el día solo habla para decir frases como la de Mireya, lo que en un momento, cuando empieza a anochecer, hace que el marido sospeche que algo no anda bien y que tiene que ver con el hombre del barco. Sin saber por qué ni qué es lo que va a decirle, sale a buscarlo. Pero el barco ya no está. El hombre pregunta por él pero nadie sabe de quién está hablando. Cuando vuelve al hotel tampoco encuentra a su mujer. No están sus cosas. Nadie sabe de ella, nadie la ha visto. Usted llegó solo, le dice el tipo de la recepción. El marido sale despeinado y sucio y, rasgadas las vestiduras, deambula por las calles en busca de su esposa, o de Mireya, o alguna pista, y se pierde como un punto silencioso sobre el que se vierte un fondo negro,

Algo debe ser dicho para distraernos de pieles entrando en una fase seria de descomposición, y ante eso, incapacidad de ordenar, de limpiar los espacios, en este descomponerse no saber por dónde empezar y dejarse y dejarse arrastrar, ahora, por Roberto S que habla, durísimo, interrumpe para contar, Mi historia es sobre un senador de la República, que se las da de izquierdista y de honesto, estudié con él en el colegio y hace poco me lo encontré en una fiesta, ahora, de espaldas al país, es un hombre millonario, porque heredó unas tierras de un tío agiotista que no tuvo hijos,

Ah, casi como yo, dice Juan B,

Sí, casi, pero no le puedo contar el santo, lo único que les digo es que mi fuente es de confiar, dice Roberto S, Ese senador es primo de Luisa E, la que era directora de la Casa de la Cultura de P, La mujer más fea y además,

¿Además qué?, pregunta Paz María,

Mala pichadora, dice Roberto S,

¿Cómo sabes?, le pregunta Luis, Yo la conozco y no es tan fea, y a lo de mala pichadora, pues no me consta ni me constará, y Roberto S dice, Es una persona tan primitiva, tan excesiva, que nunca me he atrevido a pedírselo y eso ya es muy revelador, tal vez es la única persona con la que me he relacionado en la vida a quien nunca se lo he pedido y a la que no se lo pediré jamás,

¿Entonces cómo sabes que es mala pichadora?, pregunta Galaor,

De las más feas expresiones terrícolas, dice Paz María,

Bueno, entonces no digamos pues mala pichadora, digamos que es una cosa espantosa, de tufo a cigarrillo, pero eso es lo de menos, el problema de verdad es que no es nada sensual, y las mujeres de P son todas putas, pero eso no es malo, Pazmarí, no me mires así.

Y eso que Roberto S no toma tanto alcohol, pero le basta con ser de M, donde por obligación hay que odiar a la gente de P, o por lo menos, decir que las mujeres de P son todas putas. Esas dos ciudades tan cercanas y cómo se odian, una de tierra fría, otra de tierra caliente. Una conservadora, mojigata; la otra librepensadora, industrial, a punto de convertirse en la metrópoli del eje cafetero. Y entonces Roberto S se lanza en seco con el discurso,

¿Qué significa ser puta en P? Ese es un caso difícil de determinar. ¿Es eso genético o es el agua del río Otún? No, es la diversidad. ¿Cuál es la razón por la que los mejores polvos de la vida me los haya echado en P? Es una pregunta crucial, hay una cosa estadísticamente cierta. No es que yo odie a los de P, como dicen ustedes. Las mujeres de P me encantan. Es imposible un polvo mejor que el que uno se pueda echar en ese gran polvo que es P,

¿Allá en P es que tienes a la pobre niñita toda enredada?, dice Galaor,

¿Qué, yo? Jamás, niega apretujándose al retazo de piel de niña de trece años que aún le queda a Roberto S,

Se llama Patricia, está embarazada, no te olvides, dice Galaor,

Jamás, dice Roberto S, y habla entonces de Luz Z, la única Miss Universo que ha tenido Colombia, que es de M y no de P, que también tenía fama de mal polvo y de dañar a los hombres, y eran sus hijos los que se lo decían a todo el mundo mientras borrachos y empelota desfilaban, turnándose la corona de la mamá Miss Universo, la única de Colombia, que hasta el día de hoy baja todos los fines de semana, sagradamente, a la finca de Santágueda,

Ah, esos hijos, dice Luis, Uno estuvo involucrado en un asesinato; él y un grupo de amigos mataron a un cirujano plástico y se tuvieron que ir del país, pero antes de eso los hijos de Luz Z desbarataron muchos matrimonios de las señoras de M porque se les comían a los maridos,

¿Con o sin corona?, pregunta Juan B,

Ah, pues eso no lo sabemos,

Y entonces dice Roberto S, queriendo embestirnos a todos de testosterona, que esa reina no era nada, que eran sus primas las que realmente eran una divinidad, no tanto por la belleza sino porque ellas sí que eran unos mujeronones, sobre todo una que se llamaba Dora Z y tenía un almacén de ropa interior, el almacén Élite. Las señoras de M por lo general han sido tetonas, dicen que es la falta de oxígeno. Cuando le vi las tetas a Dora Z por primera vez yo pensé que eso no podía existir. Se las vi porque mi mamá era muy amiga suya y le prestaba ropa. Yo tenía como cinco años. Ella se desnudaba enfrente mío y le preguntaba a mi mamá, ¿Y el niño? Y mi mamá le respondía, Pero Dora, tiene cinco años. Y mire cómo quedó el niño. Las tetas de Dora Z eran por varios centímetros superiores a las de Claudia Cardinale y Sofía Loren, medio caídas, puntudas donde tenían que serlo, y eso que había parido como a cinco o seis hijos, pero cuando uno las miraba daban ganas de hacerla muy feliz y eso que yo tenía cinco años. El marido era un hombre anodino, como casi todos los hombres de M, que no les gusta hacerlo con las esposas,

Yo conozco a mucha gente así y, en efecto, todos son de M, dice Juan B,

Dame un caso, pregunta Lorenzo,

No puedo decir nada, todo hombre tiene su límite,

Roberto S sigue: Les decía que Dora Z se levantaba la falda que traía, plisada, blanca, usaba unos ligueros blancos de Helena Rubinstein. Se levantaba esa falda y lo que eso me producía, amigos, no se los puedo explicar,

¿Y no sentías lo mismo por los hombres cuando se levantaban la falda?, pregunta Galaor,

Es que yo hombres que se levantaran la falda no vi nunca, responde Roberto S, Aunque pensándolo bien, sacerdotes sí, que se levantaban la sotana para sacarse la piña e intentar que yo, hasta me acuerdo del olor,

¿Me pueden dar otro traguito?, pregunta Galaor,

Juan B dice, Pero cómo no, ni más faltaba,

El caso es que estos señores no apreciaban a estas señoras hermosas que tenían enfrente, dice Roberto S, Sino que se iban para La Casa de Ligia y allí se acostaban con las muchachas que venían de todos los pueblos de por ahí: Palestina, Anserma, La Dorada, Marquetalia, La Victoria, Marulanda, Pácora, Salamina,

El marido, dice Juan B, El de Luz Z era muy bonito, pero también era dañado,

Y Luis interrumpe, Me consta, me consta, tenía un odio profundo por las mujeres, a las pocas estudiantes de medicina que había en la facultad les hacía la vida imposible, las mandaba a traerles café y pastelitos de La Suiza, y ellas eran las más juiciosas, pero nadie hablaba de eso porque le teníamos miedo y era genio y buen mozo,

Igualito a Cary Grant, dice Juan B, Pelo gris, vestidos de Armani súper elegantes, corbatas de seda, impecables, con unos sacos de gamuza, lino inglés, siempre decía lo mismo, English linen, my dear, English linen. Era otorrinolaringólogo, uno de los grandes cirujanos que ha tenido nuestro país. Llegaba a la facultad en un Mercedes rojo. El chofer se bajaba y le abría la puerta. Él se bajaba del carro, se paraba y no se movía hasta que el chofer le pasaba el maletín de cuero, finísimo, se lo ponía en la mano y ahí sí entraba al edificio. Le entregaba la maleta a su secretaria, y la señora le desabotonaba el saco. A los estudiantes que eran muy bonitos les decía, ¿Te cambiaste el motilado?

Mi exesposa, dice Roberto S, Según dicen, todavía está enamorada de mí, pero yo creo que no, porque yo, como todos los hombres de M, soy muy mal polvo. Como buen hijo de mi tierra, solo me caso con primas, pero lo que me gusta es acostarme con putas,

Bueno, dice Luis, Pero cuando ves a una puta sales corriendo, acuérdate lo que pasó la última vez que fuimos a P,

Ah, pero por otras razones, no fue por las putas sino por los sicarios, se defiende Roberto S,

Es que nos iban a matar, cuenta Luis, Eran las once de la noche de un martes. Roberto S empezó, Yo quiero ir a la casa de Marta Pintuco, y yo le dije, Pero si acá no hay ninguna Marta Pintuco. Por suerte llamé a un taxista que es amigo mío y le dije, Oiga, don Gilberto, llévenos a una casa de citas. Y el tipo se queda pensando un rato y después nos lleva por allá a un abismo, como en el centro de la tierra, yo creo que el lugar más peligroso del mundo. Llegamos y había un zaguán largo y unas piezas de esas pa trabajar, con cortinas gruesas y cuatro bombillos rojos en las esquinas. Una de carrilera, de esas que oyen los conductores de tractomula, sobre un hombre que tiene una pesadilla horrible: su mujer se convierte en camión. Roberto S dijo, ¿Dónde están las chicas?, y salieron dos muchachas recién bañadas,

¿Y había alguna bonita?, pregunta Lorenzo,

No, ninguna, responde Luis y sigue, A una de ellas le faltaba un diente, pero era muy simpática y hacía chistes. La otra olía como si se hubiera bañado con una mezcla de jabón Coco Varela y pastel de quince, esa era la mejorcita. Una de las dos era muy exuberante. Vestiditas como recién llegadas del campo. La mueca simpaticona se sentó al lado de mi amigo, acá presente, y lo empezó a sobar. Y la otra, la que olía a Coco Varela, me dijo, Uy negro, con esas piernas. Entonces pedimos media botella de aguardiente. Y Roberto S, muy precavido, y eso que no tomaba en esa época, dijo, No, esto está descorchado, a mí corchado o no me traigan nada,

Y sí, dice Roberto S, Estábamos ahí en ese negocio, cuando Luis empezó a preguntarle a la muchacha mueca que de dónde era, que dónde había ido al colegio, qué cómo se llamaban la mamá y el papá y la abuelita y el abuelito, que cuántos tíos tenía. Y empezó a decirle, En realidad esto es una visita antropológica, acá no va a haber sexo, aquí solo va a haber lengua porque vamos a hablar de su historia, de su fundación, cuénteme de la primera vez que se acostó con un hombre, si se ha acostado con mujeres. Estábamos en ese diálogo muy inicial, muy interesante, cuando aparece una criatura y se paró en un oscurito a mirarnos. Juro que no tenía más de veinte años, también recién bañado, bien peinadito por la mitad, pero con ojos de fiera. Hizo un ruidito, un silbido, y apareció otro, idéntico, y otro y otro, un ejército de muchachos quinceañeros acechándonos, y a mí me dio como una sensación rara y le dije a Luis, que estaba fascinado con la multiplicación de los muchachos, Corra mijo que nos desgraciaron. Y salí corriendo por el zaguán. Las muchachas se quedaron, atónitas, pero después se oyeron sus risitas socarronas. Y Luis no se movía, embrutecido por la legión, hasta que por fin se dio cuenta de que la cosa era seria y nos iban a matar. Y los muchacho se vinieron detrás y uno sacó un cuchillo como así de grande y empezó a decir, Paren, hijueputas, paren. Y esa puerta con tres chapas, y yo no sabía qué hacer, y entonces, como iluminado, cogí dos de las chapas y Luis la otra, y no sé cómo, pero logramos salir y cuando nos montamos al taxi, don Gilberto prendió el carro, arrancó y nos lanzaron el cuchillo y despicaron la ventana. Si hubieran tenido un revólver nos encienden a bala, sin más,

¿Y no saben por qué?, pregunta Galaor,

No, dice Roberto S,

Sí, dice Juan B, Ustedes saben por qué, porque la pobreza tiene cara de mico. Las putas eran feas. No sabían qué interés tenían estos. Y ustedes dos ahí, en esa cosa para tentar al diablo, porque ¿qué se les había perdido a ustedes por allá?,

El día de la tormenta un olor a pescado que no conocíamos, el aire agitado no termina de ajustarse y pasa de una cosa pudriéndose a la otra, emociones y pellejos en proceso hacia su siguiente masa, de Lorenzo a Paz María, ella acostada sobre el delgadito cuero del de la cola de caballo, arrancados casi todos los pelos del joven amante, abrigo de piel del Era solo un muchacho, y siendo solo un muchacho fue hecho añicos por defender la repartición de tierras de los campesinos de Segovia, así eso implicara ir a parar sin ojos al río Ité, ahora, el muchacho militante de piel en oferta para todo aquel que tenga ganas de incrustar sus balas, hachas, motosierras, cualquier elemento que facilite el traspaso de un cuerpo sano a su muerte, ojalá con dolor y sevicia para que salgan bien robustos los gases del poder, en lo que fue a parar la militancia del de la cola de caballo, en picada hacia el desgaste y el olvido, luce tal cual la dermis desecha, aunque completa, de una culebra, la piel del de la cola de caballo que ya no protege la piel amoratada y enverdecida de Paz María, sobre el piso de madera del Carajo, a pesar de las astillas que pueden verse entre piernas y cuellos y pulgares de Luis y Galaor, y Lorenzo tiene una astilla desde el martes en el anular de la mano derecha, y hay un hedor a madera pútrida en ese dedo, Pero ¿martes?

¿Cuándo fue martes acá?

¿Alguien sabe qué día es hoy?

Nadie. Paz María ha estado silenciosa, hasta que el olor a madera endedada llega a ella y se pone a hablar como si alguien le hubiera apretado el botón a la huesuda, sobre la intensidad del sol, que si estuviera un milímetro más cerca nos achicharraría, dice, No solo una nunca se bañará dos veces en el mismo río; una nunca verá dos veces a la misma muchacha, nunca respirará dos veces el mismo aire, ni tendrá dos veces la misma gripa, qué raro, la distancia que hace que las cosas sean de una manera y no de otra, cómo podrá medirse, debe haber una fórmula que calcule la probabilidad de lo que una pudo haber sido y no fue, o algo para entender esa gran fuerza de la contingencia, tal vez todo sea precisión aunque una lo vea como algo deforme, eso también es precisión, y esas inclinaciones hacia la autodestrucción y sacarse los pelos enterrados y crear heridas donde no las hay, como tanto nos gusta a mí y a mi compañero terrícola, y Paz María mira a Lorenzo y un ojo parece va a salírsele al amigo terrícola de lo inflamado, y dale con los pensamientos terribles y el hecho de haber decidido morir como artista y haberle dado hijos terrícolas a los terrícolas, en vez de estar casada con un millonario, como quería la familia y más después de la catastrófica quiebra por culpa de las farc, o eso decía el tío tocón, Y que, no sé cómo, me siento tan llena de vida mientras me estoy pudriendo, igual todo el tiempo tengo imágenes de la cuerda con la que me gustaría ahorcarme, la textura y la aridez de la cuerda sobre mi cuello y me veo descolgada y el vaivén de las piernas y me puse a pensar por qué esas imágenes, y, pues obvio, están llenas de vida, no están hablando de unas ganas de morir, sino, a ver, y se detiene, así Paz María, envuelta en un globo de sol y mariscos y carne que hace un agujero en la superficie redonda del sentido y un mareo, y ya las palabras enredadas, la lengua áspera y blanda,

No hay quien controle esta lengua arrastrada, densa, dice la muchacha cansada,

¿Y lo que estás diciendo será igual a eso?, pregunta Lorenzo, y señala el cielo con su dedo astillado.

Ella se tapa la boca para que la lengua se le quede adentro. Y miedo no a los relámpagos, ni siquiera a esas nubes cuajadas de amenaza. La impresión es que cualquier movimiento va a desatar la furia sobre estas sus nuestras olas. Vientos de toda clase, diversidad en sus temperaturas, ¿Quién los sacó? Se oye gritar a Juan B, como si fuera un viento más, ¿Quién diablos los sacó? El perro, dice alguien, pero el perro hace rato no está, y no hay primeras gotas, nos miramos y el cielo se hace chorro, viento enfurecido, viento del norte, ronco, cuneiforme, de altas planicies, gigante en sus respiraciones, damos vueltas de la proa a la popa, de babor a estribor, desorbitados, así debe sentirse un planeta expulsado de su órbita, se arma y se desarma este barco, tal vez ya no un barco, sino qué, una montaña a la que le salieron patas y se puso a andar, entonces se intuye que los estados previos a la tormenta en un barco lleno de deriva, mientras mantengamos lo de adentro bien adentro, mientras conservemos la lengua, los estados previos a la tormenta son el mejor estimulante, el mejor alucinógeno para propiciar experiencias que despierten lo que hay, porque así es que se sabe qué es lo que hay, qué es lo que queda. Para eso ha usado la plata Juan B, para saber hasta dónde y nos dejamos. Olas galápagas embisten e inundan El Carajo con sus ya no formas y miramos hacia arriba y vemos que uno de los mástiles se rasga, el del centro, aunque perdimos la cuenta de cuántos son los mástiles, en qué posición están, una reproducción de mástiles como conejos y las velas son de un solo fondo confuso y opresivo ante el no quedarse quieto de este barco. Fernando Yanamihoy va hacia el balcón de la proa y se pone a aullar, y Juan B grita que él quiere que le caiga encima un rayo, que se lo lleve un canto de sirena, y sigue gritando que no se dejará tapar los oídos, y toma la cuerda de su bata de camello y se amarra de la cintura al mástil crujiente que ya tiene esa grieta y que en cualquier momento podría desprenderse porque su sonido compite en amenaza con el alboroto de la tormenta que, ya es mucho decir, y le insistimos que puede caerle encima, pero Juan B dice que a él qué le importa y que a nosotros qué nos importa y le pide a Lorenzo que le ate las manos y nos dice que no lo vayamos a soltar, así ruegue, grite, patalee; así diga que tiene algo muy importante que contarnos, algo que nos va a salvar, que lo dejemos ahí, y bueno, en medio de esta cosa no sabemos qué, cumplimos, giramos, danzamos, lanzamos nuestros abrigos al mar, y salvajes y desnudos y putrefactos en torno a Juan B, el fuego que sale de él, que lo reemplaza y da esa impresión de que su cuerpo es todo poder, que aunque él no pueda soltarse, algo puede soltarse en él, minerales, latidos, órganos, inflamaciones, bacterias, Juan B amarrado a un mástil al borde del quiebre, y Fernando Yanamihoy en su aullar, alrededor, parece estar en todas partes, y El Carajo prueba postura, las olas son ahora un nosotros giratorio, en desconocimiento de los lados, entre arriba y abajo, el mar pasa a ser cielo, el cielo prueba bronquios, sumergirse, transferidos los líquidos, los átomos, respiración boca a boca, nosotros aullantes, circulares entre la forma geométrica del canto, titilantes, Juan B se va poniendo rojo como no lo habíamos visto, Que me suelten, que óiganlas, diciendo que yo, célebre Juan B, dicen, Acércate y detén la nave para que oigas nuestra voz, negra voz que espumea, sabemos de tus fatigas, sabemos el por qué de las manchas que se tiñen debajo, que tienes cuatro caries y un diente de oro, sabemos que eso de lo que huyen está más en ti que allá y dulce de tres leches en la voz con que lo dicen, invitan al festín: rostro hinchado y Fernando Yanamihoy es un colmillo, sobre nosotros se abalanza, trueno, quién necesita bordes cuando mar y cielo son uno, quién dijo yo, quién dijo entre, uno y otro lo mismo, quién dijo nos, quién dijo sujeto gramatical, quién dijo basta,

¿Dónde quedó el capitán?, pregunta Paz María, con un ojo a un lado y el otro en la noche, ojos bizcos o en mundos diferentes, untados de algo que no debieron ver y para conservar el resto deben desfigurarse, ojos que han pasado al otro lado, que descendieron y lamieron los ojos de todos los ciegos y degustaron el sabor de todas las profecías,

Basta.

Y la tormenta se detiene. Y basta es estar entumecidos, con la boca abierta y la mandíbula desencajada, arrinconados hasta el volumen más completo que cada uno puede dar. Y basta es dejar de oír la lluvia pegando sobre la madera queriendo mostrarle su fuerza y su capacidad de penetración a la madera. Y basta es seguir viendo el azul en despliegue de azul y El Carajo es ante una vista aérea el verdadero medio de la nada, empiezan a moverse solas partes del cuerpo indiferenciadas, un fémur, un tobillo, una oreja, desentumeciéndose, y aún así, todo esto es celebrarnos, sobremurientes, una vez más,

Al Carajo al parecer se le dañó la brújula, dice Juan B,

La Olor a Coco Varela y otra, que dice llamarse la Lucy. A su paso dejan todo coagulado. Son iguales a Las danzantes, dice Lorenzo. ¿Las danzantes?, pregunta Roberto S, Cuidado, no se las puede mirar mucho. Pero Paz María no puede evitarlo. Son feas, sí, dotadas de ese efecto de fealdad que no se puede dejar de mirar, sumado a que solo tienen una teta y está desinflada y cuelga como no se había visto nada colgar, como una bandera, antaño orgullo nacional, ahora arrugada y desgastada y descolorida, izada en medio de la nada, a la que no le queda en el mundo sino ese colgar. Y donde debería andar la otra teta, una cicatriz que hace pensar en masacres con machete, y desde ahí la Olor a Coco Varela y la Lucy cantan una especie de ranchera gutural, eructal, y dicen, Cuánto tiempo yo te busqué. Paz María se acerca a la Lucy y le dice que si puede tocarle las escamas, y la Lucy no se sabe si sonríe o ruge, pero en su rostro aparecen unos dientes filudos, triangulares en vez de boca y mucho pero mucho bozo, frondoso, y Paz María no se atreve,

Mujer con bozo besa sabroso, dice Roberto S, Qué raro, un

bozo que no se ve sino cuando sonríe, si es que a eso le podemos decir sonrisa,

Canta pero no encanta, dice Juan B, amarrado al mástil pero ahora ruega que lo soltemos,

¿Y te soltamos pero qué hacemos con estas?, le pregunta Lorenzo.

Juan B se pone a alegar que él nos advirtió, que a quién se le ocurrió soltar los vientos, que él nos dijo una y mil veces que nos tapáramos los oídos, que quién las había escuchado, que la única manera de deshacernos de ellas era tirando al mar al que las hubiera escuchado. Es decir, todos. La Olor a Coco Varela le dice a Lorenzo que le trae un mensaje. Él prefiere no oír. Dice que es del futuro. ¿Prefieres que no te dé el mensaje? Prefiero, sí. No llegarán a puerto, dice la Olor a Coco Varela, y lo repite, y se funde con la Lucy en una carcajada que les brota a ambas de las escamas y las llena de brillo. Les causa gracia nuestro terror. No han hecho las libaciones, dice la Lucy, Alguien tendría que reproducirse y tendríamos que sacrificar al hijo y con la sangre hacer la libación correspondiente. La Olor a Coco Varela se ofrece de voluntaria. El vientre que le descuelga, la teta hacia abajo, la piel tirando a la baba, y si una mira bien se da cuenta de que la abertura en la teta es un ojo, mejor no mirar bien, da la impresión de que si una se queda mirando mucho ya no sabrá en qué momento parar, mirarla solo de reojo pues quizás de ahí no haya retorno y se intuyen mutilaciones y llantos de mujeres violadas y madres que lloran a sus hijos y bebés que nacen en medio de un cruce de fuegos, y la cola que huele a pescado rancio, entre el plateado y el verde se curva la Lucy, se lame la punta de la cola, escamas ajadas. La Olor a Coco Varela tira más al salmón fosforescente, un fulgor fucsia en los ojos, y pregunta si hay algo de comer.

Al Carajo se le dañó la brújula. Coño. Pero nadie habla de coño aquí. Pues claro, dice Paz María, si el único coño acá es el mío, quién carajos va a hablar de coño, estas ni coño tienen, ustedes, terrícolas, ni tienen ni quieren, y aquí llevamos no sabemos cuántos minutos, o días o meses o años o siglos o eones deambulando, y para rematar, pudriéndonos, y unos zancudos diminutivos cubren lo que queda de calma. Pican durísimo, sobre todo a los más blancos y descompuestos. Juan B, Galaor, Paz María y Lorenzo tenemos las piernas llenas de ronchas, y las de Lorenzo se hacen más escandalosas, ahuecadas, pero él disfruta rascarse hasta ver si la cosa de pronto encona, molestar las supuestas heridas y producir y extraer el pus que no tenía por qué haber ahí. El pus, dice Lorenzo, Habría que coleccionarlo, guardarlo en frasquitos para hacer un gran hombre de pus, al que ahora podrían darle vida con conjuros cabalísticos y una buena ayudita del chamán, ¿cierto que se puede?

Sí, claro, responde Paz María, y las ronchas están feas como la Lucy y la Olor a Coco Varela y empiezan a preocuparnos también las provisiones y la fosforescencia de la Olor a Coco Varela se está poniendo tensa. Ah, y para colmo, Galaor enrarecido, busca afecto, nos roza, se pasa por cada uno con su cola de ardilla, y un glaucoma se va agriando en su cuello desde que era chiquito, y unos temblores suavecitos en la punta de los dedos de los pies de Galaor, y una tristeza le almidona la mirada de cordero, hay un tono ahí como de tarde cayendo en La Habana vieja que solo se percibe si se mira con cuidado, el pestañeo se aletarga y parece que va a durar horas entre que abre y cierra los ojos, y su aproximación es la de esos gatos blancos que Juan B tanto desprecia porque teme, gatos blancos de los que se creen que porque blancos son perros, y qué tal que Galaor haya sido alcanzado por un relámpago y su interior electrificado, como esos muertos que después de una tormenta son dotados de un don especial, la vida, por ejemplo, y esto se nos ocurre observando a Galaor, que emite un sonido y no para de hablar de una enfermera que cuando niño no le encontraba la vena y clavó la aguja tantas veces sobre su brazo hasta que en una de esas salió un chorro de sangre y le cubrió la cara a su mamá, y la enfermera estaba tan angustiada con esa cara de rusa peligrosa que tenía la mamá de Galaor, quien en vez de empezar a elaborar el plan malévolo con el que envenenaría a la enfermera que le había mal clavado la aguja a su único hijo, le dijo a la enfermera que no se preocupara, que si ella estuviera en su lugar sería así o peor. Y las dos se ríen, pero lo que de verdad calmó a Galaor de esa hemorragia que las dos mujeres olvidaron detener de lo entretenidas que estaban empatizando fue la risa de la enfermera cubana, y ese chorro de sangre que ahora emerge es en realidad la añoranza de Galaor por una mamá cubana en vez de rusa, y esta historia sale de una especie de canto que no es voz sino contacto entre sus labios, muy pasito, ventrílocuo, al parecer involuntario, un balbuceo de recién nacido que puede caminar y controlar esfínteres, pero no entiende de límites, como alguien que está vivo pero no sabe que tiene cuerpo, que vive creyendo que está muerto o que no existe. Y el problema es que empieza a incomodar tener a Galaor cerca y la incomodidad se hace una sensación y colectiva. Pero nadie nota sus temblores, ni sus calambres, ni ese punto hinchado en el pescuezo y escupe una baba de un color que se necesitarían como cien pigmentos, y acecha a Roberto S, se le pasa por la noche a la cama y Roberto S le dice que no, que no, que no, y ahora Galaor ya no solo se pasa por las noches sino también por las mañanas, a la hora de la siesta, cuando Roberto S lee la biografía de Orson Welles en la hamaca, y Roberto S le dice que no cabe, pero cómo no va a caber, y Roberto S dice que no más, que no más, que está perdiendo la paciencia, que si sigue así, se lo advierte, no sabe qué va a pasar, pero nada bueno, que no alborote su tendencia a lanzar cosas y lo que pasa es que Galaor se le acerca mientras Roberto S está mirando con sus ojos amarillos lo que cree es una ballena,

Un tiburón ballena, grita Lorenzo, Animal majestuoso, la criatura de Leonardo, y varias veces se te vio entre las hondas del henchido y grande océano, y con soberbio y grave movimiento ir caracoleando, surcando, entre las marinas aguas. Y con cerdoso negro lomo, a guisa de montaña, vencerlas y dominarlas, y dice esto Lorenzo y Roberto S toma de la cintura a Galaor y en un rugido dice, No más, y lo agarra de la barba blanca y lo lanza al mar. Y aunque todos nos inquietamos ante el ruido de un cuerpo semivivo sobre el agua, no hacemos nada; es hipnótico ver a Galaor revolcarse en ese mar enfurecido, y eso que llaman a este mar Pacífico. Galaor traga agua, escupe agua, sus brazos clamando, su pelo revolcado, algoso, y es Luis quien dice mientras lo ve así, ¿Qué diferencia a Galaor de un pez? ¿Por qué a él habría que salvarlo pero al pez espada no? Qué diferencia hay entre un pez en anzuelo y un ahogado, entre una langosta de pecera en un supermercado y un moribundo, ambos ojos en estado de auxilio, pero entonces ¿por qué a Galaor habría que salvarlo y a la langosta no? Auxilio, y Juan B dice que es mejor no hacer nada, que uno que intenta salvar a un hombre de no morir ahogado son dos ahogados, y Roberto S tiene cara de estar disfrutando, nadie lo va admitir pero esa fuerza con que Galaor se ahoga es un espectáculo que nos cubre de neón. La cosa no puede durar mucho, dice Paz María, Estos terrícolas, y Juan B, resignado, tira el flotador de emergencia y Galaor se abraza a él como si fuera su mamá. Así, aferrado al flotador, los ojos cerrados, oyendo una música que lo revuelca en tranquilidad y éxtasis, y el tiburón ballena pasa junto a Galaor y todos miran la escena desde El Carajo y esperamos a que el tiburón se aleje y Galaor, conmueve su imagen de tal forma que cerramos los ojos y nos abrazamos con nuestros aún brazos y cuando abrimos los ojos Galaor ya está de nuevo a bordo.

Tal vez hayan inventado un tratamiento muy efectivo para ese mal crónico de la falta de afecto, hacer que un cuasiahogado se sienta lo más cerca posible a la muerte y después darle una esperanza y una forma física a esa esperanza, algo inflado como un flotador en el mar. Galaor ya en El Carajo, escurriéndose, sentado, parece tranquilo, aunque lo envuelve no una toalla, por qué nadie le trae una toalla, bueno, ya,

Lorenzo va por una, Perdí mi bandera, lloriquea Galaor, y entonces, decíamos, lo que lo envuelve, por encima del trapo de seda de Juan B que trae Lorenzo a falta de toalla, es un halo, una telita fina y protectora, y Paz María se acerca y le toca un hombro, y siente la firmeza y envidia la tersura, el rosado de las mejillas, y le dice que todo fue con cariño, pero él le dice que no lo toque, y Paz María se retira ofendida, Qué le pasa a este terrícola, yo solo quiero ayudar, y Luis dice que ella anda muy hormonal, y Lorenzo se le acerca a Galaor y le dice que si está bien y Galaor dice, con menos odio, que sí, pero que tiene un dolor insoportable justo acá, y se toca justo ahí. Puede vérsele hinchado el cuello, y entonces Juan B sugiere que tal vez sean paperas, pero luego lo examina y dice que son las amígdalas y le pregunta si quiere que se las saque y sin que él diga nada a todos nos parece una buena idea. La Lucy y la Olor a Coco Varela son las más emocionadas. La Olor a Coco Valera dice, Mmm, qué delicia, amígdalas, una de las cosas que más me gustan, ¿Por qué?, le preguntamos, intrigados. Habla de una textura blanda, un poquito insípida al principio, y va llenándosele de espuma la boca, al parecer hay una compenetración perfecta entre saliva de sirena y amígdala y cuenta que es una de las cosas que primero se come de los distraídos que olvidan que tienen que volver a sus casas y se ponen a hacer todo menos lo que en realidad tienen que hacer. Pero entonces Roberto S dice que no le parece una buena idea, porque Si se las sacan, ¿de qué se va a quejar?

Pues de la falta que le hacen las amígdalas, dice Juan B.

Y la Olor a Coco Varela insiste y dice que puede cantar y dormirlo y que de esa anestesia del canto de la Olor de Coco Varela no se despierta ni Mandraque.

A ver qué opina de todas estas el capitán. No recuerdan la última vez que lo vieron. Paz María está buscándolo desde hace ya no se sabe cuánto y no lo encuentra por ningún lado. No pudo haber ido muy lejos, este barco, con sus cinco camarotes, la cocineta, la bodega de las pieles y los vientos, ya vacía. Y con las velas rotas, más fácil encontrarlo así. El mástil central no se partió en dos con todo y el peso de Juan B, pero definitivamente alguien tendrá que arreglarlo, y como puede verse, ese alguien no será el capitán. Lorenzo va a revisar y se da cuenta de que el barco auxiliar ha desaparecido. Paz María aterrada con todo y lo descompuesta. Y la Lucy y la Olor a Coco Varela con su risita socarrona cantan, Cuánto tiempo yo te busqué. Y Juan B febril, algo parecido a feliz de haber sido dejado ahí, con la incertidumbre de cómo vamos a llegar y a dónde, y el vacío de ese cómo y ese dónde es tal vez lo más emocionante que le ha pasado en la vida. Y les dice a las muchachas, ¿Pueden repetir lo que estaban cantando? ¿Qué?, le preguntan, Lo que estaban cantando hace un segundito, ¿lo pueden repetir? No sabemos de qué nos está hablando este señor, y Juan B dice, Tanto tiempo yo te busqué, es la canción que cantaba el muchacho que me llevaba cuando me secuestraron, ese muchacho de los ojos dulces, yo pensé que le gustaba, pero después cuando le hablé pasito y le dije que me soltara, que yo tenía plata y nos podíamos ir él y yo, me animé a decirle eso porque era muy bueno conmigo, hasta me servía más fríjoles que a los otros, pero cuando yo ya fui más explícito me pegó un golpe con el fusil que me dejó inconsciente.

No parece haber tierra firme en kilómetros. Y Lorenzo se pregunta cómo es que el capitán se ha ido así y para dónde y cómo nos la vamos a arreglar nosotros tan inútiles, despedazados, y va a la cabina del capitán, y lo que encuentra: una gorra, de quién, Lorenzo se acerca, dice Presidente Sarmiento, y más adentro, unos ojos, los de un lobo siberiano embalsamado, fotos de osos y oseznos, cajones empolvados, escarba entre los cajones y encuentra un código internacional de señales, fonética alfa,

· – que significa: tengo un buzo sumergido, manténgase alejado y a poca velocidad,

· · – que significa: se dirige usted hacia un peligro.

Un mapa del mundo plano. Un diploma de la Asociación Internacional de Tierraplanistas. Cartas y fotos entre papeles revueltos. Un papel pegado con cinta, amarillento, con los bordes parece que mordidos, dice: Las cárceles se llenen de gente que toma chicha, y otro dice: A barco desesperado, Dios le encuentra puerto, y otro más: Boca besada nunca se hace vieja. En las fotos, el capitán, el morenazo de Paz María, alto, fornido, de ojos verdes, con quien parece su esposa y con dos niños que al parecer son sus hijos. Y Lorenzo morado ante la mirada de los niños de papel, los niños que, incluso entre el enmohecimiento, es de notar que son mucho más morenos que el capitán, mucho más morenos que la mujer, tal vez no sean hijos de Pedro Vista. Parecen decir, Devuélveme a mi padre aunque no sea nuestro padre, como si tuvieran que mirar a Lorenzo así por haberlos encontrado entre los papeles del capitán, como si los ojos de los niños de las fotos hubieran detonado una alarma contra invasores. Lorenzo se guarda las cartas y las fotos en el bolsillo y toma unos binóculos. Vuelve a cubierta y ahí está Galaor reclamándole a Roberto S por haberlo tirado al mar. Y Roberto S diciéndole que se relaje. Y Galaor que no le diga que se relaje, y después, que no sabe qué hacer, que le duele, que si fuera por él se ahogaría. Y Roberto S respondiéndole que por él no se preocupe, que si se quiere ahogar, que se ahogue. Y la Olor a Coco Varela insistiendo en lo de las amígdalas, agarrada a una pierna de Roberto S, y Roberto S se hace el disimulado, pero mira para todas partes, diciendo, sin decirlo, Por favor, quítenme a este monstruo de encima. Luis monologando que también el infierno está lleno de buenas intenciones. Lorenzo yendo a la cocineta a preparar café, se da cuenta de que no hay café. Abre la nevera, muy poca comida. Abre la despensa, ya no queda casi nada, un par de latas de caviar, una de foie gras y un brócoli amarillento, dos latas de comida para perro y unas galletitas también para perro, que piensa ofrecerle a la Olor a Coco Varela, pero después le parece que qué miedo.

La neblina o el estado atmosférico del Carajo. Lorenzo pone agua a hervir en una olla de peltre y le echa unas ramas que saca de un cajón, agua de romero será. Juan B en cubierta entusiasmado. En su sonrisa una propuesta de oreja a oreja de que vayamos a bucear. Roberto S responde, Cómo vamos a bucear si estamos partidos. Juan B dice, Tranquilos, todo está bajo control, podemos confiar, cuándo los he decepcionado.

Aparece Paz María. Es ignorada cuando dice que hay que buscar al capitán. Roberto S reta a Juan B a que les pruebe que no están perdidos. Lorenzo lleva a Juan B hasta la cocina y le muestra la nevera vacía. Juan B dice que aún nos queda la comida de la despensa, y entonces Lorenzo le muestra la despensa. Juan B dice, Pero tenemos nevera, hagamos hielo. Y Lorenzo dice, Metámonos a la nevera. A Paz María no parece importarle la situación, sino haberse quedado sin el capitán. La Olor a Coco Varela, que ya ha soltado a Roberto S, y La Lucy, alargan sus tetas como dos babosas y las entrelazan en un abrazo que conmueve a Paz María y le dan ganas de dibujarlas; hace mucho no le daban ganas de dibujar. Nos sentamos, no hay más remedio, miramos al cielo despellejados, arrullados por la neblina y el sopor, y Lorenzo le pregunta a Paz María si está bien y ella responde, quitándose los guantes, Mira cómo tengo las manos, ya huesos con uno que otro pedazo de cuero. Las manos de Paz María, interponiéndose entre ella y el mundo, negándose, rechazando una relación táctil con las cosas, ¿por qué tanta negación de suavidad la de sus manos? Decían que no había que tocar, que Paz María las obligaba a hacer algo que no querían, tocar dinero y plomo y níquel y hombres insensibles al tacto y sudorosos, que a veces ni le gustaban tanto. Y ella entonces les buscó unos guantes a esas manos. Las manos del capitán le mostraron que sus manos eran un súperpoder, las manos del capitán la hacían sentir tan extraterrestremente viva. Y aún más que las manos, la piel del capitán, su pecho de sales y algas y madera humedecida. El capitán celebraba las manos de Paz María, su aspereza, aun sin guantes. Dicen que Lewis Caroll se enamoró de la mujer de la limpieza. Tenía las manos oscuras de rugosas. Se enamoró de la tosquedad de esas manos. Tal vez la suavidad está sobrevalorada. Hubiera podido hacer una criatura de la resequedad de mis manos, que se volvieran algo vivo y dejararan de oprimirme, ¿será que eso me habría convertido en una terrícola?

Fernando Yanamihoy, desde la proa, dice algo que parece salir de sus ojos, ¿Qué?, le preguntamos, y vuelve a decir lo que dice en su lengua incomprensible, ¿Tupí? ¿Arwak? Cofán, nadie entiende, ¿Qué? Encogerse, dice Fernando Yanamihoy en español castizo. ¿Que el barco se encoge? Y él se encoge de hombros, y se queda mirando y mirándonos y de sus ojos sale un polvo rojizo que ahora inhala por la nariz,

Con la intensidad del rojo en la última línea de la tarde y dentro la última botella de whiskey. Se puede ver a Juan B plácido, extendido sobre la inminencia de la escasez. Una pausa, inmersos en el cielo, respetando la poca luz, no queriéndola alterar, que la luz termine de hacer lo suyo. Juan B dice entonces, y su voz suena parte de otra historia, ¿O no que los artistas se hacen artistas porque alguien les dice que tienen talento? Pronuncia la palabra talento machacada, y luego dice, Y esto, en principio parece bueno, pero la verdad es que he visto cómo grandes talentos se pierden en la adulación. Y sigue, ¿Ustedes creen que existen artistas a los que nadie les haya dicho nada? Yo no, ser artista tiene que salir de la impresión de alguien de que el otro es bueno. Luis levanta la mano cual si estuviera en el colegio y Juan B le da la palabra. Y Luis, emocionado, parece nervioso, cuenta su historia,

Cuando estaba en el colegio me gustaba dibujar las manos de mis compañeros de clase sin que ellos se dieran cuenta; si se daban cuenta y se me acercaban para que les mostrara el dibujo, yo lo rompía o lo quemaba. Siempre llevaba un encendedor en el bolsillo y cuando quemaba los dibujos en plena clase, me llevaban a la oficina del padre Gregorio. El ritual era el mismo. Desde su escritorio el padre me decía que me acercara, que cerrara la puerta. Yo caminaba hacia él muy lento, hasta que el padre se desesperaba, no decía ni una palabra, pero yo podía ver los punticos de sudor que se formaban en su nariz. Entre más lento me acercaba, las gotas de la nariz del padre se hacían más grandes, se redondeaban, se multiplicaban, y ya no solo estaban en su nariz, sino que aparecían encima de sus labios, en la frente señalando las entradas que ya las tenía bien marcadas. Yo solo me sentí incómodo la primera vez, me dieron ganas de salir corriendo cuando el padre me invitó a sentarme mostrándome sus piernas con palmaditas. Pero cuando obedecí y me senté y él me tomó las manos y las acarició, cuando yo sentí la suavidad de esas palmas, fue como un alivio que me duró mucho tiempo. Cada vez eran más los dibujos de manos y cada vez me mandaban más a la oficina del padre Gregorio. Ya no lo hacía esperar, obedecía. Me sentaba, de espaldas, y miraba el detalle de sus manos fijando sus movimientos y sus líneas, y también su suavidad; yo quería dibujar esa suavidad, eran de una tersura, y miraba mis propias manos, la pequeñez de mis manos, las de un dibujante de diez, once, doce, trece años, hasta que un día mis manos crecieron y el padre Gregorio apareció muerto. Según todo el mundo por un aneurisma en el estómago. Según el reporte no oficial, que se coló entre los salones de clase a pesar de la prudencia y el misterio de la orden, fue encontrado empeloto, apuñaleado varias veces en el estómago, el lugar era lo único que coincidía con la versión oficial. Las investigaciones pararon cuando en su pecho encontraron restos de semen. Después del episodio, varios niños hablaron. Nadie los escuchó, algunos incluso fueron expulsados. Yo no dije nada, pero lo odié tanto, cómo era posible que yo no fuera el único. Siempre creí que entre el padre Gregorio y yo había algo, una fascinación recíproca, nada más que entre él y yo. Nunca había visto unas manos así, tenía que ser alguien bendecido solo por tenerlas; podía ser feísimo, una gárgola, pero sus manos, además, el padre era la única persona que conocía mis dibujos, y decía que yo era un genio, me comparaba con Miguel Ángel, decía que me iba a hacer famoso, y con esa promesa logró quedarse con algunas de mis mejores manos, de las que nunca más supe. Por mucho tiempo no pude dormir de pensar que alguien iba a encontrar mis dibujos, que los iba a reconocer, que me iban a acusar, pero más me atormentaba saber que alguien lo había matado y que a mí ni se me había ocurrido,

Tú siempre has tenido la fantasía de haber sido iniciado por un cura, dice Juan B,

No, Juan B, ese es Roberto S, no me confundas, acuérdate, es Roberto S el que siempre que le preguntan por qué es así con las mujeres dice que porque cuando era chiquito lo violó un cura, en el colegio de los benedictinos, ¿cómo es que se llamaba? Roberto S nunca termina de contar la historia, dice seco, Soy así porque un cura me violó cuando chiquito, pero nunca termina,

Es de verdad que me violó, dice Roberto S,

Cuente,

No, ahora qué pereza hablar de eso,

¿Eso te pasó de verdad?, le pregunta Lorenzo a Luis,

Y qué importa, se supone que íbamos a contar historias, nadie dijo que tenían que ser de verdad; la cosa, muchachos, el misterio de todo esto, es que después de la muerte del padre Gregorio nunca más pude dibujar manos,

En un principio son las amígdalas y las amígdalas no sirven para otra cosa que doler y están produciendo hinchazón en ganglios, protuberancias purulentas, pérdida de la visión por un ojo, tuberculosis, sarcoma, lo innombrable, precipitación de las defensas, pérdida de voz, parásito intestinal, sordera, dolor en el torso y en las terminaciones nerviosas, fiebre, sudores tantos que obligan a cambiar las sábanas cada quince minutos, tendencia a poner a sudar todo alrededor, a inundar la posibilidad de acercamiento, úlcera en la boca del estómago, intensísima diarrea que aproxima a la desintegración, ya hasta se cagan dedos, pelos, orejas, pérdida del gusto por el queso, todos los quesos, hasta el brie y el manchego, los preferidos de Galaor y de los que Juan B tenía una reserva, que fueron expulsados junto a una sustancia de lo más verdosa. Se queja Galaor, No es justo haber salido de Cuba para esto. Ahora Galaor solo quiere comer tuétano y no sabemos cómo, pero lo conseguimos, aún en la escasez tuétano quiso, tuétano tuvo, tuétano cagó y vomitó y exudó. Los síntomas han conducido al paciente a manifestaciones impulsivas, desviadas, inapropiadas, feroces, vulgares, morbosas, amargas de afecto, fervores de católico recalcitrante que ni idea de dónde sacó y dice que somos unos sodomitas, que vamos a arder, que todavía tenemos tiempo, pero no mucho, no vayamos a creer, que él puede ver, que ahora que por fin no tiene ojo y puede ver y que en ese ver arderemos a menos que prestemos atención a sus advertencias y nos tienen hartos sus advertencias, sus sudores, sus quejidos y hemos usado lo que encontramos en una neverita escondida en la cabina del capitán, en bolsas organizadas con los nombres grandes y mayúsculos en marcador negro y así hemos puesto en infusiones, emplastos, compresas, intravenosas con las jeringas encontradas en el escaparate, posiblemente usadas ya, ralladura de concha y corales, aceite de hachís, glosa de avispa, bolsas de té verde, opio de San Agustín, bayas de sauco, espirulina, propóleo, hongo reishi, forma que hace pensar en anos que a fuerza de echar raíces se han convertido en gigantes comestibles; astrágalo, curcumina, ginseng, regaliz, equinácea y sábila. Rituales chamánicos, cristianos, yorubas, polinesios, egipcios, nuevaguineanos y ya no sabemos qué más para expulsarle ese jugo arrugado que se puede ver por fuera cómo se riega por dentro, qué pesar de este pobre muchacho,

Son las amígdalas, en eso coincidimos todos, o ¿qué más podría causar un mal semejante?, guiados por una suposición que consiste en que cuando un niño se enferma más de dos veces en un año hay que darle muchos antibióticos o sacarle las amígdalas. No tenemos antibióticos y no tenemos a dónde llevar a este pobre hombre y Juan B está al borde de la histeria y nos recuerda una y otra vez que mejor muertos que así. Galaor, puede verse cómo ronda y se arrastra por todo el barco con su delicadeza, que muta de color, que sustrae y se apropia de la fosforescencia de la Olor a Coco Varela, que nos mira con esos ojos ciegos que van diciendo cosas y esas cosas empiezan a volverse geométricas como los vitrales de las iglesias góticas y empiezan a organizarse y lanzar lo que parecen señales y luego hasta hablan y duelen, y cada vez se puede tocar menos a Galaor, los síntomas son muchos y contradictorios y se adhieren a su cuerpo como si él fuera un pegote y todo lo que lo rodea no tuviera más remedio que adherirse a su cuerpo y hacerle mal, y así las cosas, no hay duda de que lo que debe ser sacado son las amígdalas. Pero para la operación solo contamos con estos alicates del siglo xvi, óxido de propiedad desconocida, encontrados en la cabina del desaparecido capitán Pedro Vista. Juan B nos tranquiliza, dice que los alicates han sido previamente esterilizados con agua de mar y lava. Dice que la cirugía de amígdalas está inventada, que no hay que ser ningún experto para practicarla en casa, que es un procedimiento rápido, ambulatorio, y que ya ni anestesia general se necesita, con la saliva de la Olor a Coco Varela bastará. Las amígdalas casi saldrán solas, por vía oral y se dejarán al sol para deshidratación. Las heridas permanecerán abiertas la mayor parte del tiempo, nos advierte, pero tampoco por eso deberíamos preocuparnos, como tampoco por la pérdida de sangre, la saliva de la Olor a Coco y la Lucy puede usarse para efectos coagulantes. Después de la operación, el paciente necesitará dormir muchos días. Con seguridad llamará a su mamá y a su amante (si es que lo tiene) cientos de veces. Estamos advertidos, no debemos acercarnos, el paciente podría atacar y hasta contagiar. Pero ya qué, decimos todos, No importa, dice Juan B, con esta plaga nunca se sabe. Entre fervores, en la hamaca de cubierta, Galaor habla de haber tenido sexo con el capitán. Dice que Juan B también tuvo sexo con el capitán, pero Juan B se hace el que no es con él. Y desde entonces Paz María no sale de su cabina a pesar de que hemos intentado convencerla, que son delirios de enfermo, que no hay manera de confirmarlo. Posibles efectos secundarios y colaterales: en casos mínimos y excepcionales se han reportado convulsiones, pérdida de voz, gangrena, pérdida de cuello y cabeza, diarrea y más diarrea hasta la anulación. Pero hierba mala nunca muere y el pez muere por la boca y de peores cosas nos hemos salvado y no habiendo más con mi mujer me acuesto. No olviden lavar sus manos y usar tapabocas.

Juan B en la cabina del capitán con la Olor a Coco Varela y la Lucy y Fernando Yanamihoy, que no interviene pero se queda ahí observando y Lorenzo entre que mira o no por la ventana de la cabina. Roberto S sentado junto a Lorenzo sigue leyendo la biografía de Orson Welles, Ya solo me faltan diez páginas, le dice a Lorenzo, y Lorenzo no lo escucha, está mirando a Luis, que dibuja la escena de la operación, a pesar de los gritos de Juan B que ahora son insultos y amenazas, que no sea hijueputa, oportunista, morboso, que qué le pasa, que cuando salga de ahí lo va a incinerar, pero Luis sigue inalterable, y Fernando Yanamihoy le dice a Juan B que lo deje, y prende un tabaquito y Juan B no le dice que lo apague, ni Juan

B ni nadie, y Lorenzo puede ver un chorro de sangre, como hace mucho no se veía por estos lados, que salta hasta el tapabocas de Juan B y hace que todos, Paz María incluida, sean atraídos por el aroma a hierro y glóbulos rojos, en Lorenzo éxtasis de géiseres y volcanes y lo que le gusta ver salir cosas del cuerpo que no se sabía estaban ahí; lo que daría Lorenzo por ser la tal amígdala de Galaor, esa pobre expulsada del cuerpo no se sabe si queriéndolo, agarrándose con garras a un adentro al que pertenece y que cree que le pertenece, ¿le importa en realidad a la amígdala ese cuerpo doliente, al que se le revuelcan las piernas y al que la Lucy tiene que sentársele encima para que no se mueva tanto, para que Juan B pueda hacer algo útil con las lecciones de medicina impartidas por sus tías hipocondríacas?

Ahora Galaor quieto y La Lucy y La Olor a Coco Varela le lamen todo el cuerpo. Tal vez sean las dos de la tarde de un día y un calor también atemporal. El agua quieta, el Pacífico solidario, tranquilo, y desde acá Lorenzo se acuerda de Paz María y va hasta su cabina y toca y toca la puerta pero ella no abre. Lorenzo esculca entre su desorden y el orden impecable de Juan B y encuentra los binoculares del capitán. Sube con los binóculos y ahí está Juan B con la cara verde y los ojos caídos y cubierto de sangre, lamiéndose las manos cual gato blanco. Lorenzo le pregunta por el paciente y Juan B dice que tiene los signos vitales muy bajos y que lo más probable es que no sobreviva esta noche, tendrán que pensar cómo hacer para que se sienta lo mejor posible. Y Juan B le pide a Lorenzo que por favor no lo mire así, que él intentó todo, que tarde o temprano se iba a morir. Juan B dice que podrían organizar un ritual fúnebre, hacer lo que más le gusta a Galaor, ¿Qué es lo que más le gusta a Galaor?, pregunta Lorenzo,

Ni idea, responde Juan B,

Y quién podrá saber, ¿Roberto S?

Oiga, ¿qué es lo que más le gusta a Galaor?

Los niños chiquitos y el comunismo, dice Roberto S,

Ah, vaina, estamos jodidos, dice Juan B,

El cuerpo de Galaor consiste en media lengua por fuera de la boca; no se puede quedar quieta, dejando de pertenecer. La palidez de la cara y el hilito de su respiración y los ojos entreabiertos, lagañosos, y los dedos que se mueven y parecen indicarle a Lorenzo que se acerque, más, hasta ahí, sí, y Lorenzo toma una silla y se sienta a su lado y un olor a hierro y a hierbas aromáticas y a gargajos y a células y a formol y a alcohol y a tierra y a lixiviados, además hace calor y Lorenzo en pánico ante eso que emana una temperatura para la que no está preparado, para la que solo cabe huir, y Lorenzo, o más bien las piernas de Lorenzo, halan hacia arriba y lo hacen pararse y dar unos pasos, hasta que escucha la voz entre la lengua inquieta, la voz pisada y obstaculizada, dice, Por favor, y Lorenzo se acerca y cierra los ojos, y le dice que si quiere que le traiga algo, agua, lo que sea, y las amígdalas de Galaor, o lo que parecen las amígdalas de Galaor, en un tarro en formol, y la Lucy y la Olor a Coco Varela con tapabocas a su lado, vigilantes, los ojos de fiera cuando Lorenzo pregunta si esas son las amígdalas. Y Galaor responde que no, No quiero nada, y su voz un contacto ya con lo terroso, el tono de algo que va a pasar a ser otra cosa, ese momento justo en que la pupa expulsa la mariposa, debe ser horrible y sin embargo, qué hermosas alas y ese amarillo en los puntitos, y Galaor dice, y de verdad que Lorenzo no entiende desde dónde, porque la lengua y la sed y él quiere traerle agua, así sea mojarle los labios con un poco de algodón, y mira a la Olor a Coco Varela y a la Lucy y ellas no se separan del tarro de formol con las amígdalas y quiere gritarles y decirles que hagan algo, dónde están los demás, dónde está Paz María, dónde están, por qué él solo y de repente tan sintiendo, y Galaor, dice por fin, aunque Lorenzo no está seguro, Me siento una parte de mí que está en un salón oscuro con un esparadrapo en la boca.

Juan B dice con los ojos blanqueados de trance y una voz durísima, intermitente, como si en vez de voz esto: Hay algo que es definitivo y es muy costoso que se llama aceite de muerto y solo se consigue en las morgues, pero es súper costosísimo, la gente que puede conseguirlo lo usa y tiene resultados positivos y definidos a muy corto plazo, porque como contiene las mismas proteínas y aminoácidos, borra cualquier imperfección de la piel, pero hay que tener cabeza fría para usarlo; eso sí, funciona hasta en cicatrices, manchas y estrías muy viejas, borra absolutamente todo como si no hubiera pasado nada.

La Olor a Coco Varela mira a Juan B desde la proa, con el tarro de amígdalas en formol encima de su cola, con lástima y canta esa canción que cantaban las primas de Lorenzo a la orilla del río donde hacían rebotar piedras, la voz ensirenada de sus primas ablanda la memoria, no lo ahoga en esas aguas. Lorenzo se acerca, se sienta junto a la Olor a Coco Varela y llora sobre el hombro untado de barro de la sirena como no lloraba desde que era chiquito, como no se acordaba que podía llorar. Va por un retazo que le queda de la piel de Donatien y se lo mete a la boca y lo mastica con incomodidad por el hueco de la iguana en la mejilla. Eso puede ser lo que justifica esta muerte, siempre hay que justificarla, cada uno tendrá sus propias maneras, la suya es que hay que deformar. Y hay una voz que llama, dice que lo que quiere no es el cuerpo de Galaor, que el cuerpo a estas alturas no significa nada. ¿No?, le dice una voz a Lorenzo desde el fondo, desde un batir de alas y de olas y de huesos, desde el llamado eléctrico de aves y mamíferos y todo lo migratorio, que entregue en sacrificio lo que cree que ama, que lo que importa no es el cuerpo de Galaor, que lo que él tiene que entregar es su propio cuerpo. Lo importante es crear, para eso el cuerpo no es necesario. ¿Que no? Ja, es lo que nos ha querido hacer creer la filosofía hecha por hombres pedorros y malos polvos durante siglos, cómo así que el cuerpo no es necesario, diría Paz María. Y Lorenzo repite lo de la voz: crear. Entregar amor amistad cuerpo, lo que sea que esas cosas signifiquen, para crear. El mar entra y se alza y es una sanguijuela negra dentro de una sanguijuela negra, y Lorenzo se rasca las ronchas y puede verse músculo y hueso y tuétano y luego ya no sabe qué, algo acuoso que se pasa por la lengua a ver a qué sabe. Roberto S se acerca y le dice a Lorenzo triunfante que por fin terminó de leer el libro. ¿Qué libro?, pregunta Lorenzo. El de Orson Welles, responde Roberto S emocionado. Lorenzo se asoma a la cabina del capitán. Y Galaor no está, está la camilla, están las postales, las fotos, el escaparate, la neverita, las gasas, los algodones, la bacinilla. Lorenzo entra, está el olor de ayer, más pesado, podría decirse que moja, podría decirse que suda, podría decirse que Galaor está aquí metido, todo indica su presencia, pero no está el cuerpo, pareciera que la pesadez de ese cuerpo se ha vuelto gas, algo, pero Lorenzo está seguro, Galaor sigue aquí, se revuelca, exuda, le lame una oreja, le susurra un secreto, pero no se ve, y Lorenzo no sabe si gritar o decirles a los otros, pero los otros, en qué momento esos otros se volvieron tan otros, y por qué, y ya no quiere estar ahí, quiere desaparecer como los desaparecidos. Y sale.

Y encuentra a Juan B con el delantal de cocina repartiendo unos huevos con algo que parece una tocineta crujiente, o chicharrón, y dale que dale sobre el daño que nos hicieron los profesores en la Universidad Nacional, diciéndole a Lorenzo que él tenía talento, que eso era lo que lo había dañado, no tanto a Luis, sobre todo a Lorenzo, más frágil, más crédulo, como le habían hecho creer que era tan bueno se había vuelto incapaz de hacer algo realmente bueno, sentía que ya había hecho todo lo que tenía que hacer, y entonces había salido de la universidad y se había convertido en este inquieto muchacho al que le gustan tantas cosas, que no puede concentrarse en ninguna, que aún muerto sigue picando por aquí y por allá. Cada gesto de Juan B es evidencia de que está borracho y no deben ser ni las diez de la mañana. Ahora habla sobre una tal señora Toro,

¿Quién es esa terrícola?, pregunta Paz María, que aparece, de pronto superado lo del capitán,

Es la vaca, responde Luis,

¿Qué?, pregunta Juan B,

Que la señora Toro es la vaca, dice Luis,

Y Fernando Yanamihoy, en su español castizo, escupe y dice, El barco anda encogiéndose,

Entonces Juan B, sin prestarle atención, sigue, A ella le pusieron la t de cobre pero como es una vieja tan sofisticada dijo, Cámbienmela por un metal precioso, y así quedó la señora Oro,

Qué historia patética, dice Paz María,

¿Por qué patética? ¿Tú te pusiste la t de cobre o qué?, pregunta Juan B,

Sí, ¿por qué?

Háztela sacar, ¿quieres que te la saque?

Ni por todo el oro terrícola,

Allá tú, eso da endometriosis, estás jodida, te dejan unos pelos cualquiera y no es sino jalarlos, cualquier ginecólogo de pueblo te abre y te hala esas cuerditas de pura maldad y quedas jodida; además, el cobre es un metal que el cuerpo no tolera, que rechaza, que es tóxico, que produce hasta, por ejemplo, no has oído lo de las niñas en Magdalena, que empezaron a sufrir ataques, pensaron que era una posesión y pidieron permiso al vaticano para hacerles exorcismos, pero después salieron con que no, que lo que tenían en común esas niñas sacudidas por paroxismos era la t de cobre, y les hicieron estudios y efectivamente,

Qué t de cobre ni qué de cobre, dice Lorenzo,

Pues yo no sé qué fue, dice Juan B, Pero háztela sacar,

¿Pero el cobre es como el plomo o qué?, pregunta Paz María,

No, qué exagerada, si fuera como el plomo, no estarías aquí, donde tuvieras una t de plomo estarías bien abajo, no exageres, bueno, el caso es que esta señora, mi amiga, la de oro,

Pero, interrumpe Paz María, Perdón por la pregunta, ¿dónde las hacen de oro?

No las hacen de oro, responde Juan B, Solo a ella, porque se la mandó a hacer de oro, eso lo sabían hacer los Quimbayas, que eran orfebres expertos,

Pero ¿esa terrícola era una feminista o qué?, pregunta Paz María,

¿Qué? Esa señora lo que es es una anarquista de la extrema derecha. Tiene una colección precolombina que cada monstrico de esos vale como cincuenta mil, cien mil dólares, se casó con un alemán traficante de antigüedades y llevaba apenas un año de casada cuando mataron al tipo,

¿Entonces la señora Oro se quedó con esa colección de la cultura Tumaco?, pregunta Roberto S,

Con la más grande del país, responde Juan B, Y la tiene en un parqueadero en el centro de Bogotá,

La tendría que donar, dice Luis,

y Juan B responde, Ella se la donó al Banco de la República, pero no supieron qué hacer porque pusieron una ley pa que esos tesoros no vuelvan a atravesar el océano hasta las manos del rey de España, entonces se la devolvieron a la señora Oro y ella solo la puede sacar encaletada,

¿Y no que tu familia tiene una mina de oro, Pazmarí?, pregunta Roberto S,

Sí, yo estuve buscando con un detector de metales, y de eso viví cuando mis papás me dejaron de dar plata, dizque porque ya no tenían,

Ah, pues mira, entonces te puedes mandar a hacer una t de oro, un buen orfebre, ya está, dice Juan B, Bueno, y ya que hablamos de joyitas, barriga llena, corazón contento,

Que conste que mi barriga está todo menos llena, dice Roberto S, Y no quiero ni preguntar qué fue lo que comimos,

Pero vea, qué desagradecido, responde Juan B, Yo acá deshuesándome para alimentarlos y este grosero,

¿Y qué pasó con los monstruecos?, pregunta Roberto S,

Quedaron como contentas con el desayuno, mírelas, hasta tiernas se ven así dormiditas como gatas, todas rellenas, diría que las drogué pero ojalá hubiera con qué drogar,

¿Será que están muertas?, pregunta Luis,

Ni idea, más bien, Roberto S, cuenta en qué andas, tus nuevos amigos, dice Luis,

Y entonces Lorenzo dice, ¿Dónde está Galaor?

Y Fernando Yanamihoy dice, El barco se encoge,

Y Juan B le pregunta a Roberto S, Cómo está Fátima, en todo el viaje no has hablado de ella,

Y Roberto S responde, Fátima, pues con la mamá,

¿Siguen juntos?, pregunta Juan B,

Pobre mamá de Fátima, dice Luis, Es jovencita, no tiene ni dieciséis, ¿y saben por qué Roberto S le puso Fátima a la hija?

Obvio, dice Paz María,

Yo no sé, dice Juan B, ¿Por la hija de Mahoma?

Y Luis responde, Ni por eso, ni por la Virgen, sino porque estaba enamorado de una niñita brasileña de catorce que se llamaba así, y menos mal que Fátima fue niña, porque si hubiera sido niño le hubiera puesto Judas,

¿Judas? Pobre, no lo hubieran dejado entrar a ninguna casa,

Y Juan B dice, Ese es el chiste, quién lo manda haber nacido niño, y le pregunta a Roberto S, ¿Y entonces, qué andas haciendo?

Unas pesebreras para un amigo muy rico. Después se queda callado, y dice, Lehder, se llama; ese tipo ahí donde lo ven va a tener más plata que cinco Juan Bes juntos,

El grito de Paz María viene de abajo, del baño común. Bajamos. Tocamos, ella abre la puerta. Luis y Lorenzo se adelantan al cuerpo estático de Paz María. En la ducha, bajo la llave abierta, una barba alargada y perfecta, una barba con la contundencia de una pierna recién mutilada y palpitante, no se sabe si es por el impacto del chorro del agua, pero parece viva, si nos pusiéramos forenses, diríamos que lleva menos de una hora fuera del cuerpo, la ducha sigue corriendo, Juan B cierra la llave, Pero oigan, no podemos desperdiciar el agua así. ¿Dónde está Roberto S?, pregunta Paz María, ¡Roberto S!, grita Juan B, y Paz María sube y lo encuentra abrazado a La Lucy y recostado sobre su teta, Baja que tenemos una situación, le dice, y Roberto S baja y todos le abren paso. ¿Y Fernando Yanamihoy? ¿Dónde está el indio? Y ahora es Lorenzo quien sube y lo encuentra en la proa y le dice que tiene que bajar a ver y Fernando Yanamihoy dice que él no tiene que hacer nada, pero que el barco se encoge. Y qué pueden hacer. Qué hacer con una barba sin cuerpo, qué hacer con su misterio. ¿Alguien se fijó en la barba de Galaor? Todos se miran. Nadie responde.

Qué importa, después de todo a quién le pertenece. Qué importa que no aparezca el dueño. Qué importa, tal vez le dolía, se la cortó, se tiró al mar, tal vez la dejó en ofrenda, tal vez alguien lo asesinó y se la cortó, tal vez La Olor a Coco Varela se la arrancó de un mordisco y no se la comió porque estaba muy blanca y frondosa para su gusto, cualquier cosa pudo haber pasado, así como cualquier cosa puede pasar, y qué importa. Juan B va por el alicate con el que extrajo las amígdalas y mete la barba en un tarro y ahí la vemos en la quietud del formol, la ponemos en la proa, junto al timón, junto a la brújula que ya no sirve, y Lorenzo la mira y le parece tan bella,

Noche de anémonas, fosforescencia, y plancton, luminoso y sublime, se extiende en el Pacífico. Si no fuera por ese olor a stapelia, flor de carne podrida que polinizan las moscas, y a crisantemo y a citronela, Cómo se llamará el gusto de los terrícolas por tener sexo con plantas, se pregunta Paz María, cómo se llamará el gusto de los terrícolas por tener sexo con olores, y va reteniendo el olor hasta que se llena de palabras y las palabras dejan una mueca, una halitosis si se dejan demasiado en la boca, la boca, el poder bucal del vocativo que deja este manglar en el que El Carajo se interna con lentitud, ese manglar al que llegamos, ese manglar, y la Olor a Coco Varela y la Lucy dicen que aquí se quedan ellas, gracias por haberlas traído, y en coro se tiran al mar, dilatan la marea hasta volverla cosquilleante,

¿Puedo ir con ustedes?, les pregunta Paz María,

Lo siento, dice la Lucy, Pero este no es tu destino,

¿Destino? Y Paz María piensa un momento, pero no se le ocurre nada, no hay destino, solo aburrimiento, que tiene esos poderes sobrenaturales, peores que los del miedo; cuando una se aburre, las cosas que es capaz de imaginar, y si es capaz de llevar la imaginación a la acción, ahí sí que se tiene talento, ahí sí que se tiene destino, ¿Y cuál es mi destino?, pregunta. Y la Lucy señala con la cola el tarro de formol con la barba, y lo vemos iluminado, cambia de color, ahora sale una luz incandescente y es un faro que señala y Paz María le da un beso a cada una en la punta de la cola y les da las gracias y les dice que espera algún día volver a verlas y ellas dicen que gracias por llevarlas y que algún día, tal vez, en un sueño, o ¿Sabes?, le dicen, El secreto, que nadie sabe, es que cada una tiene su propia isla; si una cree, por ejemplo, que la muerte será un lugar lleno de pus, allá llegará; si por ejemplo cree que la muerte es estar en una cama enfermo y sin poder moverse, esa será su isla; si alguien cree que será como volar, como nadar, como tener una aleta de tiburón, pues ese será un bienaventurado; la muerte es, y este es el secreto, el lugar de todo lo posible, cuando puedas crear tu isla nos volveremos a encontrar, y Paz María les dice que gracias y les pregunta si saben de quién es la barba y le dicen que es obvio y ella les dice chao y ellas le dicen chao y no le dicen ni que tenga cuidado, ni que no llegaremos a puerto, pero dicen que si quiere ver algo más tendrá que bajarse del barco y se baja y ve que el barco de ahora no es el barco de antes, que del Carajo queda menos de la mitad.

Las sirenas encaramadas en los mangles señalan con su cola un enorme montón de cuerpos que flotan y atraviesan, hacia la orilla, las formas y deformaciones de un rostro en esos cuerpos, y Paz María se pregunta si también ellos, porque cuando mira ve, no está segura, si su cuerpo o su imagen internándose en el manglar, su rostro marchito y flacuchento, su cuerpo flotando, y junto a él los cuerpos de Juan B, el de Lorenzo, el de Luis, el de Fernando Yanamihoy no, tampoco el de Pedro Vista ni el de Galaor; los ve en esa transparencia, en esa noche, entre el plancton y la fosforescencia de las anémonas, y luego la visión es interrumpida, dice Fernando Yanamihoy que preste atención a lo verdaderamente importante que es que nos estamos encogiendo, pero no nos dice que somos unos estúpidos ni nada de eso por no darnos cuenta, Yo sé, le dice Lorenzo, Pero qué quiere que hagamos, y se pregunta hasta dónde se van a encoger, y Fernando Yanamihoy se queda mirándonos, parado, muy quieto, nuestra piel cada vez más seca y rostizada, mientras él se hace más joven, más grande, y pasamos el tiempo quitándonos la piel sobrante y crece una nueva piel que también despellejamos y de la que algunos nos alimentamos, de eso y de las galletas para perro, aunque Juan B dice en su tono ido y la voz de tía por allá en el fondo que él tiene provisiones de sobra, que no debemos olvidar que las provisiones de marcha son: tajadas de plátano, carne fría, panela, esos víveres que duran tantos días sin dañarse, no como nosotros, y Roberto S nos dice analfabetas porque ya no tiene nada para leer, que cómo es que a nadie se le ocurrió traer más libros que esa poesía volcánica de Lorenzo, que él odia la poesía, y nos grita, y nos dice que ahora le va a tocar ponerse a escribir, y así es, se pone a escribir, con su letra toda mayúscula, alargada y enredada, se pone a escribir sobre los judíos conversos y el papel de los ingleses en la independencia y cómo ayudaron a Bolívar y a los suyos a quitarle la tierra a los indios, porque para eso fue que sirvió la independencia, qué independencia, ni qué, los ingleses son todos unos xenófobos, no les interesaban estas tierras ni mezclarse, sino usarlas para extraer oro de las minas, ¿No es cierto?, dice Roberto S mirando a Fernando Yanamihoy, pero Fernando Yanamihoy solo responde en su español castizo, Se encoge, se encoge, ahí les dejo, y Roberto S dice, Asesinarán a Luis Carlos Galán y Colombia tiene que ser un país de derecha y el comunismo es la gonorrea de la humanidad y cómo me gusta la palabra gonorrea y escribe gonorrea gonorrea gonorrea gonorrea gonorrea gonorrea gonorrea y Luis le dice que más bien escriba sobre cosas que valgan la pena, como la historia del fotógrafo Hernán D, el primer hombre que en Colombia se fue a vivir con otro hombre y a los ochenta insistía en que no era su pareja sino su compañero de apartamento. Roberto S dice que ni loco va a dejar de escribir gonorrea gonorrea gonorrea, gonorrea gonorrea, la amenaza comunista que continúa siendo el desafío central que debe enfrentar nuestro Estado, ¿Estado? ¿Cuál Estado? Gonorrea, quién dijo Estado, pero de tanto gonorrea se le quitan las ganas de escribir y se pone a hablar sobre su papá y la pasión de su papá por los aviones y por construir objetos voladores y cómo era una especie de Da Vinci, pero en la pequeña M, Qué iban a apreciar a un hombre como mi papá en esa ciudad, dice, y también habla sobre cómo amaba a su mamá sobre todo por haberse casado con su papá a pesar de que era belfo, y no por eso comunista, y aunque su mamá tenía el mismo apellido que su papá, y aunque fueran primos segundos, no era un hombre rico, no como su mamá, con esa fortuna de padres terratenientes, no como su mamá, la mujer más bella, estilizada, que a los cuatro años ya daba vueltas por el mundo, ya podía apreciar las pieles de zorrino y el marfil, Por el que descuartizan a los elefantes, dice Paz María, Ese mismo, dice Roberto S, orgulloso.

Luis ha inaugurado una exposición en el barco, entre las obras podemos ver el dibujo de las tetas de Paz María y la operación de amígdalas de Galaor, envuelta la escena en la atmósfera del óxido, la extracción de las amígdalas, la expresión de dolor del paciente, la frescura de los ganglios, la intensidad de la Olor a Coco Varela. Después de la exposición queda extenuado el pobre Luis, se queja de sus hemorroides, que riman con gonorrea y gonococo, y dice que a este paso, y que ya sabe, que Lorenzo puede muy bien pintar las hemorroides, él, que le hala más a lo escatológico, y Paz María habla de un primo suyo que podía leer el futuro en las hemorroides. ¿En serio? Me interesa, dice Luis. Tal vez yo puedo intentar, dice ella, lo llevo en los genes. Y Luis dice que Ja, por nada. Fernando Yanamihoy dice que a barco encogido, y Juan B dice, Qué hemorroides ni qué hemorroides, y Fernando Yanamihoy que el barco se encoge, y sí, se encoge, pero siguen, y seguimos, también nosotros nos encogemos, también nosotros, que ahora hemos intentado pescar y Paz María dice que ella por fin está logrando morir en paz, morir de plancton y de energía cósmica, de energía del caos, de prana y que si la escucháramos. Y Lorenzo piensa que ya, que es suficiente, y le dice a Juan B, que mira a un punto fijo, que ahora puede quedarse mirando un punto fijo por horas, que si quiere arruncharse un rato, y Juan B dice que como quiera, que hagamos lo que queramos, y dice que, a propósito de las hemorroides de Luis, se acordó de la historia de un hombre joven que no puede cagar, un día le aparece una llaga y se le va llenando de pus. Los médicos dan por hecho que el chico es homosexual y que lo que tiene es una infección de tanto sexo anal o una enfermedad venérea. Pero el chico, pobre chico y esas acusaciones que recaen sobre él, a duras penas ha perdido la virginidad. La llaga se hace más grande y poderosa y ante la imposibilidad de un pronóstico se le va tomando el cuerpo, total posesión del chico, y un día se despierta y el chico se ha convertido en llaga, es una sola llaga larga. Y aquí Juan B detiene la historia y se queda sonso, mirando su punto fijo, pensativo, ¿sí?, y atento, parado con la expresión típica de una tía pero sin ningún viso en él de la hospitalidad acostumbrada. Cuéntanos qué pasa, le ruegan a Juan B, pero Juan B no responde, Es que no sé qué pasa, en realidad, no se me mueve la cabeza, y nos miramos y nos damos cuenta de que el espacio se ha reducido hasta apretarnos, y ahora, unos sobre otros, la proa sobre la popa, cosa sobre cosa, Juan B sobre Paz María, Paz María sobre Roberto S, Roberto S sobre Lorenzo, Lorenzo sobre Luis, y Fernando Yanamihoy armándose un tabaquito, escupiendo, y se oyen voces sin pausa, antiguas, insatisfechas, voces desde todos los fondos extraídos, un pagamento habría que hacer dentro de esas voces para que dejen de apretar,

Y ya no hablamos más porque es demasiado difícil,

© Marisol Zapata

Fátima Vélez (Manizales, 1985) es poeta, narradora, madre, profesora y estudiante eterna. Ha publicado los libros de poesía *Casa Paterna* (2015), *Del porno y las babosas* (2016) y *Diseño de interiores* (2019). Vive en Nueva York.

CABALLO DE TROYA

Entra en la ciudad sitiada y descubre las nuevas voces de la literatura hispánica

En febrero de 2004 Caballo de Troya anunció la salida de sus primeras novedades y mostró sus señas de identidad: un sello con perfil de editorial independiente integrado paradójicamente en un gran grupo. Hoy se puede afirmar que dicha paradoja ha funcionado con eficiencia y sin contradicciones. Caballo de Troya, que tiene como principal objetivo servir como plataforma editorial para nuevas voces literarias hispánicas, ha puesto un centenar de títulos en el mercado español con una muy favorable acogida por parte de la crítica más atenta y de los puntos de venta con mayor tradición y relevancia literaria.

Fundado por Constantino Bértolo, el sello ofreció a autores españoles o latinoamericanos reconocidos hoy en día hospitalidad, apoyo o un primer impulso. En 2014 el proyecto tomó un nuevo rumbo: cada año un editor invitado es el encargado de sumar sus apuestas al catálogo. Caballo de Troya es hoy una referencia entre los autores más jóvenes y más ambiciosos literariamente. Una editorial para nuevas voces, nuevas narrativas, nuevas literaturas.

AÑO 2015: ELVIRA NAVARRO

«He privilegiado las ficciones que establecían un diálogo crítico con el presente. La mayoría de los libros que he seleccionado tratan sobre la identidad y las herencias en todas sus variantes, temas estos que también protagonizan mis escritos.»

La cosecha de Elvira Navarro dio con uno de los éxitos más destacados de la editorial: *El comensal* (Premio Euskadi de Literatura), una novela autobiográfica en la que Gabriela Ybarra trata de comprender su relación con la muerte y la familia a través de dos sucesos: el asesinato de su abuelo a manos de ETA y el fallecimiento de su madre. Algunas de las obras que conforman el año de Elvira Navarro versan también sobre las herencias políticas y familiares, teniendo el conjunto de su catálogo los legados como hilo conductor.

TÍTULOS PUBLICADOS

La edad ganada,
Mar Gómez Glez

Sin música,
Chus Fernández

Yosotros,
Raúl Quinto

La vida periférica,
Roxana Villarreal

Fuera de tiempo,
Antonio de Paco

El comensal,
Gabriela Ybarra

Meteoro,
Mireya Hernández

Filtraciones,
Marta Caparrós

AÑO 2016: ALBERTO OLMOS

«Pretendo que el conjunto de los títulos que se publican bajo mi interinidad conforme un despliegue coherente, un discurso; una conversación.»

Alberto Olmos cuenta entre sus apuestas como editor de Caballo de Troya con el IV premio Hispanoamericano de Cuento Gabriel García Márquez. Los relatos de *El estado natural de las cosas* se adscriben en el género fantástico, pero lo modulan y deforman para volverlo a su vez denuncia y retrato de los tiempos que nos ha tocado vivir. Un éxito similar ha tenido *La acústica de los iglús*, conjunto de cuentos en los que la matemática de la música y de la vida arrojan el resultado sonoro que registra la mirada única de su autora. Las cuatro novelas que cierran las apuestas de Olmos se suman al diálogo que quiso abrir como editor, una conversación sobre el pasado, sobre la corrupción moral y política; un diálogo lírico sobre la supervivencia y la comprensión.

TÍTULOS PUBLICADOS

La pertenencia,
Gema Nieto

Los primeros días de Pompeya,
María Folguera

La fórmula Miralbes,
Braulio Ortiz Poole

El estado natural de las cosas,
Alejandro Morellón

La acústica de los iglús,
Almudena Sánchez

Felipón,
David Muñoz Mateos

AÑO 2017:
LARA MORENO

«Hay algo que atraviesa cada libro que he escogido y los une: la voz de cada uno, la búsqueda de comunicar a través de lo literario, el grito que la narrativa supone en la vida del escritor. Por eso están ahí.»

Lara Moreno inauguró su año en Caballo de Troya con *La hija del comunista*, reconocida con el premio El Ojo Crítico. Esta novela íntima atravesada por la Historia cuenta la vida de unos exiliados republicanos españoles en Berlín, antes de la construcción del muro, durante y después de su caída. Cruzadas en su práctica totalidad por las experiencias personales de sus autores, las obras seleccionadas por Lara Moreno comparten una voluntad de entender. Sus autores interrogan a su pasado o a su presente rebuscando en las raíces de su familia, en situaciones laborales llevadas al límite o en los rincones del mundo y la literatura que acaban conformando nuestros destinos individuales.

TÍTULOS PUBLICADOS

La hija del comunista,
Aroa Moreno Durán

Hamaca,
Constanza Ternicier

Televisión,
María Cabrera

Animal doméstico,
Mario Hinojos

Madre mía,
Florencia del Campo

En la ciudad líquida,
Marta Rebón

AÑO 2018:
MERCEDES CEBRIÁN

«El catálogo de 2018 es verdaderamente polifónico; lo he seleccionado confiando en mis corazonadas y en mis años de experiencia en el mundo literario.»

Mercedes Cebrián ha escogido cuidadosamente seis historias que conforman un abanico narrativo ciertamente heterogéneo: desde los diarios de una adolescente española en los años noventa en *Y ahora, lo importante*, hasta las descripciones de una región gobernada por la oscuridad, en la que un mineral recoge las voces de sus habitantes, en *Umbra*. Destacan también las experiencias de *Florentina*, una mujer que tuvo que emigrar de Galicia a Argentina a principios del siglo xx en busca de una vida mejor. Junto con el resto del catálogo ideado por Cebrián, estas tres apuestas nos acompañan en un viaje por distintas épocas y espacios que, como toda buena travesía, nos cuestiona y nos enfrenta con nuestra propia realidad.

TÍTULOS PUBLICADOS

Y ahora, lo importante,
Beatriz Navas Valdés

Las ventajas de la vida en el campo,
Pilar Fraile

Florentina,
Eduardo Muslip

Para español, pulse 2,
Sara Cordón

Umbra,
Silvia Terrón

Maratón balcánico,
Miguel Roán

AÑOS 2019-2020: LUNA MIGUEL Y ANTONIO J. RODRÍGUEZ

«Nuestro deber aquí también era anunciar, asentar y reivindicar lo que tímidamente se había mostrado como la literatura de una nueva generación, esa cuyas fechas de nacimiento oscilan entre mediados de los ochenta y principios de los noventa, y que, por mucho que lo hubiera intentado, tardó en encontrar su espacio.»

Luna Miguel y Antonio J. Rodríguez hilvanan el grito generacional de una nueva ola de autores y pensadores. Las distintas voces intentan remendar, o al menos explicarse, las fisuras y los desgarrones que las expoliaciones de la sociedad moderna han causado en los jóvenes. Hay reflexiones incómodas que indagan en las masculinidades tóxicas y en los feminismos, hay vértigo ante el paso a la edad adulta, historias de migración e identidades partidas, un relato del aborto clandestino en Chile o una perspectiva íntima de trabajadores de una corporación dedicada a la evasión fiscal. Hay poesía, emoción e ironía para cuestionar, observar y desmontar los roles de género, la precariedad y la política.

TÍTULOS PUBLICADOS

Game Boy,
Víctor Parkas

Cambiar de idea,
Aixa de la Cruz

ama,
José Ignacio Carnero

Había una fiesta,
Marina Riudoms

Listas, guapas, limpias,
Anna Pacheco

Cómica,
Abella Cienfuegos

Litio,
Malén Denis

Reina,
Elizabeth Duval

Animal de nieve,
Dara Scully

Nada ilegal, nada inmoral,
Adrián Grant

Desencajada,
Margaryta Yakovenko

Y tú, ¿tan feliz?,
Bárbara Carvacho

AÑOS 2021-2022: JONÁS TRUEBA

Jonás Trueba toma el relevo como editor conformando un catálogo de autores genuinos que traspasan la representación de un pulso generacional. Así pues, las voces de este año ofrecen distintas miradas y épocas, desde la recuperación de una obra que trasciende la actualidad y cuyo autor falleció de forma prematura, pasando por una historia que reflexiona sobre las herencias sociales y familiares, hasta llegar a un autorretrato emocional narrado con un extraordinario lirismo poético. También cuenta con un libro generoso e inspirador que pone de manifiesto los senderos creativos de varios autores, y dos obras con las que resistir al desconsuelo de la realidad de formas muy distintas: una, a través de la compasión humana, y otra, a través de la belleza de la música y los paisajes de otras vidas.

Estas obras seleccionadas ponen de manifiesto la importancia que tiene la lectura para el editor en el contexto actual, donde los libros representan, en sus palabras, «un espacio de reconexión, allí donde se hace posible el encuentro entre diferentes miradas, sensaciones o lugares».

TÍTULOS PUBLICADOS

Todo sigue tranquilo,
Chusé Izuel

Niños aparte,
Julieta Valero

Casa se busca,
Socorro Giménez

Cuadernos,
Andrés Di Tella

La parcela,
Alejandro Simón Partal

Vilnis,
Bárbara Mingo

Todos deberíamos romper,
Marta Gordo

La Navidad de los lobos,
Fran Gayo

Gente que ríe,
Laura Chivite

Las mejores condiciones,
Manuel Pacheco

Proletaria consentida,
Laura Carneros

Llego con tres heridas,
Violeta Gil

AÑO 2023:
SABINA URRACA

«Quise portadas neutras: doce nadas sobre las que pudiesen brotar, en forma de fotografías, los secretos escondidos en esos libros. Ese misterio que palpita en cada imagen solo podrá desentrañarse abriendo el libro, entrando en él». En su primer año como editora invitada, Sabina Urraca buscó rarezas e intentó mirar hacia lugares que no le quedasen muy de paso: Tenerife, Cuba, Huesca, Alcalá de Henares, Medellín, y una casa cerrada al mundo en el sur de Madrid. Quiso también continuar un propósito: no claudicar en la artesanía de la edición, frotar cada tesoro con el brío necesario, pero siempre con cuidado de no borrar su misterio. Seis libros, seis misterios: desde un relato salvaje sobre la infancia y los abusos sexuales que se lee como una partida de game boy, pasando por un retrato furioso del sistema patriarcal y opresor de la Cuba actual, hasta una obra que ahonda en los afectos truncados y la amistad masculina. También hay cabida para una colección de relatos extraños y delicados que es todo un manual de observación de la vida, una novela sobre una familia de Medellín dedicada a la música y al espectáculo en la que brillan las lentejuelas y, por último, una obra íntima y asfixiante que desmonta con fiereza la institución de la familia.

Estos son los misterios que encierra este año el caballo. Una vez dentro de la ciudad fortificada, abramos la trampilla de su barriga. Entremos en él.

TÍTULOS PUBLICADOS

Leche condensada
Aida González Rossi

La puta y el hurón
Martha Luisa Hernández Cadenas

Los bloques naranjas
Luis Díaz

Se te oscurece el pelo
María José Hasta

Ya nadie canta
Manuela Espinal Solano

Papá nos quiere
Leticia G. Domínguez

Si te ha gustado *Galápagos*, te recomendamos:

LA PARCELA (2021)
Alejandro Simón Partal

«*No hay ninguna razón para estar triste. Deberías darte cuenta*, me dijo Nizar desde fuera de la tienda de campaña con una taza caliente entre las manos y un cielo rojizo que se abría a su espalda. ¿Acaso dormiría él entre las sombras de dos frambuesos en lugar de bajo aquel cielo inmisericorde de Calais? ¿En qué parte de su sangre escondía los cien fuegos cruzados?». *La parcela* es una novela en torno a la necesidad y las limitaciones humanas, un viaje emocional que es a la vez crónica del mundo y memoria familiar; un relato sobre la intimidad, los estatus sociales, la sexualidad desobediente y la enfermedad. Simón Partal ofrece un libro en permanente cuestionamiento, de nosotros y del mundo que nos ha tocado vivir, pero salvado en cada página por una voz y una bondad genuinas.

MADRE MÍA (2017)
Florencia del Campo

Narrada en una descarnada primera persona, *Madre mía* es el viaje de la autora a través de un recorrido visceral de idas y venidas: de un lado la obligación y el deseo de cuidar de su madre enferma, de otro, la fuerza que la arrastra a vivir su propia vida, su necesidad de construirse lejos de las fronteras familiares, con toda la complejidad de esa raíz, de esa pertenencia. La afilada voz literaria de la autora se mezcla en un arriesgado viaje con las múltiples voces de una conciencia sarcástica y necesaria y los diversos escenarios de las ciudades de acogida, y construye así un retrato implacable: por muy limpia que esté la herida, no se puede huir de la raíz.

EL ESTADO NATURAL DE LAS COSAS (2016)
Alejandro Morellón

«*Siempre he disfrutado de la violencia de lo cotidiano: por ejemplo, la de un vaso que se rompe en la oscuridad*». Un hombre se presta a perder una parte de su cuerpo a cambio de unos miles de euros; una mujer ríe en medio de los disturbios sociales que arrasan la ciudad; un pueblo espera con devoción la llegada de un huracán; alguien entierra un testículo en el cementerio de la Almudena; un marido acaba viviendo en el techo... *El estado natural de las cosas* es una colección de historias donde no solo se pone en tela de juicio lo que entendemos por normalidad, sino también las leyes fundamentales de la física y hasta el buen gusto convencional. Porque estas siete narraciones de Alejandro Morellón se adscriben al género fantástico, pero lo modulan y deforman para volverlo a su vez denuncia y retrato de los tiempos que nos ha tocado vivir.